U0608215

饮食男女

阿米 著

国际文化出版公司
·北京·

图书在版编目（CIP）数据

饮食男女 ／ 阿米著. — 北京：国际文化出版公司，
2020.7
ISBN 978-7-5125-1219-1

Ⅰ.①饮… Ⅱ.①阿… Ⅲ.①散文集－中国－当代
Ⅳ. ① I267

中国版本图书馆 CIP 数据核字（2020）第 097952 号

饮食男女

作　　者	阿　米	
责任编辑	戴　婕	
封面设计	鸿儒文轩	
出版发行	国际文化出版公司	
经　　销	全国新华书店	
印　　刷	三河市华东印刷有限公司	
开　　本	880 毫米 ×1230 毫米　32 开	
	11.75 印张　231 千字	
版　　次	2020 年 7 月第 1 版	
	2020 年 7 月第 1 次印刷	
书　　号	ISBN 978-7-5125-1219-1	
定　　价	58.00 元	

国际文化出版公司
北京朝阳区东土城路乙 9 号　　　邮编：100013
总编室：(010) 64271551　　　传真：(010) 64271578
销售热线：(010) 64271187
传真：(010) 64271187-800
E-mail：icpc@95777.sina.net

目 录

男与女

　　韩国电影《男与女》围绕着一对中年男女的婚外恋情展开，从茫茫雪原里开始，又在荒寂的雪原上结束，纯白、素净、唯美、悲伤又无奈。

　　但凡禁忌之恋，多以悲剧告终。是为讨好观众，尤其是中年妇女群体，毕竟，这一群人是影视剧的主要受众、舆论的主导，还是为了让家庭这个单元继续在这个世界存在，让孩子的成长有一个平稳的空间的主要力量。

　　中年，是个很尴尬的字眼，外表的光鲜、物质的丰裕，并不代表着精神的富有，灵魂的饱满，尤其是情感上，多是虚空而疲惫。有了孩子后，大部分夫妻将注意力转移，男人转向事业，女人转向孩子。如果是事业女性，更是一条心分三段，一份给了孩子、一份给了工作、一份给了自己，至于丈夫，好像是可有可无的。如果双方有精神上的交流，那真是阿弥陀佛，三生有幸，世间大部分夫妻，都是精神与肉体的渐行渐远，从最初的恩爱，转化为熟悉的陌生人。

故事中的男主角基洪事业渐入佳境，年轻貌美的妻子却身患忧郁症、又不肯成长，女儿有自闭症，家里家外寻不到精神上的交流，责任的重担，压得他喘不过气来，好累，好想逃离。然而表面上，还要装得从容快乐，承担起家庭的担子。女主角尚敏的儿子亦患有精神疾病，虽然自己事业有成，丈夫亦是成功人士，然而两人还是渐行渐远，无法沟通。

利用假期，尚敏陪儿子去芬兰参加宿营，由于不放心儿子单独参加集体活动，主动搭讪，认识了基洪，并请基洪送她去营地寻找儿子。风雪大作，两个人迷路，寻了一处木屋休息。醒来的尚敏引诱了基洪，一切都按照她的意愿展开，没有爱，只有性，只有放纵过后的短暂放松。不过是寂寞，不过是想着在异国他乡寻些安慰、温暖，假装自己还年轻。分手时，不肯留下任何联系方式，表明了尚敏很清醒，只当这是一场艳遇、寻欢，春梦了无痕。

八个月后，基洪带着妻女回到首尔，有意识地与尚敏再度相遇。尚敏很紧张，怕他影响自己的生活，竖起满身的防御。基洪一次又一次地发来短信、打来电话、在公司门口等待，除了深情的凝视、激情的吻，并没有什么意外发生，这让她安下心来。望着他灿烂的笑容，以为他的生活平顺、快乐而阳光，女人想寻求放松、安息疲惫身心的感觉又来了，可是，她顾忌着家庭、社会的舆论，不肯再进一步，一拒再拒。

当基洪的妻子因吞食过量安眠药入院，被丈母娘带回娘家去休养，这种空间上的放松，让他以为有了逃离的机会，好像见到了光。一再寻上门去，不断地纠缠。当尚敏准备到釜山出差，看到在公司门前车里等候了一夜、并追到火车上同行的基洪，终于动了心、动了情。都说女人是感性动物，尤其是面对一个既有孩子气又有成熟气息，可以给你帮助、让你依靠的男人，谁会不动心呢？当基洪一口含住尚敏手中刚剥好的鸡蛋，一脸调皮、娇羞又奸计得逞的傲娇神情，尚敏心中那颗烦躁又不安的心，突然就温柔起来。

当她从谈判室跑到酒店，基洪一把抱住她，轻轻脱下她的鞋子，轻吻她的小腿，一点一点向上吻去，中年女子那寂寥又凄苦的心，终被融化。但凡婚姻久了，哪个丈夫会亲吻自己的妻子，从脚踝、腰腹、胸口、背脊到肩头？那一路辗转而上的吻，唤回了青春年少的梦，她是被人爱着的，宠着的，疼着的。她不是一个母亲、妻子，而是千娇百媚的小爱人。清晨醒来，尚敏不肯看表，不肯面对现实，不肯离开。如果时空静止在那一刻，该多好！

然而，终要面对现实。两个人无数次刺探对方，要不要逃离？要不要一起逃？要不要在一起？当他有决心时，她没勇气；当她有勇气时，他又生了胆怯。毕竟，我们活在群体社会里，有来自亲朋好友的压力，还有无形中的道德标杆，好累好累！如果一起离开，到一个没有熟人的地方，那就好了，比如说，冰天雪地的芬兰。

基洪终于去了芬兰，带着妻女同行，离开了他以为他爱上的女人——尚敏。看过太多的悲欢离合，尤其是中年男女间，但凡女人生了破釜沉舟的勇气，最后胆怯的，总是男人。当尚敏向丈夫坦诚交代：我有男人了，我不能离开他。飞奔冲出家门前往酒店，等待基洪与她相依，基洪却立在酒店的房间门口，盯住门锁不敢伸手去打开。虽然不爱自己的妻子，可是，他还有女儿啊！他那年幼又生病的女儿，想到她信任又清澄的眼神，他的心都碎了。向前一步，万劫不复；向后一步，终身孤独。

中年男女，是很难有爱情的。爱情必须是全方面地付出，全方面地拥有。没有负担、没有罪恶感。当尚敏抛下儿子，独自到芬兰寻找爱人基洪，看到一家三口其乐融融就餐的画面，她终于清醒过来，善良的天性让她转身离去。看到她悲伤的背影，基洪追出去，转头却看到女儿期待的眼神，他的手颤抖，心裂成无数的细缝。唯有放手，成就家庭，成就一个完整的家庭。

车行至尚敏大哭的出租车处，听到妻子对他的感谢，基洪的车继续前行，唯有红肿的眼睛，溢出的泪，表明他痛苦又纠结的心。

看到这里，忍不住叹息，中年男女的爱，能有这一双泪眼，是不是就该满足？能在最爱的时候停止，未尝不是一种幸福！

年轻时的爱情，是奋不顾身的，那种阳光与激情，是结为夫妻的两个人一生的制胜法宝。无论诱惑多么刺激，无论日子多么平淡，想起曾经的真爱，就生了抵御荒凉的勇气。而中年男女的爱情，从来不会是爱，也不关性，只是孤独，心灵上的孤独，让他们想寻找一个伴儿，在这寂寞的人生旅途上，相依相拥。

相看两不厌

顾城在一首诗中这样写道：草在结它的种子，风在摇它的叶子，我们站着，不说话，就十分美好。

那时我年轻，对生活没什么体验，初读只觉十分欢喜，满眼的温柔，好像看到爱情最美好的样子。我看着你，你看着我；我不看着你，你也不盯着我；你做你的事，我忙我的事，只要在一起，或者记挂着彼此，就是爱情最美的样子。

年岁渐长，人事消磨，终于明白，爱情最好的样子，就是相看两不厌。可是，如何做到相看两不厌，就是一个有待解决的有关人性、人类繁衍、社会进步的重大课题。

作家安妮宝贝针对夫妻相处，这样说：不管何时何地，都要留给彼此距离，不管何时何地，都可以随时离开。最好的爱情，就是两个人彼此做个伴。不要束缚、不要缠绕、不要占有，不要渴望从对方身上挖掘到意义，那是注定要落空的东西。

她真是一个清醒的女作家。作家多是理想派，生活在梦想的世界里，但凡清醒些的，注定要比常人多些痛苦。而痛苦，哪怕是创作的源泉呢，我宁肯不要。当然，如果是发大财的源泉，小小的，我要一点点，也好。

情人节到了，明知道没有礼物，却想安慰一下自己。去美容院做面部护理，被美容师游说，一时心软，就多花了一个多小时，种了眼睫毛。对镜一照，嘿，那个睫毛弯弯、笑眼迷离的大眼睛、双眼皮的中年妇女是谁？真好看！哈哈哈！得意得不行，恨不能见到谁都送几两秋波。结果，进家对着老公左闪右电的，人家居然没发现！恨得牙痒痒的，对着空气直磨牙。

第二天早上起床，小心翼翼地洗了脸，正对着镜子涂眼霜呢，沐浴更衣的老公突然凑近来，"你做了眼睫毛？"立即笑嘻嘻地凑近过去，恨不能贴到他脸上，满眼得意地，"是啊！漂亮吧？你才发现啊！昨晚我就等你点赞呐！"以为马上就要得到铺天盖地的夸奖，结果人家向右撇了下小嘴唇，满眼鄙夷地，"你眼睫毛那么短，又软又稀，特难看！"好像有西伯利亚的冷空气袭来，有一秒钟难以呼吸，差点想放狗咬人，有刀在手的话，立即手起刀落。然而咱是文明人。"才不是呐！我年轻那会儿，眼睫毛又浓又密，现在是上了年纪了，掉得多，生得慢。你看看，这种上去的，挺自然的吧？又卷又翘，好看吧？"当然没有得到赞扬。人家一转头，套上圆领 T 恤吃早餐去了。

早餐做的是牛油果酱配吐司，只见他敲碎了一个水煮蛋，将牛油果酱草草地涂在吐司面包上，右手一卷，吐司片就裹住了硕大的鸡蛋，哇！他的嘴真大，一口就咬下大半个鸡蛋来。怎么就没噎着他呢？聪明地，人家马上顺了一口咖啡。

　　正准备坐下吃早餐，老公已穿戴整齐、眉目凝重地出门去。以为临出门的他会扫我一眼，或者递过一个吻，送上一个轻浅的怀抱，至少，会有一个温暖的眼神吧？然而电梯的叮咚声很快传来。绿油油滑腻腻的牛油果酱还在口腔中打转，眼前已没有了人。使劲嚼着绵韧的吐司片，好像发泄一般，用尽了全身的力气。

　　有个作家曾经说过，婚姻最好的状态，就是相看两不厌。历经无数激情，几次踏入婚姻河流的李白深有体会，他说：相看两不厌，只有敬亭山。

醒来觉得甚是爱你

有多久没有写过信？有多久没有收到信？又有多久，没有读过真挚感人的情书？

喜欢王小波，从他的情书《爱你就像爱生命》开始。喜欢徐志摩，从他的情诗开始，那样天马行空、浪漫忧郁的人，就像一个无处可依的纤细男子，只想得了你的心，四处招摇，得些羡慕的眼神。至于鲁迅的《两地书》，嘿嘿，你喜欢吗？根本像是交流战斗经验的兄弟嘛！虽然终于生了温情，到底古板而无趣。鲁迅应该是个乏味的人吧？而徐志摩又太过浪漫，无法存活在凡间。至于郁达夫，太过多情的人，写起情书来倒是顺手拈来，琐琐碎碎的，全部是情，却始终少了一份诚意在里面，读得多了，只想着这男人真是婆妈，这么多情的人，对谁的爱情都不会长久，终会生变！

周末逛书城，看到一本《醒来觉得甚是爱你》，随手一翻，竟站在书架边读了一个多小时，在不断的感叹声中，将未读完的书捧回家去。作者朱生豪被评为"世上最会说情话的男人"，其实他是一名翻译家。朱生豪是一个内向寡言的人，自评自己是个"古怪的孤独的孩子"，闷头翻译了《莎士比亚戏剧全集》中的三十一部作品，三十二岁因病早逝。当你翻开他写给妻子宋清如的情书，一会儿想哭，一会儿想笑，怎么也想不到，这样一个表面乏味枯燥的人，会有这样丰富活泼的内心！他的笔下流出的不是爱的蜜，而是丰盛而辽阔的草原，一望无际的，是细碎深沉的思念，与无边无尽的小欢喜。

边读边忍不住地微笑，哪怕流下感动的泪，亦含着喜悦。那样艰苦的生活，却掩不住那颗爱娇、淘气与幸福的心。他终于与她在一起，整日厮守，连老天爷都嫉妒这幸福、美满的生活，将他早早收了去。

书中这样甜蜜的话接连不断："我是，我是宋清如至上主义者"、"要是世上只有我们两个人多么好，我一定要把你欺负得哭不出来"、"希望你快快地爱上一个人，让那个人欺负你，如同你欺负我一样"、"今天中午气得吃了三碗，肚子胀得很，放了工还要去狠狠吃东西，谁叫宋清如不给我信？"

文字中满是贪嗔、调皮与深情，哪怕是没有恋爱过的人读罢，也生了爱意。能够传世的情书，总是经典。谁不希望自己是情书的送达者呢？平凡的我，虽然心生羡慕，却不用受爱而不得的苦，因为知道自己的平凡，得与不得，全无烦恼。当然，如果得了一封这样饱含情意、文采飞扬的情书，那是要骄

李卫璋 / 插图

傲一生的。

年少时读文人的情书，眼角眉梢皆生了向往，年纪渐长，终于不再天真。如果没有美满的结局，不能一生一世一双人，这些情书就像一出闹剧、一场笑话。连带着对那妙笔生花写出动人情书的人，也生了憎。

世间女子，总将爱情看得极重。这本应只占生活小部分的虚无感觉，常常将天下女子搞得疯魔。清醒时，已是暮年。

老友是广东人，尤爱白米饭，一顿正餐没有米饭，就觉得肠胃没有得到保障似的。去她家吃饭，那白米饭晶莹剔透，几乎珠玉般闪光，很是生了欲望。入了口，却连大米的味道都没有。问她何故？原来人家喜欢看到剔透美艳的米粒，淘米无数次，直到淘米水全无米色才蒸。当然没有米味，而且营养全无。可是人家喜欢啊！你不过是偶尔来吃一餐，关你屁事！闭嘴不言，放下米饭，狂夹菜。这世间的万事万物，万变不离其宗，好吃的不一定好看，好看的没营养，有营养的不好吃。你爱的帅哥不爱你，爱你的，你恨不能一脚踢到天边去！上哪说理去？

近来很是疲惫，懒得看书，懒得说话，懒得写字。本想去文博会看看启功的字，还有《清明上河图》，临要出门，计算着女儿放学的时间，又作罢了。虽然不会写字、不会画画，对这些美好而无用的东西的喜爱，却刻入骨髓。每每沉醉其中，就会忘却所有尘世的喜忧，以为自己是一个美好而纯真的人。

醒来觉得甚是爱你。房间一乱，就不爱了，而是愤怒。

时间煮雨

人到中年，还喜欢听《时间煮雨》这首歌的，一定会被人说幼稚吧？

听的次数并不多，不是不愿意；而是每次听，都想流泪。

歌词并不符合阿兰的往事，可那配乐真是让她起伏心潮不得平息，仿佛它是勾魂的钩，从左心室窜到右心房，最后勾出好多的前尘往事，那些美好又残忍的时光。

那时的阿兰，青春饱满的身体顶着一个满脑子虚无浪漫却碰不到对手发泄而沮丧的大头，每日无精打采地行走。从实验室到图书馆的路上，总要经过几个和尚班。阿兰低眉走过，私心蠢蠢地想着，"虽然我肥了一点点，但还算眉目清晰、五官标准，总会有一两个坏坏的男生吹三两声口哨吧？"然而并没有。阿兰对自己说，"一定要减肥！"

女生宿舍楼后的小巷，总有卖各式零食的小店，一家接一家。跟人打赌又总是常胜将军的阿兰，课桌下总是塞满了一板一板的巧克力、花生糖还有火腿肠，怎么能够减肥成功呢？思来想去，唯有失恋吧。

有了指引，就要有行动，然而不减肥没有男朋友，没有男朋友就不能失恋，不失恋就不能减肥，这真是个与先有鸡，还是先有蛋一样有深度的难题。

隔壁班的王帅不错，到校之初，就与阿兰颇有些多看一眼的缘分。可是那时候的阿兰想入党，想毕业之前有个光辉的履历，从此像父亲一样进入机关队伍，从小公务员一路攀爬到处长，如果还能有更上一层的进步，哇，那不是刷新了家族的历史？这样一想，简直打了鸡血一般。如果革命未成先有恋情，这党就入不成了。

在王帅多看她第三眼的时候，阿兰婉转地表达了自己的宏图大志，毕业前不会谈恋爱，一门心思学习、进步，找个理想的好工作。王帅哀怨地望了她一眼，没多说话，转头就改了投资的方向，与一群女老乡打得火热。路上偶有相遇，也只能是相逢一笑。可是没等到阿兰入党成功，他已经换了三个女朋友了！而大三的一场失误，阿兰知道自己是没机会入党了，不如恋爱，不能白青春一场。

转头看到隔壁班的刘帅，可是他太爱笑了，一笑满眼角的皱纹，单看眼睛像个八十岁的老大爷；大爷也就罢了，貌似身高不到一米七五，与阿兰走在一起，达不到黄金相差，不协调。

正所谓是三个女人一台戏，如果是五个人，那就连观众都齐活了。平时多有计较的五个无知女人盘坐在宿舍地上，开始对阿兰的失恋减肥大计做全面分析，定方案，最终将大任落在吴娜身上。她是本省人，认识的人多。

咱们的要求不高：人要帅，个儿要高，能接受胖点的女朋友。咱们的方案也简单：一开始恋爱就要如火般热烈，待到阿兰全情投入时就一脚把她甩了。就这样，用不上多久，阿兰就会瘦成风一样的女子，从此，裙下多了无数不贰之臣。大家想象着不久的将来，一道闪电般的阿兰风姿绰约地立在众人眼前，均眼冒金星，应该是都把自己代入进去了。

可是，到底没了下文。

王帅花心误了阿兰，刘帅身高误了阿兰，吴娜的不靠谱又误了阿兰。直到毕业，阿兰也没有正经八百地谈个恋爱，这是她的终生遗憾。虽然也没有闲着，一个接一个地约会着，吃个饭，逛个街，看个电影，只是都没有手拉手，只是都没有明确表示过喜欢。没有捅破的奸情不算奸情，没有表白的恋爱不算恋爱，时光就在这样的蹉跎中，青春岁月倏地去了。

其实，毕业实习的时候，阿兰与同班男生在同一个公司实习，一次聚餐归来的路上，因为微醺，因为陌生的城市，因为四月依旧寒冷的风，与即将毕业的恐惧，脚下的石板路不断发出"嗒嗒"的声响，仿佛一通催促她快点陷入情网中的擂鼓号角，她慢慢靠过去，倒在他怀里，他轻轻吻了她，如同早春三月的风，只滑过捂得严实露在外面的几根发丝，全无感动。

夜半躺在寂静的宿舍里，阿兰有着淡淡的悔恨，与终于不再苍白半生的庆幸。可是他与她不是一个省，他的家在农村，这些都是以后相处的负累，更重要的是她并不是很喜欢他。当他第二天兴冲冲地约她晚餐，她冷冷地拒绝了。那么清高又优秀的男同学即刻明白了，昨晚的冲动，不过是陌生城市里互会的光亮，寒夜里搜寻的一丝温暖。毕业多年后，他还是不肯理她，她亦假装彼此陌生。

终于忙完了手头上的工作，阿兰洗了把脸，泡了杯咖啡犒劳今日的自己。下班的时候窗外下起了雨，淅淅沥沥的让人扫兴，偏偏隔壁的小同事放大了手机音乐，鬼魂一般地钻进办公室，"我们说好不分离，要一直一直在一起。当初说一起闯天下，你们还记得吗？"眼泪突然掉下来，仿佛回到少年时，每天向往着有此一人，执手一生。终究还是一场空。

少年听雨歌楼上，中年的歌楼终究消失在海市蜃楼中。那个从来没说过爱的男孩，那个终究只有过一次浅吻的男孩，那个爱了他无数年依旧不知道有人爱他的男孩，你们也老了吧？

天真岁月不可欺，青春荒唐不可弃，唯有时间煮雨，化为缕缕轻烟，唯愿相爱的人永远在一起。

月亮与六便士

最怕开会，尤其是大会。

年终总结大会最累人，集团老总依次上台，发表着熟练硬气的官话、套话，说者眉飞色舞，听者却神游万里。我只喜欢他们的结尾，表达感恩过去种种，期待明天更美好那一刻的真诚。

听得乏味，坐得疲惫，拿出手机，看公众号大牛六神磊磊与猛女周冲打口水仗，看得眯眯笑。其实，天下文章一大抄，几十年来，关于抄袭、剽窃引发的文人"公案"一箩一筐，公说公有理，婆说婆没错，上哪找公道去？正读得开心，看到了八〇后创业代表人物茅侃侃自杀身亡的新闻，叹息！

抬头盯住主席台上侃侃而谈的老板，转为温柔目光，要珍惜这些创业的人，要爱护这些创业的人，要是没有这些人的存在，我们上哪里找饭吃？

正叹息，坐前排的吴大美发来微信，"你知道吗？刘连辞职了，抛家弃子，出家了。听说去了江苏某寺，独自修行去了。"一惊。一向老实本分的刘连挺冲动、挺有魄力啊！辞职也就算了，不过是名工程师，有他不多，没他不少。可是，儿子才上小学，这抛家弃子的，太有性格啊！想学毛姆小说《月亮与六便士》里的查理斯吗？忍不住冷笑。

那时年少，乱翻杂书，却真心不能喜欢《月亮与六便士》，毛姆想要表达的是什么？是推崇为理想而活的查理斯·思特里克兰德的生活方式，还是向高更致敬，一边讥笑他的不负责任，一边敬佩他的才华？生而为人，谁不是满怀理想？哪怕活到一百岁，也是有理想、想活得更好更美的人啊。可是，是每天抬头仰望月亮，还是低头捡起脚下的六便士？这不仅仅是理想与现实的问题，更是检视一个人的责任心、良心与爱心的时候。越来越多的男人没有责任心、义务感，他们只为自己而活，想来就来，想走就走，好像他们的存在，就是为了延续血脉，留下一颗精子。不管是优秀的儿子，还是可爱的女儿，都拉不住他们娱乐自己的脚步。

认识刘连十多年了，我只觉得他老实得近乎木讷，遇人不多话，甚至有点羞涩，可是，写得一手好字，内心安静，常年听佛经学佛法，为人良善。可是，这样良善的人，就这样抛家弃子的奔自己所好去了，这是良善的行为吗？如果你一心向佛，干吗结婚生子？你解决了家族香火的延续，完成了自己的历史使命，就顾着自己不管别人了？你考虑过你妻、你子的感受吗？轻声叹息，为自己的瞎操心而无语。

　　不知道是自己的见识少，还是所遇非人。周边但凡优秀些的男子，以自私自利的居多。他们的心里，刻着硕大的"我"字，不管何时何地，永远为着自己。尤其是那几个有才华的男人，许是成人以后，时时被呵护、被崇拜，几乎不会在意别人的感受，只要自己想做的事，不管不顾就奔了去。他们说：这是为艺术献身。

　　像我这种又想仰望月亮，又想捡起脚下六便士的，只能过着美满幸福的平淡生活。也好！

再见前任

据说电影《前任3：再见前任》大火。中年妇女才懒得理。不看！我的前任长啥样，早不记得。与前任发生过啥啥啥，更不记得。

然而办公室的小萝莉很向往。买了票约我陪伴，使劲撒娇，就差没扑到怀里，"姐，陪我去看吧！我一个人去看电影，好傻！人家会笑我的！与老公去看，万一我哭了，或者他没崩住，那肯定得吵架呀！不！是打架，说不定会动刀的！太可怕了！不能和老公一起看。和女朋友去看吧！你说我那点料，她们全知道。我哭与不哭，都会被她们笑。不如你陪我，反正我哭与不哭，你也不会笑我。你看，纸巾我都备好了，还有墨镜与帽子，万一你也哭了，出了电影院一戴，没人看得出。姐，我多贴心啊！咱们去看电影吧！"

这点小蜜糖，才不是让我动心的地方，电影票那么便宜，不到四十元一张，怎么可能打动我呢？可是她承诺请我吃牛扒，还有星巴克旗舰店的咖啡，这么有品位的事，想想都笑出声来。

直奔电影院。

是什么时候关注韩庚与郑恺的？好像是第一部电影《前任攻略》(别名《前任1》)里，由郑恺饰演的余飞开着跑车，将手伸出窗外，迎着风，傲骄地分享心得："当我时速二十千米时，手心感受到的是 A 罩杯；时速四十千米时，那就是 B 罩杯的感觉；当我时速达到六十千米，哇，那百分百是 C 罩杯啊！"边说边眉眼生动，唇角流涎，那种"骚浪贱"的下流样，简直笑出尿来。这两人真是绝配，一对渣男，却是暖心又可爱的渣男。

《前任3：再见前任》里，两个人依旧是保持《前任1》的水准，百分百的现代贱精，自以为是，稍有成绩就不知天高地厚，以为自己可以游戏人生，左拥右抱。又总在失去后，种种留恋。都市人的情感就是这样：得到了不知道珍惜，失去了私下里哭爹喊娘捶胸顿足伤肝动胆，偏又不肯为之努力改变，任悔恨终于成为悔恨，散落风中。

一定是人到中年，历经风霜，电影里的男主女主撕心裂肺，我钢铁般的意志依旧顽强。以为自己会痛哭失声的小同事，也只在孟云追到林佳家，却看到一男一女两双鞋子横陈门口，无力拍打墙壁，悔恨自己迟到，最后一把将备胎王梓拉进怀里大力亲吻时，擦了一把眼泪。可是，坐在身后最后一排、单独来看电影的女孩子几乎哭晕过去。从电影开篇，林佳拖着行李搬走，一个人睡不着，不停翻看手机，是否有孟云的问候，不断按出孟云的电话，却又一个个按键慢慢删除时，就开始闷声地哭，不停地轻擤鼻涕、轻声咳嗽、轻声叹息，似乎联想并沉浸在自己恋爱、分手时的种种过往。

不作的青春哪是青春？不作的爱情哪是爱情？清醒冷静的，那是真爱被刺伤后的现实婚姻，彼此尊重携手的，那是商业合作。

不敢回头，给她最起码的尊重。电影播至尾声，当孟云呆立广场、一声一声地呐喊"林佳，我爱你！"被保安拉开，挣扎在地上还努力去抓住至尊宝的头箍时，后排女孩那努力抑制的情感再也压不住，几乎是放声大哭。我被她哭得喘不过气来。中午的电影院，观众稀少，偌大的影厅，也不到二十名观众。哪怕情歌浓重，比不过身后女子深陷的痛楚。小同事被她的哭声带动，一把一把地扯过纸巾，不停擦泪，最后低下了头，捂住了眼睛。

轻轻叹息。我这个年纪，不太容易被爱情感动。因为爱情离开得太久远，你想不起感伤的过往。哪个人曾伤了你，哪个人让你在无数的夜里湿了枕巾，辗转难眠？你不会再为了谁心碎，不会再为不值得的人与事纠心，哪怕受伤，也不过是摇下头，责怪自己的愚蠢，下次要长点记性。而身后的女孩子，让我心疼，几乎为她掉下泪来。

电影结束，全场观众缓缓离席，我站在出口处回望，以为会有彩蛋，却没有。字幕散尽，歌声停止，灯光闪亮，唯有尾座的女孩子依旧痛哭，整个人蜷缩在座椅上，长一声短一声的悲泣，清洁大姐见了，叹息一声，低头清扫别处。我低下头，眼圈微红，缓缓离开电影院。

还不到两点，正是一天中最好的阳光，不敢睁眼，怕自己眩晕在这突然陌生的世界。我热爱冬日暖阳。沐浴在阳光下，感觉就像一条蜕了皮的蚕，又得新生。拐角处新开了一家利宝阁，硕大的招牌赤裸裸地打着眼。与小同事对望，满眼笑意，她长叹一声，没戴墨镜也没戴帽子，两个人说说笑笑寻食去。

谁的成长过程中是一帆风顺的？谁不是满身的伤痕才慢慢成熟？不管前任再好再帅，成了前任，就是前任，再多的回味也回不到从前。手机摸穿，不会联系你的人还是不会联系你；睡得再晚，不会找你的人还是不会来找你。不如吃好穿好睡好学好，将自己武装得让人仰视，再相遇，棋逢对手，方不辜负曾经的相爱。

现在的你过得很好，但是，我比你过得更好！

百年孤独

接连加班，整个人憔悴不堪，感觉随时会倒下，如果倒下了就再不醒来，有没有什么遗憾呢？

这样一想，慢慢停了手头的工作，拉起百叶窗，向远处的施工处凝望。这个城市，二十年来，不断变化。唯一没有变化的就是到处在施工。今天修路，明天建楼。到处是簇新的楼盘，稍老旧些的，立即被推倒又重建，完全找不到历史的痕迹，仿佛这座城，永远只有十八岁。

近来空气极好，睁开眼就是蓝天白云，可是开了窗的房间，一天没有打扫就是一层的灰尘，都是随风而来的建筑灰尘。可是我依旧热爱这个城市，没有它，哪有如今不断进步的我？虽然越来越老，却越来越成为喜欢的自己，不再斤斤计较，不再虚荣攀附，不再随波逐流，不再害怕孤独。

转身烧水，冲了一杯泡腾片。近来天气变幻，昨天还是三十五摄氏度的高温，夜半的一场豪雨，气温降到二十六摄氏度，夜半空调转冷，早起就有些鼻塞。要保护好身体，除了你自己，谁会在乎你的健康呢？

如果明天就会死去，你最后悔的事是什么？我会悔恨没有好好地爱人。年少得意，太过放纵自己的心情，作妖不停，伤害了那个爱我的人。如果重来一次，我会珍惜每一份爱，哪怕我不爱他，也会温柔有礼地待他。毕竟像刺猬般的女子，哪怕再美再优秀，时间久了，总让人生厌。何况我本属平凡，只是在爱我的人眼里，成了天使。

那年去美国旅行，极其热爱皮卡车，觉得那是世间最优秀的存在。如果我退了休，一定要买一台车况好、品质佳的皮卡车，然后改装成房车，装上煤气炉、锅铲、帐篷、简易床、油盐酱醋、面粉大米等各种食材，装得满满的，就像带着一间卧室与厨房上路，然后与朋友一起顺意而行，开到哪里是哪里，全无规划与设计，就这样游荡天涯。最好是两台车六个人，闲时凑台麻将，另外两个人在旁边端茶递水、搭眼偷看，干着急上不了场，这样才有趣味和刺激。当然不进城市，只在路况好的乡村晃悠，山花扑面，野树袭眼，时有时无的溪流，有铺天盖地的油菜花，有漫山遍野的山樱，有九转十八弯的杏林，有荷锄的农夫，有插秧的妇人，有骑牛玩耍的牧童，天晴，就在野外搭起帐篷，露营的时候，可以看到漫天星斗。下雨的时候，找户温暖的农家小住，吃清新的小菜，喝浓烈的烧酒。这样一想，几乎觉得脚趾发痒，恨不能立即去旅行。

窗外夜色渐浓，低头叹息，这城市越来越大，朋友却越来越少，除了办公室与家，好像不再有什么地方让我觉得可以依靠。家乡越来越远，朋友越来越懒得联系，虽然那里的人与物，还偶尔出现在我的梦里，可是，再也回不去了。

　　不知道何时，我遗失了美好的童年，还有再也不能归去的青春。唯有孤独，一直缠绵附身，告诉我，要努力，别回头，一直往前走，只有亲手打造的未来，才是此生最佳的归处。

药不能停

这两天很是反常，不光是天气、胃口，还是节奏，工作的节奏。

到家已近十点，还没吃晚饭。抓了餐桌上的一片吐司就送进了口。吐司面包很壮实，却依旧不满足，又塞了个柿子，也不洗，直接掰成两半，拿勺子挖着吃。貌似柿子泥抹吐司片，很是高大上。

好累，却睡不着。大脑时不时短路，只是不肯休息。本想泡脚，却累得不想动。打开电脑，有一眼没一眼地扫。又到了征订报刊时，订些什么呢？貌似这几年都没怎么看报纸杂志呢，可是，不订呢，又过不了自己的心理关。那么多年养成的习惯，就这样没了？不肯！

打开手机，扫朋友圈。老友群的点名红包正抢得欢，每晚临睡前，老友在群里纷纷报到，证明自己关心群、热爱群。我很少抢，因为他们用的都是4G手机，我抢不过。可是，看着大家抢得欢，心里也是美滋滋的。曾经得闲，一个接一个地点人家发出的红包，结果，竟扫了几个没人抢的，喜得不行，比抢钱还欢乐。

深圳虽然不大，朋友相见也不容易。就连我唯一的弟弟，同住一座城，一年见面的时间也没有超过十次。当然是我们都懒于打理亲情，总以为，不管怎样，亲情总在那里。然而亲情亦渐淡。很多时候，我觉得几个老友于我，存在感更强烈一些。

明天又是周末，不知道周六要不要加班。这样一想，更觉得疲惫。可是转念一想，周末有得加班，证明了公司生意好，一时半会不用倒闭。立即升发起对工作的无限热爱。我那热爱统计工作的老友温馨提示："瞧好吧！今年年底将引发大批的倒闭潮。你们要珍惜自己的老板啊！他们很辛苦，如果他们不坚持，说不定就要拍屁股走人，你们就下岗啦！年纪一大把，下了岗，好可怜的，想再就业可就难喽！"

听闻一直不停招工的富士康都很少招人了，这消息一出，立即四下寂然。办公室里静悄悄的，本来还吵着想辞工自己开奶茶店的阿东走过来，温柔地向我汇报，下午的会议已安排好场地，材料已复印完成，只待我一声呼唤，他就立即奔赴会场。心里有股暖流缓缓升起，真好！世间万物，唯有珍惜，最为可贵。

清晨醒来，不到四点。辗转着，终于起来穿好衣服，慢跑六千米。虽然是初冬，跑起来还是一身的汗，一阵微风袭来，竟起了个哆嗦，不到中午，整个人就蔫蔫地提不起精神。这一把硬骨头，竟然矫情起来。不理！吃了几种药，继续工作，在不同部门、不同企业间行走，以每天十二千米的行走路程，无头苍蝇般，仿佛唯有不停地奔走，明天才会更加美好安定。

　　《大学》里这样讲道：知止而后有定，定而后能静，静而后能安，安而后能虑，虑而后能得。什么时候，我能安能得呢？有一颗安定从容的心，有一份稳定的收益，从此江湖远，闲书伴此生。

一别两宽，各生欢喜

　　王宝强与马蓉离婚案即将二审的新闻闹得沸沸扬扬，各路人马轮番上阵，撸胳膊，挽袖子，兴奋莫名，或赞或弹，真是找到了打发时光的好法子。

　　知道王宝强，是他在电影《天下无贼》里饰演的傻根。一眼就被他土得掉渣的形象雷得两眼发黑，尤其是那一口乡音，一脸傻笑。看了些访谈，与他合作过的导演，如冯小刚、徐峥，均评价他是个聪明人，没事就送些土特产保持联系。东西都不贵，但是表明他惦记、感恩合作过的导演，印象颇佳。不禁感叹，我们常常被一个人的外表迷惑，以为他淳朴憨厚，甚至愚蠢无知，可是能够从万名临时演员中脱颖而出，必有他的过人之处。

　　王宝强是很聪明的，他有着商人的精明，懂得人情世故，明白自身长短，专攻人性的柔软之处。然而，说到底，他是一个男人，再多的见识，也改变不了他的男性意识，面对妻子出轨，尤其出轨对象是自己的经纪人，怎么也咽不下这口恶气，才不要算计什么未来，考虑一下得失，出了这口鸟气再说。所以，一当发现马蓉出轨，连夜发表离婚声明。我想，他应该是深爱妻子的，以娶得这个美女为傲。

在某节目里，王宝强对着摄影镜头，说经常挨马蓉的打，但是那表情里不是羞愧，而是浅浅的幸福。那时就有聪明群众点评，这个婚姻要到头了。婚姻生活里，但凡一方太宠另一方的，总不会有好结局。但凡结婚的男女，都以百年好合为最终目标，即使中途分开，谁不想好聚好散？可是怒火攻心的时刻，真能做到理智又有涵养的，真正做到一别两宽，各生欢喜的，少之又少。

但凡失败的婚姻，双方都有责任。如果两个人一起成长，一起进步，彼此尊重，地位平等，婚姻生活才会永葆魅力，欢欢喜喜，从从容容，平平淡淡，却从不变节。就像钱钟书与杨绛，一个说娶了她，从来没有后悔；一个说嫁了他，生活有滋有味。如果两个人是不平等的，婚后又没有沟通与同步，一个爱着对方带来财富与地位的同时，却一直鄙视着对方的本身；一个爱着对方的青春美貌，几乎把她当成女神一般供奉，这样的不对等，当然不能有好结果。可是回过头去，这样的结果，是谁造成的呢？婚姻生活也是一场战争啊，只有势均力敌，才能和平共处。

在一次敦煌山洞考古中，考古人员发现了一份唐朝的放妻协议，也就是现在的离婚协议书。书中写道："凡为夫妇之因，前世三生结缘，始配今生为夫妇。若结缘不合，比是冤家，故来相对；即以二心不同，难归一意，快会及诸亲，各还本道。愿妻娘子相离之生，重梳婵鬓，美扫峨眉，巧呈窈窕之姿，选聘高官之主。解怨释结，更莫相憎。一别两宽，各生欢喜。"

　　真欣赏唐朝男子的胸怀与气度。愿所有相爱的人结为伴侣！愿所有曾经相爱最后却生异心的伴侣和平分手，好聚好散，莫生厌憎！

土豪，做个朋友呗

物以类聚，人以群分。交了什么样的朋友，你就是什么样的人。

这话，我从来不信。我倒是觉得，朋友应该是互补的，如果你交的朋友和你的性格、品质都差不多，这生活可就闷出个鸟来。朋友，当然要交吸引你、性格差异大的，这样的生活才够刺激有趣。

夜半无事，细细回顾分析，我交的朋友和我的相似度基本在百分之十以下，其中最大的相似度为：雌、中年。

这不，四个中年妇女又聚会了，当然是在餐桌上。吃的是贵州菜，餐厅装修风格极为简朴，一餐饭却极为费银子，在大商场里特意辟出一块空地，装修成贵州吊脚楼的模样，配以竹栅栏、竹帘子，古朴厚重的木桌、木凳让就餐者对食物生了敬意，细细咀嚼，只怕品不出食蔬的真味。

吃到半饱，望着还有大半桌的菜肴，莲子提议把胡小妹叫来。我就担心，这吃到一半才叫人家，会不会不够诚意。胡清清一拍我肩膀大笑，"你放心，小妹这个大龄未婚老太太肯定没吃饭呐！把她叫来，正好收拾残局。"我与小妹不是太熟，只见过数面，唯一感受就是她的胃口很好，食量惊人。

等待的时间当然不能浪费，与小妹最为要好的胡清清开始讲她的经典故事：胡小妹年方四九，相亲无数，惜无一成功。小妹为人单纯可亲，唯一特点是饭量惊人。有一天，她跑来向我哭诉，说是在公司里受了污辱。我以为她被性骚扰，大怒。结果是饭骚扰。每次客户接待，她总有本事从头吃到尾，吃到最后，客户都没菜吃了，她还在吃。你知道的，吃饭前要喝酒的嘛，等酒喝得差不多，大家准备吃菜了，才发现，菜都被小妹吃光啦！几次接待下来，老总实在看不下去了。再有接待的时候，先帮她叫了两碗白饭，让她先吃个半饱再去接待。看到其他同事讥笑的目光，小妹脆弱的心哪，受了极大的伤害。负气辞职吧，还有房贷要还；继续做下去吧，心头又有一根刺；吃这碗饭吧，如鲠在喉！不吃吧？一会就要忍着饿。思量再三，小妞三两下就吃光了两碗米饭，恨恨地，望着对面努力忍住笑的坏同事。开餐后，又来一碗米饭，吃菜就收敛了一点，但还是没有剩菜。

听到此，四个中年妇女笑得要喷泪，倒得七扭八歪的没有形象可言，但还是努力忍着眼泪继续八卦：我认识她快十五年了，她的饭量一直惊人，总是从第一道菜吃到最后一道。凡经她手的，都是盆光碗空。但是她人又极瘦，你们看我都够瘦了，她比我还瘦！你们说，这还有天理吗？前一段时间，我骂她，总是吃我家的、喝我家的，认识她这么多年，没吃过她煮的一餐饭。她就讪讪地说自己不擅做饭。

到了周末，她约我去她家吃火锅，你知道吗？当我打开锅盖闻到底料的味，几乎吐出来。问她是什么料？她说，她攒了几包各种不同味道方便面的调料，一次性全放进锅里，有红烧牛肉面的、辣白菜的、老坛酸菜的，还有海鲜味的，她说这一周吃方便面都没舍得放，就为了请我吃她亲手做的火锅。

好嘛！买的东西还挺好，有大头虾、草鱼，还买了几只小鲍鱼，青菜也有不少，可是，那底料也忒恶心了吧！我不肯吃，她就一个人吃得欢。后来我忍不住，当着她的面把调料水倒了，重新加入清水和盐，才肯和她一起吃。我告诉你们呀，她这个人哪，对吃是全无节操，唯一要求就是量大。

正笑得沸反盈天，女主角推门进来了。咱们马上装着热情与喜悦，让座倒茶，只见那个吃货全不看我们一眼，满眼放光地盯着餐桌，胡清清立即点了两碗米饭，只见那修长的妙人坐下来后就没停下筷子，吃了五六分钟才空下嘴，极度满足地叹息，真好吃！真好吃！

除了胡清清，咱们三个老妇女全部惊呆啦！忙站起身来纷纷帮她夹菜，风卷残云般，咱们点的八菜一汤就见了底，当然，我们先吃过了，可是，我们四个人吃的不到全桌菜的五分之三，你懂不懂？最可怕的是，就连凉拌米皮的红油汤都被她送了饭，惨烈程度直逼自然灾害的三年。

我忙问要不要加菜，那满嘴油与菜的姑娘闷声否决了，使劲咽下口中的饭，连说够了够了。好吧！你不要加，我就不加，反正吃得太多，也不是好事。

终于，她放下碗幸福地叹息，满眼的喜悦让你心疼。一直没怎么言语的郭秀美开始大鸣大放，严重羡慕小妹以如此饭量却保持如此姣好的身材，询问秘诀何在？小妹一脸羞愧，说自己一个人的时候，吃方便面也是要吃两包的，还要加两个鸡蛋。打小胃口就好，消化功能奇强，总是没到饭点就饿得前胸贴后背，家族遗传中就没有胖子，胃口倒都是极好的。

这话真让人倒胃口。我们这些天天控制饮食、少油少肉还要多锻炼的，个个比她肥，上哪说理去？

好吧！你就是饭量界的土豪。我笑嘻嘻地帮她倒茶，温柔地问："土豪，我们做个朋友呗！以后出去吃饭，我就跟你混啦！尤其是有人请我吃饭，你跟我去，帮我吃倒她们，偿还我多年来被欠的饭债。"此言一出，三个老妇女可真是没风度，全笑得张牙舞爪的，手中却连连摆手，表示决不请我吃饭啦！

亲，还有谁是土豪？咱们做个朋友呗！

行走的耳朵

近来只觉身心疲惫，整日无精打采的，仿佛濒死的垂垂老翁。吃什么都没胃口，偏偏又吃得比平时多，总觉得心里空落落的，肠胃里一团地冷，非要热汤热面地冲下去，才有了生气。无缘无故地，就心生悲凉，总想放声痛哭一场。

不知道何故，昨夜夜半惊醒，心房绞痛，几乎是抽搐到一起，平躺着不敢动，转头看看隔着厚窗纱的窗户缝隙，应该还不到两点。深深地呼吸了几下，终于平静。瞪着眼睛发呆，却并没有思想。以为很快就可以睡着，却到底还是睡不成。凌晨四点，悄悄地起身，煮水泡茶，开电视，看湖南卫视的《变形记》，有一眼无一眼地扫着，感慨着投胎的技术含量。手里却拿着一本厚厚的书——《今生今世》，近来无事就翻翻，半个月了，才看了过半。

我想与这个世界肝胆相照来着，可是，走着走着，我只能与这个世界互相利用，随取随弃。谁不是自私的人呢？谁不是贪图新鲜，又想不背弃自己的心呢？胡兰成是爱张爱玲的，可是他更爱新鲜，更爱征服陌生的女人。从最初的刺探，到最后女人的沉沦，这是胡兰成证明自己男性能力的地方，他怎么可能放手，只爱张爱玲一个呢？其实我们都一样，贪新，亦恋旧，只不过我们胆小，我们怕人说，我们懒惰些，我们没有那么大的本事让异性爱上我们罢了。

　　听朋友介绍，买了养阴丸，说对中年妇女是极好的。可是，吃了几罐养阴丸，却还是没调理出自己想看到的结果。又忍不住将剩下未开封的送人。我就是这样子没长性，凡事只看眼前，只争朝夕，只想尽快尽善尽美，到最后，得了的总是埋怨。

　　家里的装修有些老旧，我想重新装修，可是高大全说没空，于是我就冲在前面，不舍昼夜地忙碌，尽自己最大努力，以最小的投入、最少的人力、最快的时间，以求达到最好的效果。我已尽了全力，用高大全的话说——你恨不能把清洁工、搬运工，所有最低端收入的人该赚的钱，全自己来干，结果，累得精疲力竭，却劳而无功。

　　是！我总是这般蠢。可怎么好呢？跟着聪明的高大全生活了这么多年，还是没有进步。终于把一切准备妥当，就连一向挑剔的我也觉得装修得不错，一切尽如人意。每每这时，高大全出现了，他终于得了闲。有一个词是这样写的：横挑鼻子竖挑眼。这是我所能想到的最佳答案。

他总是有本事找出症结所在，他总是有能力看出哪里有不妥，可是问题出现时，他不在现场。非等到一切收尾，他才出现。如果他只是将这些问题找出，自己静静地慢慢改善，也就罢了，我会忘记他所有的不好。可是，他会不停地讥笑、讽刺，总而言之：我就是一个猪头三，不管不顾、毛里毛躁、心急火燎地干完所有的事，就不能等他有了空，慢慢来做？你看，做事的总是有错。

不要以为我每次都冲在前面，我也有等过的，等他闲下来。问题是你左等右等，他就是没空。总要在你忙好一切事后他才有空，他才有机会批判你。总之，错的一定是你！

一忍再忍，当然忍不住，大吵。等我平静，一一推门进来，递过一杯水，满脸的笑容。我想不理她，她依旧满脸的笑。接过水杯，心情稍霁。一一就坐下来，坐在我面前的地板上。笑语盈盈地，一脸看笑话地问："老妈，你为什么不和他离婚？总是吵，这不是解决的办法。你不烦，我都烦了。"你看，这般冷静的不是我，而是我十二岁的女儿。

本想着撒撒娇，吵两句发泄一下的人，立即傻掉了。"我？我为什么要和他离婚？虽然他很令人讨厌，但是我还是爱着他的。再说，我要是和他离婚，谁来改造他呀？我还想改造他，让他成为一个完美的人呐！"以为这样的深情表述，就可以草草收场。没想到，一一大笑起来，"老妈，强者可以自救，只有圣人才能救人。你想想，你连自救尚且不能，如何救人？"再低下头来叹息两声，"老妈，醒醒。不如你和他离婚，骗他些钱。多骗一些，你就去完成你的理想，周游世界去吧！"在门口偷听的高大全立即冲进来，父女俩搂成一团，爆笑连声，只剩下中年妇女坐在窗台上发呆。

这是什么世界？这到底是什么世界？

安静了几天，高大全又来找抽。一边躺在床上看手机上的连续剧，一边问正换衣准备出门去的我，"你体重过百了没？"我愣了一下，体重过百，对于中年女性就是一把尖刀，时时刺穿她厚重的老心脏。醒过味儿的我眨了下眼睛，一点羞愧之色也没有地回，"没。差不多。"

以为高大全会赞美她两声，没想到，有晴天霹雳在等着，"哈哈！人家说，体重不过百，不是平胸就是矮。你看看你，两样！你全占了。"坚强的我没有回击，只是静静穿好衣服，穿好高跟鞋，下电梯，发动车子，一路狂奔，上班去。

哎！要想想哪有发财的路子呢？要多赚点钱啊！手里有钱，心里才如石头落了地，这人世才过得安稳、才圆满。

簕杜鹃开得极盛，满院满墙满树的，让人看了，心中欢喜。春天终于来了。

今天是个晴天。

孤独与庸俗

叔本华说：要么孤独，要么庸俗。

我非常不喜欢这句话。就不能不庸俗，又热热闹闹、开开心心地活着？什么是孤独？什么是庸俗？说到底，我们都是一群向往群居的动物，有人聊天、有人了解、有人拥抱，有人轻轻抚摸你的脸。

阿廖四十三岁了，还没有找到她爱的另一半。其实也碰到不少爱她的，她也遇到过几个自己喜欢的，却总没有下文。人到中年，依旧向往着纯真又热烈的爱情，然而中年人的感情，哪还找得到纯真与热烈？

前几年，她还喜欢没事来找我，到我家住，最近这两年，我们渐行渐远，我埋头于自己喜欢做的事，写点小文章、看点杂书、埋头微信里的热文，不愿意多说话，不肯认真倾听，不愿意行走，不愿意与她在午后的小店喝杯咖啡，午夜静谧的酒吧里饮一杯烈酒。

她一个人逛街、一个人在超市里挑挑拣拣、一个人吃夜宵、一个人看电影、一个人吃下午茶、一个人看展览、一个人旅行、一个人发呆、一个人与自己聊天，寂寂地倾听自己的心事。她不肯再约我，我亦不肯约她，大家都想寂寂地过日子，好像这样，才得了自由。

这一段时间一直忙着公司参展事宜，开展前一天，终于有了些许的空闲，这才想起，竟没有发邀请函给那几个爱看展的老友，马上回办公室一一地通知，微信刚刚发出，阿甜就传过来一张现场播报，原来她与阿廖正在吃火锅，镜头里的阿廖斜着眼睛，鄙视又调皮地望着我。忍不住捂脸，我竟漏了通知她，偏偏收到约会的阿甜与她一起。马上再发通知给阿廖，她说明天没空，下次再约。

放下手机，心中某处空空的，好像失去了一段美好的回忆，总有不绝的凉风灌进来，寒冰冰地疼。

曾几何时，我们无话不谈，见识过彼此最不堪、最软弱的一面，什么时候就淡薄到此？怀着这样失落落的心情，哪怕展览顺利又成功，依旧是没有什么欢喜。即使有，欢喜总是短暂。

无心工作，待在办公室里，心事重重，回忆千重。望着办公桌、沙发椅，亦会走神。在走廊里穿梭，穿来穿去，不知道要去哪里。迷茫又疲惫，不知道何处是尽头，是安详，是平静。跑到天台看年初种下的百香果，早就攀爬到半空，无一朵花、无一粒果，柔软嫩绿的枝蔓向半空招摇着，只盼着有一丝一缕的依傍，哪怕没有，它也依旧热热闹闹、兴高采烈、张牙舞爪地向上奔，说不定什么时候就遇到真命天子，还牢牢地抓住了呢。有希望，就不会绝望，这日子就得过。

正胡思乱想，手机响，阿廖发来一张图片，说正在某大厦附近闲逛，莫名地觉得熟悉，突然想起，我吐得她满车，洗了几次也洗不去臭气的那一次吃饭的酒店，不正是这里。那天，我请退休的老上司吃饭，六个人谈天说地忆往昔，足足吃了四个小时，喝光了六瓶酒，宾主尽欢，回忆无限，皆是美好又温馨。酒至微醺，忙打电话给她，叫她来接我。

送走老上司，早就没了思想，钻进车里就是不停地呕吐。她一边照顾着我，一边开车，一边骂我，任我吐得沸反盈天，昏天黑地。虽然被骂，肠胃也在痛，可是想着终于了结了一单恩情，老上司总觉得于我有恩，明里暗里帮了我不少，偏偏我与他想的不一样，觉得他不但没帮上忙，还很是设了些阻碍让我度日艰难。没恨他，我就是一个大度开阔的人。你看看，人与人之间，不管是上下级、朋友、亲人，同一件事，不同的人想法完全不一样。

可是，面对退休的人，你能怎么样？说个明白，做个了断，一件件、一单单地一丝一缕来个解剖深析？切！谁也不是幼儿园的孩子，讲清楚后再不做朋友。明知道江湖路远，此生不一定再见，依旧是人前人后的温暖笑脸，与冰冷的心。

不管曾经深情，或是薄情，不过是活着，不过是路人，哪怕曾经携手走过一段路，剩下的路，还不是要一个人走？

谁不想庸俗而幸福地活着？只要幸福，哪怕孤独。

过年，从换发型开始

但凡过年，老妈肯定要提前半个月换发型。

没办法，这在俺们东北是必须过的一道关。没电头发、没染色、没拉直、没修没剪，那还是过年？

哪怕到了南方生活，老妈依旧有这习惯，自己换了发型，还要催我快去修理修理。哪怕没换发型，稍稍修剪一下也是要的。过年嘛！当然从头开始，从里到外，崭新的开始。

可是，发型师众多，适合你的你不一定找得到；你找到的，可能不适合你。每年春节前后，都有一帮女友恨不得天天戴顶帽子，或者要找发型师算账。我们常笑：春节前的发型师是个高危职业。

春节前，依旧寻了去年的发型师，剪短十厘米、电了发尾，准备以精神抖擞、靓丽时尚的发型跨进二〇一九年。理想总是丰满、现实却多是骨感，有时还是骨折了的。

老公见了我的新发型，狂笑三声，然后便是一迭声地坏笑，赞这个发型比上一次好得多，至少进步了一个层次，这次是从东莞进步到宝安了，再改一次发型，基本上就可以进步到市区了。无语！

每一次选的发型师，都是再三沟通了的，亦是化了最淡雅、最显得青春时尚的妆容去的，怎么经过他的设计加工，成品就是城镇结合部的二大妈？

老公本是个善良的人，可架不住眼前人时时刻刻有喜剧效果，抬头看一眼，就要嬉笑两声，再抬头看，又笑两声。真喜气！平添无数欢乐。

元旦过后，老公旅行归来，累得不成样子。雪乡极美，每一处风景都惊艳你的眼，可是下山路滑，几乎翻车，差半米就是悬崖，吓得不轻，可是平安归来，那就是刺激惊险又美妙的旅行。不用担心，不出半个月，他就会把惊吓全忘，又规划着下一个出行游玩的点儿。没办法，就是特会玩儿。每一次都呼唤我同去，可是女儿还小，必须陪伴，于是挥手作别。不挥手也没办法，人家下了飞机才会告诉你又去哪玩了。你看，我就是一个好老婆。当然这是自夸，当事人可不这样认为。

望着对面那个边泡茶边玩手机的家伙，一把年纪，还是一头熨帖的短发，不看那黑黢黢皱巴巴的皮肤，还以为这是一个十七岁的少年。

突然心疼起来，端了盆温水，拿来洗面乳，小毛巾。安抚了半天，才肯让我帮他洗脸，换了两盆温水，终于洗干净了那张老脸，又拿出一张保湿面膜，帮他做皮肤护理，半小时后，涂了两层润肤水与保湿霜的老男人容光焕发，没有干皮、没有粗涩，几乎像刚出锅的水蒸蛋。

温柔地望着这个相识了二十一年的伴儿，娇滴滴地埋怨："你看看你的发型，像个刚出校门的中学生，特别幼稚、还没气质，这要是把头发电一下，一定显得儒雅高贵，还特别时尚年轻，一定特别像韩国明星，大明星。"语毕就煮饭煲汤去。

归家已近九点，一身的疲惫与烦躁。胡乱找了点吃的，就开始查资料，为明天的会议做准备。听到门铃响，打开门一瞧，几乎笑喷。

门外楚楚可怜立着的，就是一头小卷发的老公啊！这哪是韩国明星啊！明明就是韩国大叔啊！还是开大巴的那一个！

不成，太欢乐。不敢笑，只能昧着良心点赞。

那一个才不理，一个劲地往嘴里塞紫菜与薯片，一边不停地骂人，"你这个黑心贼，你这个没眼光没见识的村妇，你这个屯子里住的，我再也不听你的了，你看看你这是把我往苞米地里拉吧！你看看这什么发型啊！我再也不听你的了！你这个骗子！骗子！"

恨恨地吃着，恨恨地抱怨着，一脸的委屈，我都心疼了！不成，心好疼，疼得睡不着。表情很平静，内心很欢乐！

马上就要过年了，您换发型了吗？

男人的尺寸，女人的包包

　　正准备午休，电话响，女友在那一头小母鸡般咯咯笑个不停，说在微信上看到一条好料：从男人的右手可以判断男人的尺寸。

　　语毕立即停顿，期盼着我能积极响应，催问如何判断。才不理她，缓缓答道："我一直认为，男人的尺寸只与他的钱包厚度有关。"不到三秒钟，得到一声响亮的"呸"，和赞赏的大笑。

　　放下电话，顾自睡了，下午还有几场战斗，不知道要忙到什么时候。果真，归家已近八点，还没有吃晚饭。泡了一碗面，歪在沙发上看今天的报纸，那无聊女斯又打来电话，汇报下午的调查结果，"你这个中年妇女啊！到底是跟不上形势了，放了你的电话，我这心里不甘啊，就在我们'三八群'里探讨这个问题，结果呢，不出所料啊！都说男人的最佳尺寸不关右手事，八〇后呢，第一个反应就是与身家地位有关，她们的回复呢，特别实际，'男人的最佳尺寸与他是否有事业心，有发展前途，有情调，有房有车有关，最好是三个一百八，身高一米八，房子一百八十平方米，另一个是一百八十万欧元。如果是人民币，那连个首期都付不起！没看稍好点的小区，七十平方米的老房子都卖到八百万了；九〇后呢，那就简单得多，'男人的最佳尺寸当然与他的性能力有关。大点小点无所谓，前戏做足，花样够多，够细心有耐心，功夫好才是真的好！'你看看，人家才是享受生活的！点赞！唯有你们这些苦哈哈的七〇后最现实，只关注男人的钱包！全无节操！倒是老革命的六〇后，真正是觉醒开悟了，她们觉得男人的性格、操守、陪伴，就是最佳尺寸。你看看，你们这些七〇后，真是最无礼义廉耻的一帮，就知道钱！钱！钱眼里钻着呐！"终于骂够了，在大笑声中挂了电话。

八〇后的她，是我的偶像。生得美，学识佳、善理财、懂谋划，唯一的遗憾就是尚未寻得理想的郎君。好的人家看不上她，看上她的她看不上人家。一想到这一点，立时所有怒火全消，微笑着喝完尚有余温的面汤。

苏格拉底曾经说过：女人一定要买包包！自从去年的手袋染了色，就起了买新包包的愿望。依旧是喜欢的不舍得买，舍得买的不喜欢。于是在黯淡的时光里，颓唐着兴不起打扮的心，每日里像个城镇结合部的二大妈，胡乱穿着，整个人没有朝气。昨天一个相熟多年的老客户没忍住，温馨提示了一句：

你是不是有一段时间没去逛街了？感觉有点跟不上潮流呢！前几天看到你家先生，很有点品味呢。要小心差距越拉越大哦！

这是什么意思呢？下班已近十点，归家的路上，车少人稀，完全可以恣意地分析：是不是说我现在老土了，年过四十一枝花的老公却处在潮流中，这距离拉大，就是两个人渐行渐远的开始？突然间打了个寒战，吓得不轻！老公这是要起二心的节奏吗！我是不是应该转移点财产，私藏些银两呢？可是，财产在哪呢？私银又在何处？这真是个问题！要创造些难度哦！否则这生活可真是无趣！

准备买个新包包，然后呢，换个新发型，再买几套衣裳，还有配套的鞋子！化妆品也过时了，换新！嗯，车子也太老了些，是不是也换了呢？如果连老公也换成一个又帅又年轻又有钱的，那真是人生终极梦想。

可是，钱在哪里呢？哎！这样一想，顿时精神萎靡，还是洗洗睡吧！哦！忘记告诉你：苏格拉底是我们楼下修鞋修包的。

哼，哥哥

一定是天气湿热的缘故，近来煮出的菜，简直是人神共愤、万马齐喑、天昏地暗、未语泪先流。

顶着满头的汗，罩着湿身的衣，端出五大盘、七大盏，挤挤挨挨的粥菜汤水，终于人头落定，准备开饭。未举箸，胃口已先倒。要色相没色相，要味道没味道。不！不是没味道，而是要么咸了，要么全无菜本身应有的味道。

本来煮的是烫佛手瓜苗，要青翠幽碧的观感，清甜脆嫩的口感。先将水烧开，放鸡肉与姜片，煮出肉香后，投入佛手瓜苗，放盐，最后淋点香油出锅。可是，猪油蒙了心的，为什么我要用瓦煲呢？为什么没有煮好就马上吃呢？非要焖上十分钟才打开盖子，这上好的、鲜嫩的、清甜的佛手瓜苗呈现出沉闷的黄绿色，入口绵软，像一团腐烂的绿丝虫。立即吐掉，母女俩全无胃口，闷头吃炒饭。炒饭里的盐没化开，一口酷咸、一口清淡，感觉就像行走在刺激的人生路程。

盛夏的周末，最难将息。出去吃饭，晒得出油，好吃的饭店要排队，不出去吃饭，就我做的这些菜，是人能吃的吗？在纠结中挨过一天。见我无精打采的，高大全格外开恩，带去喝茶。由于我长得普通、个子矮、皮肤黑、又不会聊天，高大全是极不愿意带出门的。出门前，我纠结起来，这是去呢、还是不去呢？又给高大全丢脸，回到家，非挨打不可。嗯，去吧，在家待着，会闷得发霉的。这一次一定乖乖听话，少说，多听，到情急处，一定不出声。动作要温柔，表情要合宜，眼神要镇定，总之，眼观鼻、鼻观口、口观心、心观四面八方，随意想象，但是，一定不要表现出来。

进了朋友的茶室，已有三男一女在喝茶。那女子极高大，穿着高大上的衣服，一不留神，还以为要去参加酒会呢。要不要这么隆重其事啊？不过是喝茶。你看看我，不过是简单的白T恤、牛仔裤、系黑色皮带，脚蹬细高跟凉鞋，一看就是随意中透着优雅，优雅中透着端庄，端庄中透着高贵，高贵中透着青春。这样一想，我的心就开出朵花儿来，微微笑着落座，一言不发，看端坐主位的中年男子泡茶。

当然要互相介绍，验明正身。身侧那帅哥是美国回来的，在某外企任高层；一个是某企业高级管理人员；泡茶的是某企业负责人；那婀娜多姿的美女是某服务行业的老板。哇！原来老板娘就是长这个样子的。我立即多瞄了几眼，赞啊！浓妆依旧掩盖不了肌肤的暗沉，那一定是长期熬夜的结果；即使不停地左顾右盼、眉飞色舞，还是盖不住那沧桑的眼神，没办法，经历沧桑的人，那眼神怎么会清澈呢？

泡茶男见喝茶的人多，立即兴奋起来，非要拿私家好茶共享，说是五十年的陈普，多少人求他也不肯拿出来，今天要泡一道，你们走运了。我一向对熟普不感冒，只微微笑。对面美女已经娇滴滴拍手叫好，那兴奋妩媚喜悦的表情，让我以为她才十三岁。可是，应该是不止两个 double 吧？泡茶男从身侧红木柜中的紫砂罐里取出一饼茶，小心打来纸封，有已经撬好的碎茶。略思，又撬了指甲盖大小，水烧滚了，略放凉，高举淋壶、投茶、低冲。洗茶两次后开始分茶，那美女细心看着茶师的每一招一式，不时发出惊叹，几乎将身体都凑到水壶上。

我端起茶，浅嗅已觉不妥，转头看高大全，也射出不妥的眼神。是的，这茶仓味忒重，一定是湿仓存放，促进陈化的缘故。当然不能倒掉，浅浅尝一尝，放下杯微笑。

对面那美女却几乎激动得要叫出声来，端起茶杯，刚刚送到嘴边，深嗅一唊，马上扭头向右，貌似要哭的样子，然而只是发出一声长叹，"太好闻了！哥哥这茶实在是珍贵。不行！我要拍张照片发微博，让姐妹们都知道我有福啦！哥哥，我知道她们都求了你好几次了，你也不肯泡这茶。你看看，我真是有福气。"放下茶杯，持手机左拍右摄，发了微博后，静待回音。

不到一分钟，就有回信了。美女几乎要长啸了，凑近泡茶男大笑，"哥哥，你看看，红红绿绿们都在叫啦！说你偏心，给我喝，不给她们。哈哈哈！"余人都笑起来，假装自己也特别荣幸、感动。美女开始感恩回顾前半生，像做临终遗言一般，"我运气真是好！遇到哥哥。这几年，要不是有哥哥，我的生意哪里能维持下去？都是靠哥哥帮我出钱、出力、出谋划策，不时带人去捧我的场。真是特别感谢哥哥。"这样感人肺腑的话语，伴着一杯杯的热茶，泡茶男几乎要醉了，面带微笑，不时摇头表示过奖过奖。

我转头看着高大全，那家伙正倾情观看演出，全不理我咨询的神色。可是这泡茶男应该年纪不大吧，最多也就三十七八岁，那女的应该是姐姐吧？还一口一个哥哥。哥哥！叫得真是亲热。

不知哪根神经线搭错，我突然想起著名诗人林有财的名句："妹妹，你久不说爱我！"一念及此，我忍不住笑出声来，想止住已来不及。立即低头，不敢再笑。

茶毕，大家一起去美女的餐馆就餐，席间依旧热闹，按下不表，只说哥哥。原来美女才三十五岁，真的应该叫哥哥。可是，为什么哥哥们这么年轻？带着疑惑，转头看向开车的高大全，哼！这一看，心头熊熊怒火燃烧。

这男人啊！到了三十五岁以后，要是不长心不长肺的，一心只顾着吃喝玩乐，从来不管家、不管孩子、不管老婆的，他就是长得年轻啊！

哼！哥哥！

中年妇女与四大名著

但凡有两个以上的中年妇女坐在一起，总会有点故事发生。

但凡是女子，总喜欢比较。小女孩时，比较谁的玩具多，谁的学习好；年轻女孩子就愿意比较谁的衣服漂亮，谁的追求者众；到了婚嫁时，就要比较谁嫁了帅气又多金的老公；到了中年，当然要比较谁的老公事业有成，又没有外遇。然而，这不是比较的重点，最重要一点是比谁的孩子更优秀，成绩更好。所以，各种补习班开得比香港的金铺还多，补习老师乐得见牙不见眼。

作家王小波说："中年女人是人类的灾难。"所以，他怕极了这灾难出现，早早去了天堂。说这话，忒过于刻薄。我是很喜欢王小波的，所以这话不是我说的。是我说的，打死也是不肯承认的。

其实，王小波的书，我读得并不深入，只是粗略地扫过几眼。关于男女主角及故事情节，早已忘却。唯对其想象力的天马行空极为惊艳，仿佛打开了另一个世界的一扇窗。最喜欢他写的情书，每每想起，都会感动不已，就像是写给我一样。虽然我活了大半辈子，却并没有收到什么情书。可是，无论哪一个女人读到小波写给李银河的情书，都会纯真起来、激动起来。爱你，就像爱生命！

闺蜜是个特殊的存在，她们相爱相杀，既看不得对方过得不幸福，又看不得对方过得太幸福。这不，我们五个相爱相杀超过十五年的老闺蜜又凑到一起，说说别人闲话，聊聊身边是非，顿时精神抖擞，有了明天早起继续披挂上阵的勇气。不知道怎么，就聊到了四大名著。

其实，我不喜欢读书。四大名著，我也不喜欢。作为一个没有文化却热爱生活的人，我只热爱菜谱。

但是资深美女赵小影是名校中文系出身，不谈谈文学，如何证明自己的出身高贵？"中国人喜欢三国，热爱水浒，那是因为呀，中国人就喜欢假仁假义，能装会骗，玩弄权术。没有权术的，就向往江湖。因为有了江湖，就可以不择手段地玩不义不仁，却又摆出一面劫富济贫的正义大旗。其实，就是一帮无赖流氓假装正人君子、英雄好汉；《西游记》呢，讲的就是我们现在呀，那就是你再有本事，也逃不脱老板的手掌心。除非你听话，否则就别想有好日子过；《红楼梦》我最喜欢啦！每每读来，体会都不同……"

正陶醉于深情中，话音未完，我就抢过话头："是呀！每次读来，就是对中年妇女的一次剧烈抨击。要知道，女人是水做的骨头，见了就清爽。可是，一旦结了婚，就发黑发臭，变成死鱼眼珠子了。"高贵中年妇女恼了，狠狠盯着我，要吃人一般。

我不理她，"所以呀，我喜欢《金瓶梅》，虽然到现在为止，还没有读过。但是听人家讲呀，《金瓶梅》的主题思想就是呀，生命如此脆弱，一不小心就挂掉了；欲望如此强大，一不小心被勾搭上了；男人如此龌龊，个个吃着碗里的，看着盘里的，牵挂着锅里的，还遥望着菜地里的；女人如此势利，得了陇，望着蜀，不仅要锦衣、美食，无数的金钱，还想要竞争者的命。你看看，多么现实主义的好作品，可惜，竟无缘得见。谁有，送一本给我呗！"死皮赖脸地向高贵女神伸过手去，没成想，那家伙恼了，狠狠地打了我一掌。

哎！和中年妇女说真心话，当真是一场灾难。

蝶恋花

一直喜欢这个词牌名，仿佛有蝴蝶翩翩起舞，流连在花丛中，当然是玫瑰。这样一想，顿觉人生美好。

女人的一生，最爱的、最向往的，一直是爱情。可是爱情不易得，倒是生活中点滴的喜悦更让人感受到幸福。

起床早的人，收获良多。比贪睡的人，有延长了生命的感觉。清晨五点醒来的人，是寂寞的，亦是充实的。可以看书，泡茶，还可以擦地抹台，煮菜煲粥，更可以举目远眺，感受每一天的朝阳，或是风雨。

阳台上的绿植，都葱郁着，却无一朵花，就连最擅开花的簕杜鹃，都紧闭喜悦，只顾着闷头向上盘旋，几乎包住整扇窗。常对住它牢骚：你这样只顾着茂盛，长得强壮威武，不太好吧？如果有那么几簇花，才像一株花嘛！一朵也不给，又贪

李卫璋 /

吃又贪喝，枝干粗得扭不动，你以为你是棵树吗？

天天唠叨，它也不理，照旧不开花。虽然叹息着，依旧是每周浇水、施肥，从不放弃它，从不鄙视它。楼下的花工说：最烈的夏日里断水一周，直到叶子枯萎，再供水，马上就会开花了。才不听他的！我宁愿它不开花，也不舍得让它叶子垂落，无精打采的。哪怕花开满墙，没有生命力强劲的绿叶相伴，总是人生缺憾。我喜欢花，更喜欢绿色，满眼的绿色，才让我觉得活得有力。

昨天去副总那里汇报工作，正讲着，端坐太师椅上的副总突然右脸颊抽搐，抬起左手伸向颈后，右嘴角向上一扭，右眼跟住眯缝着，有点咬牙切齿似的，仿佛对我有仇，即将出刀砍人似的。我一时愣住，一边说着工作，一边小心观察着，是不是有蚊虫正在咬他脖子？结果，惊人的一幕发生了，他竟然大力搓着，三两下，竟搓下一层泥垢！这还不是结尾，更让人惊讶的是：他突然发内功，左手的大拇指、食指与中指齐发内力，将那食指与中指搓下来的泥垢团了又团，竟凝结成一个肉眼可见的黑丸。

几乎尖叫！他会不会、他会不会突然发力，将那可让人变哑、变傻、变痴呆的药丸发射到我嘴里呢？从此我就中了蛊毒，必须听命于他呢？突然想起洪七公，他将身上的泥垢搓下来，塞到人嘴里假装毒药丸。几乎爆笑出声，强力忍住。

然而副总只是轻佻地往地上一弹，浪费了那至尊无敌的十全大补丸。可惜这人间至宝，应该送给某下属服用，从此长命百岁的。

回到办公室，突然就起了懊恼。副总是不欣赏我吧？讨厌我吧？那以后是不是不应该再去汇报了呢？也许是话不投机，也许是志不同道不合，两个人不是一个战壕的吧？又或者，他不把我当外人，当成兄弟姐妹？当场搓泥、抠脚丫子、打嗝放屁，都无所谓。到底是哪一样呢？还没想明白呢，自己先笑倒了。这真是没事找事，无病呻吟啊！爱咋咋地，哼！下次我也搓泥，还要送到他眼前看呢，林总林总，您看看，我这泥丸比你的大哎！我才三天没洗澡，还带着香奈尔五号的味道呢！您闻闻，好好闻哎！林总林总，您说，要是一周不洗澡，会不会搓出一个铅球来？咱们可以在办公室掷铅球健身了哎！

不成！太欢乐！几乎笑抽。

怀着喜悦的心情归家，煮饭蒸鱼，美美地享用晚餐，还要再来一杯茶。夜风徐徐，送来海风阵阵清凉。白天都是三十六摄氏度以上的高温，夜晚也是酷热难耐。可是那风一吹来，将贴在身上的衣服掀起，所有的毛孔都得了呼吸，疲惫的肉身仿佛得了舒缓，恍若老树发芽，得了新生。

真好！这丰富多彩、没事找乐的人生，就像蝴蝶迷恋花朵，让人对明天充满了向往。

如果早点遇到你——黄蓉与欧阳克

郭靖转头就睡，不到两分钟，呼噜声震天响。原来还奢望着有一个暖心的拥抱，或者是睡前甜蜜的一吻，现在，只留下淡淡的失落。无声地叹息，眼神黯然，窗外有只飞鸟叽叽叫着，越飞越远。望着身侧那魁梧而满足的丈夫，黄蓉轻轻翻了个身，盯住窗外那盏昏黄又朦胧的月亮，有一个人影浮现在她眼前，坏坏的笑，弯弯的眼，轻挥羽扇，态度从容。

他总是眉目含情，哪怕是恼了，嘴角也带着一抹笑；他永远是白衣胜雪，举止潇洒且满眼骄傲；他总是赞美她，带着欣赏的目光；他总想撩起她的长发，往鼻底深深一嗅，带着满足而喜悦的坏笑；他对所有的人都彬彬有礼又威严有加，哪怕对方不过是个婢女或者扫地的大爷，良好的家世，造就他虚伪的性格。可是，谁能说虚伪不好呢？至少让双方舒服，宾欢主悦，如沐春风。那些直来直去，闷言讷语的，不过是见识少、家世薄、缺教养。他与她，无论学识、长相、还是家世，都是旗鼓相当。

他叫欧阳克。

如果不是因为与父亲怄气，她负气离家出走，如果不是为了让父亲难过，把自己打扮成小叫花的模样，她怎么会喜欢郭靖这样的闷人？她就是想找一个父亲不喜欢的人，越是低到尘埃里，越是惹父亲伤心，她才甘心。其实，她与欧阳克才是最般配的，谁知，竟错过了。

当他们五人被困在海岛，黄蓉设计想害死欧阳克，却只是把他压在巨石下面。迫于欧阳峰的胁迫，黄蓉想方设法来救欧阳克，当她将芦管插入他嘴里帮助他保持呼吸时，他低声谢她，黄蓉不禁愧疚，告诉他，你不用谢我，是我布下机关来害你的。欧阳克却低声劝她，"不要那么大声，让我叔叔听到，就不会放过你了。我早就知道是你设的计，死在你手里，我一点也不怨。"黄蓉再讨厌他，也受了感动，"这个人虽然讨厌，对我却是真好。"

欧阳克终于死了，死在杨康手里。黄蓉的心如刀绞，却只能默默难过，表面上还要做出喜大普奔的样子。是的，这难过不能与外人说！她是郭靖郭大侠的妻子，她是天下第一大帮派的帮主，她怎么可以喜欢一个出身邪道、猎艳无数的恶人？

无数个夜晚，天空洒满了星，有幽幽的萤火虫在窗前滑过，有温柔的夜风袭面，她会想起初初相遇、本是对立面的他。他常当众赞美她，满眼爱慕。他死了，从此世间少了一个真心爱她的人，还是一个那么英俊潇洒、风流倜傥、才貌出众的人。每叹息一声，转头望向那个不是练功，就是在睡觉，完全无法沟通，不能谈天论地、吟风咏月的憨老公，忍不住地摇头。可是，还能说什么、做什么呢？这个人，是她千挑万选出来的。为了他，她不惜与父亲斗、与天下斗，吃尽了千辛万苦，还能反悔吗？当然不能！她自己这一关都过不了。

郭靖是个好人！口笨心笨，却待她如珍如宝，无论她说什么做什么，他总是送上崇拜与爱慕的眼神，他当她是神、是仙，唯独不是爱人。相爱的人，当然要有小情小调，吵吵嘴，调调情，可是他不会哎！他只会跟着她身后，像条甩不脱的尾巴，从不会出谋划策，只会跟从、服从、听从。挺没趣的！如果嫁给欧阳克，生活一定很丰富，可以谈天说地、讲古论今，可以聊诗赋、论武功，还可以讨论哪一家的菜味美，哪一家的姑娘眉眼娇，哪一处的风景佳。

跟从欧阳克的那些女子，既是他的徒弟，也是他的婢妾，她们望向主人那崇拜而喜悦的眼神，让她隐约明白了什么。可是，那时她眼里只有郭靖，她尚不明白鱼水之欢、男女之乐。如果她嫁了欧阳克，他肯定是多情常出轨的，肯定是要争吵不休的。哪怕是娶了她，他也会有很多情人。这就是欧阳克嘛！可是，如果嫁了他，他一定会温柔待她，他会吻她每一寸肌肤；他会赞美她，不放过一根头发丝；他会与她讲各种典故，说出各种美食锦衣的特色，会与她心灵相犀，会心一笑。如果是欧阳克，生活一定是多姿多彩。这样想着，就发了痴，几乎想离家出走，可是，芙儿正拉着她的裙角，甜甜地笑。

生活如此枯寂，往日那么精彩，偏偏她选了随岁月干枯，而不是每一天如乘太空梭般刺激惊心。

如果，如果欧阳克还活着，也许已老得动不了歪心思了，老老实实守在她身边。也许正在某个幽美的山谷里吟风咏月，他才不管百姓的生死与朝廷的兴亡，只要自己开心、家人幸福，就是最美满的人生。嫁给他，真的蛮好！什么家国大业，什么蛮夷正宗，关我何事？只要相爱的人在一起，只要青山依旧，只要流水淙淙，只要岁月静好。这样想着，腰又痛起来，应该是又中了一箭吧。

彼时，襄阳城正炮火连天，弓箭乱发，映红半个天空的，不是彩霞，而是整个城池的火光冲天。老百姓也没闲着，抱着石头的，拎着水桶的，举着木棒的，都与全身盔甲的蒙古兵厮杀，当然是打不过！

终于静下来，只听得倒地不起的伤兵哀鸣，举目望去，繁华的襄阳城像堆废墟，间或有火星闪烁，间或有乌鸦悲啼，黄蓉的右臂中了两箭，后背中了五箭，左腿也受了伤。不少蒙古兵冲进来，受了重伤的郭靖正与几人肉搏，终于体力不支，倒地不起。黄蓉并不伤感，这是他们的宿命。自从选择了死守襄阳城，她就等着这一天。只是不舍郭芙与那像他爹一样愚忠的儿子郭破虏，他们应该和他爹一样，归了天了。好在二女儿郭襄生性自由，一早离开了襄阳城，过自己向往的自由自在的生活去了。希望她能遇到一个情趣相投的人，过一生平淡又安逸的生活。这样想着，黄蓉的脸上就浮起了微笑。不等蒙古兵冲到近前，捡起地上一支残剑，用力刺向胸膛。真好！终于可以休息了！不用劳体，不用劳心，终于可以好好入睡，假装她还是那个饱受宠爱的女儿。

　　如果有来生，她要嫁给欧阳克，好好享受生活！

一见杨过误终身

杨过害人！

自从遇到他，公孙绿萼、陆无双、程英，还有郭襄就不由自主地爱上他，再也不能喜欢别人。从此误了终身，或是为他而死，或是孤寂一生。就连任性娇憨的郭芙，刚烈坚毅的完颜萍、豪爽大气的耶律燕，虽然嫁了人，心底的某处，依旧牵挂着杨过。但凡优秀的男人，总是害人不浅，误了无数女子，却不自知。

初读《神雕侠侣》，很为杨过与小龙女坚贞顽守的爱情感动，年纪渐长，反而对杨过有了点抗拒，不再喜欢他，甚至觉得，谁遇到他，除非是正确的那个人，否则真是一场灾难。

陆无双在逃命途中遇到杨过，杨过为保护她，两个人一路逃命、日夜独处，又开玩笑叫她"媳妇儿"，面对一个肯照顾你、肯为你不顾性命、风趣又英俊的少年，哪个少女会不动心呢？程英再遇杨过，已是十九岁，她认出了杨过就是当年舍身相救的少年，但她没有道明，而是一路保护，直到杨过受伤才出手相救。夜半微凉的月色中，她吹起一曲洞箫，没想到杨过那么明白她的心意，低吟相和，简直是遇到了人生知己。如果是你，遇到一个正直善良、侠义英俊的他，怎么会不喜欢？姐妹俩明知道杨过爱的是小龙女，依旧愿意一路陪伴他，哪怕只是像侍女般照顾他，已是快乐又满足。

没想到，杨过早就明白她俩的心意，非把窗户纸捅破，说咱们结拜为兄妹吧！结拜为兄妹，一举断了两女情爱的念头，杨过坦然不辞而别。程英对哽咽不止的陆无双淡淡地说了一句最让金迷肝肠寸断的一句话："三妹，你瞧这白云聚了又散，散了又聚，人生离合，亦复如斯。你又何必烦恼？"多少失恋的女子，一想到这一句无奈的感悟，总要掉下泪来，安慰自己，世间多少离合，多少怨侣，多少得不到的情爱，我遇到你，失去你，不过是千千万万朵流云中的一朵，伤心无益，不如勇敢面对明天吧！说不定明天就会遇到更好的人，更好的事。只是那个人，再也不是你。

公孙绿萼从小生活在谷中，寂寞却又无忧无虑，遇到杨过简直就是她的劫，短短的几天，让她知道人世间的丑与恶，也感受到又喜又羞又甜又痛的爱。在她撞向父亲的剑，口中却低低地喊着他的名字："杨郎、杨郎！"哪怕是死，她亦是欢喜的。遇到爱情的女子，哪怕单相思，对方给她点甜头，她总忘记了自己。

郭襄最是无辜。人生刚刚开始，在最美好的年华遇到了三十六岁的杨过，男人最有魅力的年纪，即有威震天下的声名又成熟幽默，容颜还没有苍老。最不该的就是杨过，明知道她是郭靖的女儿，偏偏还来逗她，惹来小姑娘一生一世的痴情与寂寥。风陵渡口初相遇，杨过送她三枚金针，让她许下三个愿望，第一个愿望，郭襄揭开杨过头上的面具，看到他英俊的容颜，已是芳心暗许。时隔两月，郭襄的十六岁生日，收到了杨过的三份大礼，从此她的人生，再也容不下其他男子，比他年轻的没他武功好、比他武功好的没他帅，比他帅的没他痴情、比他痴情的没他送的礼物惊天动地！哪怕到了四十岁，郭襄出家为尼，创立峨眉派，心里依旧无法忘记十六岁那一年的烟花。

据说风陵渡就在山西、陕西与河南三省的交界处，有时我会想，郭襄与杨过初相遇时，吃的是什么呢？刀削面、拉条子、油泼面，还是臊子面呢？如果那时有忘情面该多好，杨过忘记了小龙女，忘记了过去的苦难，忘记了家仇国恨，与郭襄一起浪迹天涯，那也会很幸福的啊！

但凡遇到一个让你魂牵梦萦却又得不到的爱人，这一生，总是寂寥。哪怕得了无数的倾慕与爱恋，到底意难平。

一本正经地胡说八道

刘大美最大的人生乐趣就是买房子，投资理念就是不停地买房子、卖房子。

到哪吃饭，看到附近发展趋势不错，饭刚吃好，立即找房产中介，买房子。到哪旅行，看到环境不错，位置不错，配套不错，立即找房产中介，买房子。带孩子去美国旅行，洛杉矶不错，旧金山不错，十二天的行程走马观花，回到国内不到三个月，两套房子落到名下。让人叹为观止、佩服得五体投地的，说的就是她。

当然，有买有卖，否则一条街都是她的了。这些年来，经她手买卖的房屋，大大小小多达二十套。经常是刚装修完房子，还没入住或出租呢，那边就签上卖房协议了。

多年的满怀激情的房屋买卖工作，培养出了一名出色的装修工人。作为一名精致的小女人，买房是一件高雅的事，穿得漂漂亮亮地去看房，斯文优雅地签下买卖协议，然后，就应该没有什么然后了。什么收房、装修、买材料这些粗鄙事，哪里应该让一个美丽高贵的女士来完成呢？当然不应该啊！这应该是大老爷们干的事。可事与愿违的事，总在发生。体重不到一百斤，身高刚刚一米六的刘大美，眉眼温柔，谁都以为这江南女子如杨柳扶风的娇弱，你哪里想得到，家里的水龙头、马桶都是她自己装的？

去她的新家参观，说起我家客房卫生间经常会有无名的臭味，不知道哪里传来的。查了地漏，查了下水管，查了马桶，一切都好好的，却总在气候变幻时散发出臭味。刘大美一拍洗手台，说这简单，肯定是你家安装马桶的时候，没做好密封工作。

"十几年前我买了青岛的房子，装修好就放着，偶尔去住住。每次过去，一开门，扑鼻的臭味，散也散不清。找了几批水电工人也找不出结果。后来，有个包工头把马桶拆下来，原来是里面的密封胶没有打牢，从下往上蹿味道。你知道现在的工人懒，就知道赶进度，做完就算，根本不保证质量，何况他们也不懂。

"再往后，我所有房子的马桶、下水道、地漏这一块都是我自己安装。买我房子的都说我家卫生间搞得好，没有味道，还特别合理实用。你看看这些年，我都装多少房子了，一年到头基本上都在搞装修。装完这套装那套，出去玩的时间都没有。"

刘大美说完并没有遗憾的表情，而是满眼的骄傲。

说起女儿，那骄傲又多了一层。自从女儿考到深圳中学，她对女儿再无担忧，感觉自己已完成历史使命，除了接送，其他一律不管。然而女儿是个心思重的姑娘，才读高一，就开始规划未来，并表达自己的担忧，"妈咪，我觉得不要考太远的地方上大学，我也不想出国读书。我就考中山大学吧？你觉得我读什么专业好呢？我喜欢当老师，可是当老师收入太少了，万一再找个当老师的男朋友，那不是工作一辈子也买不起房子啊！妈咪，我要是结婚，你会送一套房子给我吗？万一你给了我房子，男朋友就是看中我有房子才爱我，怎么办呢？"

听到这些疑虑，刘大美差点笑出声来，没想到女儿这么有想法，简直是深谋远虑啊！孩子还小，就见到妈妈不停地投资房产，也知道妈妈是个有钱人。可是，怕孩子不学无术、不求上进，刘大美常对孩子讲，"我的钱就是我的钱，我现在努力赚钱，是为了自己养老，不给你添麻烦。我会努力让自己有足够的钱，老了请人照顾我，或者住高级的养老院，环游世界，好好活着。反正你自己好好学习，上了大学，我帮你交了学费、住宿费，其他的生活费，你要靠自己打工赚。我可不能养你一辈子。咱们自己活好自己个儿，谁也别给谁添麻烦。"孩子是个乖宝宝，非常信任妈妈，从初中开始就自主学习，周末自觉去找补习老师，学习相当好。

自己说出的话，转一百个圈也要自己圆啊！怎么办？刘大美面不改色地劝慰一脸愁容的女儿，"你放心！等你结婚的时候，别说深圳了，全国各地都有好多空房子。你看看，咱家这么多套房子，别人家肯定也有这么多套房子，你男朋友家肯定也有不少房子。你看现在愿意生小孩的越来越少，所以呢，以后这房子是越来越多。等你要结婚的时候，基本上是先打听，'你家有房子吗？有几套？'一听说没房子，偷着乐啊！这个好，这家没负担！一听说有好多套房子，根本不敢嫁！国家肯定要收房产税，房子越多，税率越高。房子盖好了，根本没人买，卖也卖不动。房子太多的人家，直接就破产了。"

女儿听了，眉毛都快竖起来了，表示坚决不信，"那妈妈你还不停地买房？"刘大美依旧面不改色，一脸淡定，"妈妈这是在投资，是在赚钱！最多十年八年，妈妈把手上的房子都卖掉，就剩下这间别墅，留给我自己养老。你放心！只要你努力学习，考上好大学，找到自己喜欢的工作，赚的钱肯定能让你活得舒舒服服的。"女儿半信半疑地去做功课了，至少要用几年时间才能消化她娘的妙论。

听到这，笑得我肚子痛，觉得刘大美简直就是人才，能这样一本正经地胡说八道的人，简直是人间的精灵。

叫我如何不爱她？

上好良药

　　阴晴不定的天气，喜忧不定的心情。与一一同学约了吃下午茶，顺便看《蜘蛛侠：英雄归来》，虽然年纪一大把，还是喜欢看科幻电影，以为自己亦在美梦之中，一觉醒来，生出无限智慧与超凡能力，只手举起地球，一脚踏平华山，抬腿就飞奔月球。你看看，活了大半辈子，还这般充满幻想的，是对生活无限热爱的女子。

　　看电影，怎么可以不抱着爆米花与酷薯呢？一个甜一个咸，根本控制不住好胃口，不吃心馋，吃肝颤。电影结束，望着见底的爆米花与酷薯，内疚不已，当然不能马上回家，围着商场转上几圈，尽可能地消耗一些能量才敢归家。

　　七月外出，无意间看到美女同事穿着一字肩的白色松身恤衫，美极！第二天，又见她着了小碎花的一字肩薄纱衣，性感与妩媚并举，惹得我无事扫两眼，满眼放光的爱慕。下班就去商场转，一心想着扫两件一字肩上衣，但凡旅行或者周末，都美滋滋地穿着，四处闲荡，没事自拍，好好嘚瑟一下脖颈与肩。没想到，根本找不到，除了一家服装店有卖白色纯棉布的一字肩上衣，其他店里根本没有。直到去香港海港城，才发现一家意大利服装店有卖，红白蓝黑各色各款均试穿了，最后捡了件牛仔款，没办法，到底上了年纪，穿了红白蓝黑色的，不是太短就是太丑。喜滋滋地穿着，与一一去看电影、吃西餐，结果把我冻坏了，好在提前准备了厚丝巾。想美，总要付出代价。

爆米花吃多了，当时不觉得，停下嘴，才发现胃涨得难受。边走边轻抚小腹，帮助促进消化。转到FOREVER21店时，无意间一扫，哇，不下十款的一字肩小衫，纯棉布的、纱的、牛仔布的，各式各款，相当丰富。马上转进去，边捏着衣服边感叹，"这么多款呐？上个月我找了多少家，都找不到，原来都是便宜货才有这种款啊！这说明我太落后了。"

听到她娘的独白，一一同学没忍住冷笑，"老妈，这是十八九岁小女生穿的，这种款肯定是便宜的啦！人家本来就是设计给没什么钱的小女孩的嘛！"这话真不好听，怎么听都有嘲讽之意，转头盯住高大的女儿，"我年纪也不大呀！我才二十多岁。"说这话，从来不会脸红，眼神纯真，嘴角坦荡，全无羞愧之意。"这说的什么话？你哪有那么老？你明明才十八！"说这话的，百分百是嫡亲的女儿，你看那真诚的眼神，就知道这是亲人。

她娘也不回答，半抿着嘴微笑，手却不停，这挑那拣的，不一会儿就选了六件各色各款的一字肩小衫，直直地奔了试衣间，不用五分钟，一脸平静地出来，一件也没选。什么年纪了？还与孩子们争奇斗艳？真是人老心不老，常服厚皮药。

　　归家的路上，一一同学依旧是鼓励加安慰，说妈妈点的餐不错，今天看的电影也不错，今天真是一个美好的一天。没忍住，厚脸皮的妈妈轻浅地检讨，"宝贝，你怎么对我这么好？你怎么就愿意陪我逛街呢？你怎么这么爱我呢？"只听得身后微微地一声长叹，加一句听不懂的韩语，然后是一声短促的呵笑。不出声，隔两分钟才问那句韩语的意思？又听得一声短促的大笑，这才听见一句温柔的细语，"哎！没办法啊！"又停了七八秒钟，欢乐的爆笑声响彻了车厢。

　　窗外，有一轮温柔的满月高悬，赐我温暖、静美的秋夜。

七种液体与七种固体

每个人都有自己的偶像，而且随着年龄的增长，认知的提高，偶像也在不断升级。年少时喜欢小虎队、金庸，读了冯唐的小说《北京、北京》后，开始热爱冯唐，迄今没有变心。没办法，我一直是个比较专一的人。

冯唐在《北京、北京》里写过七种液体与七种固体，都是爱的信物。

男主人公秋水热爱的姑娘小红与他有缘无分，总是在错误的时间、错误的地点相爱相知，当小红看到秋水与自己同宿舍的女生相爱，一气之下接受了商人艺术家兽哥哥的追求，兽哥哥为了表示对她的爱，送给她的新年礼物是七个瓶子，里面装着他的七种液体：泪水、汗水、唾液、尿液、淋巴液、精液与血。第二个与小红在一起的美国男生小白送给小红的是七种固体：头发、睫毛、耵聍、智齿、阴毛、指甲与包皮。

冯唐一直是个小资青年，他笔下的女主角总是为爱生、为爱死，不看重金钱、地位，只要爱情。是啊！爱情是只属于年轻人的，经历了现实社会的打磨后，再深爱的人也可能会分开，不仅仅关于金钱、地位，更可能是不同工作环境下形成的不同价值观。可是女人们多是感性的，哪怕进入中老年，也暗暗向往着爱情的来临，所以冯唐的粉丝多是女性。

冯唐出了新书，好友王大美买了五本送人，我满眼疑惑地问她，"你喜欢冯唐？"王大美挤眉一笑，"我知道他，但没读过他的书。看到书店推荐，再看封面够喜庆，高贵的暗红色，书名也好，就买了几本送人。如果送别的，又贵又俗。送书，大家都觉得高雅，还便宜。"没办法，作为一名商人，王大美是百分百合格的，又精明又擅联系，没事就去客户公司转转，随手送个小礼物增进感情。

我说前段时间热播的电视剧《春风十里不如你》就是由冯唐的作品改编而成，顺口就将冯唐笔下的七种液体与七种固体讲给她听。最爱八卦的王大美当场笑抽，连声叫骂这个太恶心了。笑声刚息，立即追问："有没有送七种气体的呀？"还真有！秋水与小红分开四年后，大醉的夜晚隔着未打通的电话狂吼："小红，接电话。我给你准备了礼物，我的七种气体，但是一直没给你，这么多年，封口中的胶皮都老化了，气体都不在了，都跑了。"

听到这，王大美有点激动，连声催问，是哪七种气体？我也想知道，但冯唐没写。求知欲超强的王大美就开始吃不下饭、睡不着觉了。半夜又发来微信，说想了一下午，将当年追求自己的人、恋爱三年又分手的前男友、结婚十二年的丈夫想象成送气体的人，想来想去，还是想不全。

既然你非要知道是哪七种气体，那咱就猜呗！我发挥了小宇宙，天马行空地想象："口气算一样吧？脚气也成，还有屁。我只能想到这三样。哦，还有狐臭，凑成四样。还有三样真想不到，你补上？"聪明的王大美立即发动脑筋，"怒气、火气？喜气、怨气？不对，这多了呀！"睿智的我联想到七情，"不会是七情里喜、怒、哀、惧、爱、恶、欲这七种情感下呼出的气体吧？"两个人一会儿笑、一会儿骂，夜越来越深，终于得说晚安了。

其实这个疑问埋在心里多年，偶尔还会涌上来冲击小脑，遇到过那么多人，看到那么多爱情在身边滋生、成长、毁灭，我还是想不出最佳答案。

作家花如掌灯曾经写过这样一个片段：老婆婆教育孩子不要相信男人，她说："各式各样的男人，我见识的男人都是赤裸裸的男人，男人也不容易，千辛万苦的一条爬虫，爬上身来爬到头也就抖几下，其实都是可怜虫。"初读只觉字字珠玑，再读突然明白这只是受伤女子无助的自慰。花如掌灯写的是一个从小到大饱受伤害、见识过无数男人、却一生没有遇到真爱的老妓女。她当然不会相信男人，也不会相信爱情。

饱受伤害、没有被珍惜、被疼爱的人，很难全身心地爱上一个人，多多少少会有些仇恨的小火苗在暗暗地燃烧，对什么事都产生怀疑，不敢相信别人的真心。偏偏她们还认为自己的认知是金科玉律，以为这样的经历、感受才是最好的做人准则，还去教育下一代。一生中遇到自己爱的人，或者被别人爱，哪怕付出后饱受伤害，亦是生命中值得回忆的片断。不怕受伤不怕背叛，只要爱了，就真心付出，这才是走到人生末端，回头望去却不会后悔的底气。

不管是七种液体、七种固体还是七种气体，都是陷入爱情中的人最深的执念。哪怕受伤，哪怕没有好结局，亦是无怨无悔。因为有爱，这人世才充满温暖的色彩与明媚的光亮。

生日快乐，有生的日子天天快乐！

年少时，总喜欢无病呻吟、无事生非。

只要是女人，年轻的时候多是这样吧？不折磨爱自己的男孩子，觉得人生全无意义。但凡对方破解了无数的咒语，才是真爱，才是最后的那个王子。可是，作着作着，王子一个一个消失了，女孩子开始着急，不停地修正自己作的程度，到最后，都成了淑女。

真正陷在爱情里的时候，怎么可能不作呢？只有通过作，才知道对方是不是真爱自己、爱到放不下，无论怎样的折磨，都甘之如饴、坦然接受，自己是不是真的爱对方、爱到舍不得他难过，只要他稍一示弱，立即雨过天晴，只想依偎相伴。这是一个彼此试探、互知深浅的过程，富有情趣，亦饱含忧伤。

我年轻时，是个中翘楚，作出天、作出地、作出新世纪，哪怕是个普通的节日，也要作出点花样来。如果是生日，那可不得了，如果不得我心，冷战个一两个月，彼此都抓心挠肺的，也咬着牙坚持！直到对方受尽折磨、精疲力竭，我才肯稍稍放松，假装释怀，让他终于长出了一口气，以为终于苦尽甘来，时来运转。

恋爱不到半年，就迎来了我的二十岁生日。那一年的冬天格外的冷，穿了厚厚的羽绒服也挡不住寒风。那一天，风雪正盛，他约了几个同学在小饭店里为我庆祝生日。硕大的生日蛋糕颇不精致，气温太低，奶油有些板结，运送过程颇为艰难，模样就有些变形。礼物亦颇不美观，竟然是条羊毛的红色暗花围巾！你以为我是三四十岁的老妇女吗？竟然用花围巾？还是羊毛的！现在谁用羊毛围巾呢？挨着的皮肤会刺刺地痒，哪有丝棉围巾柔软舒适，而且有全素色，全黑、全白、全粉。

作为刚刚长成的青春无敌大美女，怎么可能系这种土得掉渣的大红的花围巾？当场变脸，可是亦给足他面子，除了不笑，不怎么说话，竟没当场发飙，我想我对他是真爱。可是他竟不领会，觉得自己真是有眼光，选了一条又漂亮又上档次的围巾，全羊毛，还有羊膻味呢。那是他省了半年的生活费，足足花了一百二十元。要知道当时他每个月的生活费不到八十元，真是活生生从嘴里挤出来的银子，每一条羊毛线里都藏着一个馒头、一块红烧肉。

我不说自己的不高兴，以为他懂。见我脸色不好，他以为我累了，竟不在意，一味地欢乐，傻子似的玩得开心，到最后竟醉得走不动路，男同学将他一路架回宿舍，歪歪扭扭的，一整条街都呼啸着他爱的表达。可是我才不会动心，只觉得羞愧，吵到两边的人家睡觉，人家会不会骂我，会不会扔个砖头下来，明天学校里会不会当成笑话来讲？真是丢人！

第二天他来找我，我总是没空。好在正临期末考试，大家各寻法子渡过难关。转眼就放寒假了，他与我是两个方向，一南一北，并不同车，他依依不舍地送我到车站，安排好一切后，一步一回头地下车，可我并不领情，只觉得他还没道歉，我才不要原谅他。寒假过后，傻乎乎的他还以为没事，一路狂奔到我的宿舍，而我与其他男孩子看电影去了，从此就是没完没了的冷战，无事生非的争执，破镜重圆的乏味与最后的相见不如不见。

那时的男朋友也是第一次谈恋爱，颇没技巧，除了笨拙的甜言蜜语、天天打水送饭，抓耳挠腮不知如何讨我欢心。当然，最主要原因还是穷，要是有钱，天天送花成束、巧克力成箱、礼物成堆，去讨人欢心的可就是我了。好在时间不长，他就离我而去，否则可能活不过三十岁。为他庆幸，亦为自己年少的爱情点根蜡烛，为早夭的初恋叹息，愿它早升极乐，再不坠落人间。

正感叹着旧日时光，微信朋友圈里一片热闹。原来是远在美国的同学阿 T 又换了女友。阿 T 是个女的，只不过她是同性恋中的男角色，这几年刚刚稳定了下来，与一起打拼的香港女友同吃同住同劳动，还一起投资了不少房产。我们以为她终于安定下来，与女友一起在异国安享余生。

没想到，不过是五年的光阴，她又换了新女友，比原女友至少年轻十八岁的小妹子，一脸的胶原蛋白、一脸的白痴相。虽然 T 是个女人，可是她的心理是个十足十的男人，别说什么一生相守一生只爱一个人，她一直是见异思迁的那一个。我对变心不持否定态度，人都是善变的，谁能保证一生只爱一个人，从头到尾不变心呢？

放下手机，叫同事帮忙订个蛋糕。同事惊诧，说又不是你生日，干吗订蛋糕？我说馋了，好久没吃蛋糕，今天突然特别想吃。同事马上打开链接，问我选哪一款。看到一款独角兽造型的高挑蛋糕，立即选中。不到两个小时，我们几个趁开会的空档，吃着蛋糕，说几句开心的话，转头就奔了另一个会场。这是我今天的第三个会，会山会海，就是最近的日常。

老板在台上讲得激动，而我却神游万里。嗯，蛋糕很精致、很美味，很让人留恋、怀念。今天是他的生日，远隔重洋的他也步入中年了，二十年没见，他是不是也有了双下巴、大肚腩、秃了半个头；会不会像我一样，偶尔会想起年少的自己、悔恨当初没有坚持，遗憾错过了彼此？

分手前的一个月，我们又起了争执，至于什么原因，谁也不记得，不过是他少说了一句晚安，又或者多看了哪个女同学一眼，全是不值得的理由，可是恋爱中的人总把一个眼神当成海啸，一个玩笑当成地震。那天我刚刚原谅了他，他揽着我依旧哭泣的肩膀轻声叹息，说我就像单纯高傲的独角兽，没事就挑起争端，挑完了又后悔，偏偏不肯服软，又骄傲又孤单。但是他偏偏喜欢这样的我，从此以后将一直守候，永远不让我难过。可是，一个月后，我们就成了陌生的某某，我有了新男友，他也有了新女友。

不知老板讲了什么笑话，周边的人哄堂大笑，我从回忆的丝网中抽离，想认真聆听老板接下来的妙语，可是突然有一首歌涌入脑海，差点当场唱出来，"你的生日让我想起，一个很久以前的朋友，那是一个寒冷的冬夜，他流浪在街头。我问他需要什么，他却总是摇摇头，他说今天是他的生日，却没人祝他生日快乐！"这首歌，知道的人特别少吧？却是我当年最喜欢的一首。

他的生日并不是他的生日，他说认识我的那一天，从此就是他的生日，每年都要庆祝。可是，现在的他早就不过这个生日了吧？还有谁像我一样记得，多年不忘，仿佛时光凝结。

愿岁月静好，愿余生安稳，愿你我都好！

盛放的樱花

年少时读芥川龙之介，只觉得像伊索寓言般，明明普通的一个小故事，被他讲得莫名其妙。这个莫名其妙，是不知道他的妙，偏偏有妙处，只是需要细细咀嚼，不懂的人要等到时间的检验，岁月不断的积累，也许会明白其中的妙处，更多的人，穷尽一生，不过是活着罢了。

出差，随便抽出一本书塞进手袋。多年来，我早就形成习惯，但凡出门，总带本书。不是因为喜欢读书，而是害怕孤独。手机上下载了不少书，公众号文章亦是无穷无尽，可是看手机，总觉得累。尤其是眼睛，已接近老花的边缘，再多看几年，说不定就成了瞎子。这样恐吓自己，目的只有一个，那就是少看手机，多看书，哪怕发呆也好。

不知道您有没有这种感觉，手机看得越久，心里就越慌，这慌是从骨子里散发出来的。你明明读了无数的公众号文章、微信读书、喜马拉雅听书，但凡时尚的填充自己生活的所谓高雅的格调，你都试过，更喝了无数的鸡汤，哪怕是被人评为毒鸡汤的咪蒙，你也读了不下一百篇，明明知道那么多成功、幸福的例子，怎么还过不好自己这一生？越读越慌，看看身边埋头打游戏的，人家可不慌；天天埋在股市里的，哪怕亏了钱，也淡定着；只有你，莫名地慌，夜半常常惊醒，以为天塌下来，你一无所有。

这样纠结着、磕磕绊绊地走着，终于放下了手机，拿起一本书，静静地读，天地清浅，绿树温柔，有新生的杧果低垂，一天大过一天，再过半个月就可以收获。你什么收获也没有，但你的心却慢慢安稳下来，岁月如琴，要练啊！天天练，天天练，总会练熟一曲两曲，到最后，稳定演出。

芥川龙之介的作品不多，因为他三十五岁就服毒自杀了。日本这个小国，可能太拥挤的缘故，对于生命，一边珍惜，以最完美的姿态；一边鄙视，随时随地可以放弃。至于泱泱大国的我们，从来将生命视若珍宝，哪怕活得像一只过街老鼠，也以"好死不如烂活着"为人生格言。

《罗生门》一书由芥川龙之介写给石黑定一的一封信开头，也许那时的芥川正受着为人处世的烦恼，与身边的人相处好累，无处发泄，只能通过一封信来倾诉："难道我们在娘胎里就学过为人处世？可一离开娘胎，就不得不踏进了大竞技场似的人生。当然，没学过游泳的是不可能畅快地游的。同样，没学会跑，落在别人后面也是毋庸置疑的。这么看来，我们非满身疮痍地走出人生的竞技场不可。"

你看，他用了满身疮痍，而不是满目疮痍。这一字之差，遭受苦难的个体就换成了自身。看别人的不幸，我们还能保有悲悯之心，叹息、同情或者给予支持。可是轮到自己，那就是完全没有能力改变，只能任由命运的巨手推着走，能走到哪算哪，根本由不得我们决定。

"人生犹如疯子主办的奥林匹克运动会。我们必须边与人生搏斗着，边学会与人生搏斗。凡是对这种荒谬的比赛感到愤慨不已者，就赶紧到场子外去好了，自杀也确实是一种简便的办法。然而，想留在人生竞技场上的人，唯有不畏创作搏斗下去。"读到这里，多么励志，明明是什么都明白，却还是不肯屈服。可是，到底累了，最后还是选择主动离开这个竞技场。

信的最后，我很喜欢，"人生像一盒火柴。慎用是愚蠢的，不慎用是危险的。"又有一句，"人生像缺了很多页的书，很难当它是一本，然而，它好歹是书。"我喜欢这两句，虽然像毫无用处的安慰剂，好歹也是一滴鸡汤。

这次出差，因为有了芥川龙之介的陪伴，哪怕飞机晚点、路上拥堵、办事不顺，心情依旧平静且满足，因为我活着，享受着当下的美好。生命因为存在，就像四月的樱花，因为绽放，才特别鲜活、美丽。

秋 凉

同学打来电话说，家乡就要下雪了！早晚露重霜浓，树木枯黄，一片肃杀之意。

北国的秋，分外壮美！有一种慷慨赴死的决绝，就像壮士功未成名未就，怀着英勇就义的心奔向战场，明知道前方除了死路一条，却也勇猛地冲过去，以笔挺的身姿，坚毅的眼神，天地肃穆，庄严而隆重。

年少时，会捡起形状各异的树叶，展平开来，藏在书叶间，无事嗅上几下，轻轻抚摸，好像感受生命的凋零。手中那枯萎的叶片纹理分明，仿佛一生的历史缓缓书就，记忆从此深藏，它不在意是否曾经娇嫩青翠，更不在意死去的模样，一切自有它存在的规律，坦然面对，爱咋咋地。

北方人性格多直接干脆，哪怕生死，也不过是大脑充血的瞬间就做了决定。小时候，天黑了就很少出门，除非是附近熟悉的街巷，除非几个人结伴，否则乖乖待在家里。尤其是秋冬的夜晚，经常有夜半归家的人被人用砖头、铁棍敲晕砸伤，只为了抢去十元八角的零钱小钞。运气好的缝上几针，运气差的就往痴傻了去，更有直接丧了命的。

北方人里好凶斗狠的基因强大，一言不合就动手，不像江南人，吵上几天几夜也不会扯上对方的衣角。有几次看到杭州人吵架，无论男女，都是细细声尖利利地说着自己的委屈，对方的不是，看得我都累了，还是在斗嘴，真急人！差一点冲过去劝，问问到底想怎么样？要不要我帮忙揍人？

同学发来阳台玻璃上斑驳的霜花，说外面晴朗朗的蓝天，又是一个静美干爽的秋日！国庆长假可会回去？如果回去，他立即安排钓鱼野炊，全是纯天然的美食美景。微笑着，突然就流下了眼泪。当年我们去秋游，一路欢歌一路汗水，皆是欢喜昂扬的心。

昨夜一个人去看电影《七月与安生》，看到七月与安生的友情，经历过的青春岁月，突然就想起老四。她帮了我那么多，陪伴我那么久，不声不言地，一起经历过酷烈的青春。然后就像七月，安安稳稳地过着岁月，由着我怎么折腾，她总守在我的后方，以绝对的支持与鼓舞，全方位地陪伴。

我与她，走了那么多曲折的岁月，欢喜时不分你我，争吵时好像有深仇大恨似的恨不能杀死对方，和解时夜半的相拥痛哭，还有无数细碎的时光，好像是最好的姐妹，又好像是最爱的情侣，或者相知最深的爱人。可是，那些深情都去了哪里？

一个人坐在空荡荡的电影院里默默流泪，好像十几岁的少女，纯真而脆弱。出了影厅，拿出手机，想打给老四，翻出号码发了一会儿呆，轻轻按掉，再翻出，又按掉。打通后说什么呢？好像时空拉远了很多东西，那些美好的岁月再不能回头。每次回家，老四从头陪到尾，除了回学校看看，与同学聚餐，带我吃各种她认为的美食，却没有什么话说。

说什么呢？相隔了二十年的岁月，我过的生活，她过的日子，皆不相近。她是丁克一族，我内心虽然向往丁克生活，可是当我得知有了——，那份欣喜与激动，不是言语可以描绘。只觉老天如此宠爱我，竟然赐我相依相伴的真爱！我这一生，终于有了一个好的回报，好的开始！我们的路，从那一刻开始，就再也没有相似的地方。这些年，她过得很好，我过得也不错，这是彼此最大的安慰。

不记得是哪一年的国庆节，正在厨房忙碌着，老四打来电话，说家乡下雪了！突然之间时空凝结，想起某一年的校园，因为初雪，因为莫名的坏心情，两个人逃学去看录像，积在一群灰突突阴暗暗的青年人中，两个逃学的女生吃着零食，随着剧情大声笑着，出了录像厅，拉着手，哼着歌，仿佛岁月静美，人生如诗。

又要打台风了，秋风萧瑟天气凉，草木摇落露为霜。中年后的怀旧岁月，就这样慢慢近了。

姥　姥

　　打小，我像个流浪的孩子，奶奶家住几天，姥姥家住几天，稍大些，就独自生活。父母都忙，为了未来的幸福努力打拼。

　　一直盼望着长大啊！快快长大，有自己的家，有一个可以陪伴的人。然而，当我考上大学，背着行囊，挤进火车，长笛鸣起，我的鼻子竟然会酸得喘不过气来，忍不住地回头望渐行渐远的家乡——恨不能早日飞离的家乡。

　　新鲜的城市，新鲜的学校，新鲜的同学，一切都是新鲜的，就连日常吃的饭菜，也是新鲜的。

　　宿舍的六个女孩子来自不同的省份，老大是本省人，而且，她的外婆就住在本地。开学不到一个月，我们就坐在老大的外婆家，跟着老大一起称呼那位退休的老教授——姥姥。

姥姥个子不高，不到一米六，上半身圆滚滚的，却有两条小细腿儿，身体很灵活，不时帮我们拿水果递零食。白皙的脸上有几道皱纹，一说一笑，眼角的皱纹像放射线一样四周散开，分外增添了几分亲切，躲在眼镜后面的微褐的眼珠散着温暖的光辉，微弯的嘴角总是透着笑意。看着六个丫头叽叽喳喳说个不停，姥爷奔了厨房煮饭，姥姥就陪着我们坐在小小的院落里，听我们述说学校、班级的趣事，间或刺探一下老大有无男孩子关注。我们马上描绘出老大的脱俗、雅致、高贵，这让姥姥乐不可支，点着我们几个的脑袋，笑骂一声"你们这帮小坏蛋"。接着转身去洗水果，留下五个脑袋挤近老大的耳边，纷纷要奖励。

　　吃过了饭，姥爷收拾厨房，我们怎么也抢不到清理权。坐在小院子里，顾自说着闲话，姥姥一直笑眯眯地看着我们，满眼慈爱。不知道为什么，我的鼻子酸热肿胀，有一种羡慕与渴望，不停在眼眶里旋转，低下头来叹息，其实，我一直向往着：有几个姐妹，有一个热闹、温暖的家。

　　吃饱喝足，我们歪在沙发上，聊起日本当代文学，讲起川端康成、芥川龙之介、三岛由纪夫，哪一个更让人沉迷、更有个性、更有吸引力？姥姥凑过来，问我们可会日语？当然不会！英语都难及格，何况日语。姥姥叹息，笑骂她的外孙女儿也不会日语，要知道，姥姥可是日本留学回来的。我们就缠着姥姥，要学几句日语，此生唯一会说的日语，就是姥姥传授的"谢谢您"——"阿里嘎豆沟霎伊马丝"。其实，姥姥还教了几句，可惜没记住。我只记住了姥爷的红烧大排，姥姥的炖鸡、牛肉馅饺子。

接下来的三年，每当肠胃饥荒，几个馋丫头就冲到姥姥家去，饺子是没少吃的，馅饼也是管够的，还有肥壮的排骨，一整只的烧鸡，还有焖得软烂入味的牛肉，咱们吃得欢实，忘记了乡愁，抛却了馋虫，喜悦又满足地再获新生。

每一次准备去姥姥那，几个懒丫头都极为勤快地收拾，当然是收拾床单、被罩，还有厚重的脏衣服，一起拎了去洗。待一切收拾妥当，肩扛、手拎着脏衣物的我们只听得老大一举右臂："巴格牙路，鬼子要进村了，出发！"我们几个疯丫头边说边笑，冲出寝室，往姥姥家进发。

毕业后，几乎每月都要打电话给姥姥，告诉她我来了深圳，我恋爱了，我结婚了，我有了女儿，我不快乐，我想离婚，我想辞职，我想去大理开间小客栈。一件一件不切实际的幻梦，姥姥只是听着，不指点、不批评，最后总说，慢慢来，也许你会发现生活中的另一面，学会包容、求同存异，要无愧于心，要经济独立，才能获得幸福。

姥姥在睡梦中离去，在一个春暖花开的午后。事隔多年，与老大聊起旧时光，想起姥姥那温暖亲切的笑容，一时间，两个人执手相看泪眼。

天堂里的姥姥，我们会好好的、勇敢地，一直往幸福里奔去。

勿牵勿念。

老帅哥

　　拎着一大袋零食去看老帅哥，当然不是送给他的，是在他家楼下的商场买的，给女儿和我自己个儿没事磨牙的。

　　老帅哥很少吃零食，一是怕胖，血脂高了麻烦；二是一吃起来就停不住嘴，这一点，我很是遗传了他的特点；三是吃了零食，一定会被老婆骂。

　　他老婆很凶的，一旦被她抓住缺点，就会唠叨个不停，没个一年半载是不会翻篇的。所以，老帅哥的身材相当不错，一个不小心，就成了老年模特队的主力与舞池中的王子，每当茶余饭后的休闲时光，老帅哥一走到以老大妈为主要干将的文化广场，一群或肥或瘦或高或矮的阿姨就会挤过来，热情洋溢地争抢着老帅哥这头肥羊，甚至，经常有电话提前预订以及小礼物的贿赂，对此，老帅哥很是得意，仿佛自己是个大明星。他老婆、也就是我妈，总是撇着嘴表示鄙视。为了眼不见，心不烦，我妈拒绝与之在同一场所活动，实在是看不下那么多女人围着老爸转。一个华丽转身，我妈就成了另一个老年队伍——合唱团的骨干精英与摇旗呐喊的领袖。

吃完晚饭，老妈收拾厨房，女儿看动画片，我就乐颠颠地和老帅哥下楼散步。没想到，老帅哥不肯步行，非要骑赛车，我又是跺脚又是晃头，像个五岁的在父母面前撒娇的孩子，老帅哥被磨得没办法，只好推着车步行。路上的行人多，车也多，违法摆摊的更多，没忍住，又买了一堆没用的东西。再走几步，又没忍住，在一家红酒专卖店买了三支法国红酒，这一下，袋子就重了。老帅哥让我拎着大塑料袋坐在自行车后座，他要骑着回去。我才不肯，万一摔倒怎么办？何况，我拎着重物，即使坐在车后座，也是很累的呀！聪明的我，想到一个办法，就是将袋子摆上后座，他推车，我在后面扶着袋子，又安全，又不累。

回家的路是个小下坡，老帅哥推了几步，突然就一跃而起，跨上了车，嘴里提醒我，他要骑车了，慢骑，只要我扶好袋子，跟着就没错。哪承想，头十米，他的速度是与推着车行走差不多，过了十米，车速就上来了，我要一路小跑着才能跟上，过了五十米，那速度，完全是在参加自行车比赛，我气喘吁吁地跟着，还要小心着车后座的塑料袋别掉下去，很快就支撑不住，忍不住大声叫道，"老爸，您这是遛狗呐！"老头听了，乐起来，尽管是下坡，他也紧按车掣冲下车来，然后，加起来有一百岁的父女俩，一路打闹着归了家。

老帅哥很注重身材，所以，晚饭吃得很清淡，坚决不去饭店吃。至于中午饭吃好一点，他还是乐意的。中午选了家西北菜，老帅哥很满意。其实我知道，就是请他吃路边的小店，只要是我请，他都会喜滋滋的。

　　我长得很像他，只是没有他的眼睛大，没有他的皮肤白，没有他的高个子，也没有他乐观的好性格。但是，旁人一眼看上去，都知道，我是他的女儿，因为，我们俩说话的样子很相像，尤其是笑起来，那大咧着的嘴，那上扬的嘴角，还有那眉目之间，隐隐的笑意，就像一个模子里刻出来的。

　　老帅哥要过六十三岁的生日了，在此祝他永远快乐！做你的女儿，我一直很快乐！

家乡的早餐

周末的早餐最是清淡，煎个鸡蛋、煮滚了麦片粥，配着泡菜细嚼，望着对面仿佛吃中药似的老公，突然感觉有点对不起他，更对不起自己。这样清淡的早餐，是要被人笑话的，尤其是我的家乡人。

此时的家乡，随便去菜市场转一转，回来就是一桌丰盛大餐，地产的起沙西红柿，脆生生的旱黄瓜，宽厚的油豆角……油豆角用猪油炒得变成深绿色，加水一炖，十分钟后就是一锅给了皇位也不换的滑腻香浓、饱满美味大餐。

还有刚从地里摘下来的熟得刚刚好的小西瓜，大男人的双手刚刚好握得住，仿佛36D女人的巨乳，男人一手举着迈着大步伐进家，拿水龙头洗洗，立即扔到井里去。到了下午两三点钟，一天中最热的时候，将吊水桶捞了西瓜摇上来，拿刀一碰，那瓜就应声而裂，歪歪扭扭的，皆是迎着烈日金粉金沙的光，一粒一粒细腻又热烈，仿佛在叫喊着"我最甜，我最起沙，我是最棒的！"。作为一个地产的自然成熟的西瓜，被吃的人赞美，大口大口不顾仪态地啃咬，染得满脸都是西瓜汁，就是此生最大的荣耀——这是它曾经存在过的全部意义。

至于刚刚上市的香瓜，不用切开，那香气已飘满全屋，拿一个在手，也不洗，直接拍开，只吃里面裹满瓜子的瓤，边吃边吐瓜子，至于那汁液，恨不能吞得更多。此生我没有吃过比我家乡更香、更甜、更沙的香瓜，哪怕是新疆的白糖罐儿，日本的蜜网瓜，皆不是我年少记忆中最香甜的滋味。

可是这滋味早已分别得太久，至少有十年没有亲尝。妈妈曾经寄过来两次，快递虽快，也要三天。一次是妈妈精挑细选，全是将将熟、透着淡淡清香的地产香瓜，可是对于刚刚长成的香瓜，长途旅行的高温胜过桑拿，全闷过了头，坏了味道。妈妈得了经验，再寄过来的皆是生瓜蛋儿，打开钻了六个小孔给瓜透气却层层包裹的纸箱，一股子浓重的陈香扑面而来，香则香，却香得怪异，像打了催熟针似的，能吃而已，少了枝蔓上成熟的自然香味。

我家老房隔壁是一家开了三十多年的小餐馆，一年到头售卖水煎包、包子、饺子、面条、豆浆、豆腐脑、大米粥、小米粥、大碴子粥等家常主食。别小瞧了这小店，从最初的只卖早午餐，到最后从早上五点开业，直落到晚上八点，从三十平方米的一层小店扩大到楼上、楼下近两百平方米的大店，除了这些平常的主食，还有应季的蔬菜，比如春天的山野菜蘸酱，夏天的排骨焖油豆角，秋天的瓜果小拼盘，冬天的冻豆腐炖肉，反正是提前做好一大锅，随点随舀，不到一分钟就可以上桌。

面点师傅最是辛苦，从早到晚地忙，一锅出炉，另一锅又要开始了，日复一日，年复一年，他们家一直生意兴隆。十年前我回到老家，爸爸妈妈不肯做早餐，说这家店里啥都有，咱们自己做，不但累、麻烦，还费钱，不如去他家吃省事、省心、省钱。

这下好，在家待了半个月，每天的早餐不带重样的，这家店最大的优点就是菜码小，相对北方来说过于袖珍的碗碟，却可以让你多点几个品种。哪怕我自己一个人去吃，也可以点一份豆腐脑、一份包子、一大碗碴子粥、一张葱油饼，再来一份萝卜丝、芥菜疙瘩咸菜。摆在面前极其丰盛，每一样都惹得你胃口大开，五颜六色各种香气扑鼻，偏偏分量很小，价钱亦合理。豆腐脑一元，肉包子一元，大碴子粥一元五角，葱油饼一元，咸菜五角，算来不过是五元钱，却买足了童年的回忆，家乡的味道。

哎，不能再想，再想就吃不下现在的早餐了，就想立即订张机票，冲回老家饱餐一顿。秋天是一个收获的季节，也是一个滋生怀念的季节，家乡的亲人啊，你们可安好？家乡的美食啊，请等我归去亲尝。愿家乡繁荣，越来越美好、富强。

妹　妹

　　一边开车，一边忍不住扭头看副驾驶位上的一堆——两桶东北有机小米、一打大米煎饼、几卷干豆腐、两包秋林红肠、两袋黏豆包还有几包豆瓣酱，都是我爱吃的。一边望着，一边忍不住泪落。

　　妹妹放假，带着女儿去香港旅行，顺便转来深圳看我与妈妈。

　　妹妹是老师。因为性格开朗、厨艺高超，深得她老公与公婆宠爱；因教学方法得当，幽默睿智，深受学生喜爱。事业、家庭双得意，心情就特别畅快，身姿就相当地饱满。但她不以为意，依旧视美食为人生至爱。我说：虽然我们并没有血缘关系，但爱吃这一点，我们非常相似。她哈哈大笑，一边笑着，半条酱猪肘子就进了肚。

来深圳前一周，妹妹打电话来问，要带些什么东西？可有格外中意的？我说深圳什么都有，你啥也别带，带好孩子就行了。

　　她来的那一天，我忙于开会。她带着孩子出了机场，打车到了我妈家，放下行李就去了香港。几天后，她们返回深圳已是午夜，而回哈尔滨的飞机不到九点就要起飞。孩子累得早早睡下，我和妹妹堆在沙发上，半晌无语。终于打开话匣子，讲到现实的生活，提醒对方注意身体、保持好心情。然后，两个人就与行李展开了艰苦卓绝的斗争，如何将两个大行李箱、三个大提包和无数零碎散件很好地合并，这是个极大的挑战。两个中年妇女，一边乐着，一边埋怨着不该买这么多，一边压着、挤着总不肯服软的各色家伙，一会儿将行李腾出，一会儿变换着排列整合方式，最后使出了洪荒之力，终于在凌晨三点收拾完毕，精疲力竭、草草睡下。不到七点，又冲向了机场。

　　要送她们到登机口，妹妹催我快走吧，她和孩子走南闯北的，啥也难不住她们，又叫外甥女与我道别，转头推了行李车，两个胖胖的身影越走越远。

　　开车，上班。那一天，阴雨连绵，没想到，飞机准时起飞了。

　　隔了两天，去看望妈妈，顺便拿妹妹带来的家乡礼物。妈妈嘟囔着妹妹胆子大，能赚会花，特别会享受生活，一年当中，至少要带着孩子去几个地方旅行，说是行万里路，胜读十年书。她家那个十岁的小妞，比高中生的知识还丰富，这旅行，可真值了。待我要走，妈妈将妹妹带来的东西装进车里，一边装一边骂，这孩子哪是来旅行的？明明是搬家运货的。

　　望着墙角一堆的花花绿绿，忍不住笑了起来。想象着妹妹左手拉着行李箱、右手拎、左肩背、右肩扛，像过年归家探亲的民工。外甥女肯定也要帮把手，两个胖家伙使足了劲向前奔，恨不能马上到达目的地。实在是太累了，想扔掉点什么，却哪一样也舍不得放弃，终于出了机场打到出租车，放下重担的那一刻，长长地出了一口气，瞬间瘫坐在椅子上。一边想象，一边鼻子酸痛。深圳什么买不到呢？可是由惦记着你的亲人从家乡亲自带来，那味道就特别不同。

　　妹妹是父亲好朋友的女儿，小我一岁。我们一起长大，逢年过节必要混在一起，你家睡，我家住的，早已将彼此视为亲人。哪怕工作以后分隔两地，但凡凑到一起，分享隐私，畅谈人生理想、渴望的未来。

　　妹妹，新的一年马上就要到了，不管会发生什么，你要减减肥，正如我，要减减忧愁。不管明天会怎样，我们要美美地、健健康康地、快快乐乐地，一直到老。

美妈与强悍的女儿

中戏毕业后，CC 并没有从事演艺工作，而是投身于表演教学无法自拔。

忍不住笑她，白长这么漂亮！白上了这么多年学！你看看你同学，现在大红大紫的，哪有你好看、有内涵、有激情！人家就傻乐，说自己就喜欢当老师，舒坦、自在，不必受苦。

确实苦。大三时，她参演过几部戏，不是农村、就是部队或者工厂里，三更未眠、五更已起，甚至二十四小时连轴转没得闭眼，缩在角落候着场，只为那没几句台词的小配角。所有成名成家的，必定付出别人想象不到的艰辛，没有随随便便的成功，也没有不用付出的收获。一想到不知何时何日才能大红大紫，又想到万一大红大紫了，从此没有了生活自由，立即闷头读书，考了研，毕业后加入了教师队伍，激情满怀、一心培养表演系的学生。

自小家境优渥，从来没有为钱犯过愁。哪怕毕业工作了，父母亦帮她买了学校附近的房子。每天上班、下班、看书、逛街，与学生打成一片，分不清哪个是学生，哪个是老师，本来嘛！学生也不过是比她小五六岁，长得着急点的，比她还显老。没心没肺的日子，流水一般过。

转眼间，学生都结婚了，她还孩子般欢乐。年底的联欢会上，作为总指挥与主持人的她，忙前忙后的，会后的聚餐，被院长拉着敬酒时，终于遇到了此生携手的人——被同学强拉着来凑数吃饭、看美女的技术男阿强。他丑、矮，好在不穷，最吸引 CC 的，是他的幽默。北京人骨子里的大气随和，没事找乐，凡事不放在心上，还有她熟悉的语音语调。很快，两个同样欢乐的人就进入了婚姻的大门。

本想着过二人世界，没想到 BB 是个强悍的娃，不经过同意就强闯入她的子宫，落地、生根、发芽，直到怀孕三个月，她才发现 BB 的存在。那好吧！总不能伤害一条无辜的生命，就让她来吧！这是天意。如果是个男孩就好了，长得像她，个子高、皮肤白、大眼睛、五官精致。万一是个女孩子？转头望向正洗脸的阿强，CC 无端打了个哆嗦，老天不会开这么恶意的玩笑吧？万一是个女儿，肤黑、个矮、小眼睛，还有点高颧骨，哈哈哈，那简直是丑角、女配的标准长相啊。但是 CC 是个随遇而安的人，不管是男孩女孩，只要孩子健康就已满足。

真的是个女孩！哈哈哈！真的长得像爸爸！哈哈哈！

BB 是个天性豁达乐观的娃，从小到大，欢乐得像只跳跃的小羚羊，见什么都新奇，讲什么都喜悦，吃什么都美味，不到三岁，小肚腩一层一层的，偏偏肌肤生得黑亮，像条可爱的小黑熊，谁见了都觉得喜气。

这不，学校要举行文艺会演，BB在家里认真排练，从服装到化妆、从道具到台词、从上、下台的步子到每一个眼神，那是总体规划、细节分析、认认真真、全情投入。CC想辅导一下、指引一回，偏偏女儿觉得自己搞得定，拒绝她的友情赞助，一把将她推出门去，关门落锁。好吧！女儿总会遗传一点自己的演艺细胞，再差又能差到哪去。

这样安慰着自己，终于等到了演出的那一天。坐在嘉宾席上，从演出开始，CC就瞪大眼睛，四处搜寻女儿的存在。终于看到女儿上场，然而，CC几乎哭出声来，全场演出一百五十分钟，女儿上场十五秒，台词共计十个字，真是"苔花如米小，也学牡丹开"啊！更让做娘的伤心的：当CC拿起手机准备为女儿拍照时，女儿说完台词转身下台了，只拍到一张背影！一张背影啊！时间飞速啊！

十秒钟能干点啥呢？你刚调好焦距，她转身谢幕下台了。你刚认出那是你女儿，她说完台词，表演结束了！你刚想告诉别人，那是你女儿，就只剩背影了。差点当场哭出声来！想当年，咱也是全省唯一一个考进中戏的人啊！这女儿不是女主角也就算了，至少也是个女三、女四吧？没想到竟是个路人甲！

说出这番话时，当场笑翻的，不止我一个。所以说，生女当谨慎，尤其老公丑。但是，我们会因为女儿不好看，就少爱了她吗？不会！我们会更爱她，因为她长大后得到的爱，肯定没有好看的人得到的多，所以我们要加倍地爱她。当她长大，欢愉必将越来越少，磨难会越来越多，偏偏父母能够给予的，只是默默地守望。

欢声、哭泣堆砌成我们的一生。亲爱的女儿，愿你智慧渐长，内心渐壮。

陪伴是最好的礼物

元宵节一过，这年就算翻篇儿了。

在公司饭堂吃过热乎乎的桂花汤圆，打电话给奶奶，祝她元宵节快乐，问她吃元宵了吗？她说吃啦，吃啦，就想挂了电话。我知道，她又要流泪了。今年过年，我没有回家，她很想念我。忙转了话题，说要寄些零食，让她尝尝，喜欢吃哪样，我再寄回去。她骂我乱花钱，什么东西她没吃过？我忙笑道：知道您老人家行遍天下，吃遍九州。奶奶乐起来，骂我吹牛。再问她何时来深圳，她说走不动了，就这样吧，在家待着等死吧。我就开始撒娇，让她来，说我还有好几个地方没带她去吃呢。撒娇正欢，那边不耐烦了，说了句"好了好了，挂了吧"。就把电话挂了。剩下我对着听筒发呆，表演还没结束，好不尴尬。

楼下的杜鹃花开得正艳，路上行人只穿了薄薄的单衣，春天是真真正正地来了。而我的家乡还是冰天雪地，此时沿街售卖的元宵冻得像个冰球，可以当成凶器。

　　元宵很少用来煮，多是油炸。因为北方的元宵不是包的，而是滚出来的，稍不留意，就煮成了一锅黏糊粥。南方的汤圆是将糯米粉捏成面饼，将馅料包进去，再揉成圆球，怎么煮也不易破。

　　想起年少时，每到正月十四的晚上，奶奶就会招呼几个儿媳滚元宵，和馅的、颠笸箩的，分工明确。糖馅调好后，揪成块儿，蘸水放进装了江米粉的笸箩里，左右不停摇晃，让糖馅在江米粉上滚来滚去，再蘸水，又放进去滚，直到滚成直径四厘米左右的圆球，拿出来用手团一下，一层层摆到盆子里，装满了放到室外速冻。第二天早上取回来，一个个洁白如玉的元宵硬邦邦的，踩上几脚都没问题。事隔多年，我依旧记得，一家人围成一团，边说边笑边滚元宵，室外寒风凛冽，室内温暖如春，奶奶的笑脸，孩子们的喜悦，永远不能忘怀。

　　煮元宵是个技术活，水烧开了，放元宵，铲子沿锅边从底向前推，防止糊底，等到元宵半浮，调文火，等到所有的元宵浮起，加一碗凉水再烧开，迅速捞起。如果是市场买的皮厚馅少的元宵，就得再加上一碗凉水烧开了，才能捞出。否则皮熟了，馅还是凉的。

　　油炸元宵就简单得多，将元宵放进房间里解冻，用牙签扎几个小孔，油烧七分热，下元宵，小火慢炸，表皮微黄后捞出，烧热油后再炸一次，一不怕浆汁爆裂毁容伤人，二不怕皮

108

不酥馅不熟。但是要注意，炸好之后，不能马上吃，因为一咬破，很容易被流出的糖馅烫伤，那种又急切又害怕的心理，就像在赌场押大小，又激动又担心。

奶奶做的元宵非常精致，不仅皮薄馅大，而且馅料总给你惊喜。不但有常见的花生青红丝、豆沙、枣泥馅，有时还会放芝麻和桂花糖，甚至还做过一次猪肉白菜馅，表面上看是元宵，吃上一口才发现这是黏饺子，让人边吃边笑，好像发现了新大陆。

如今我在千里之外的深圳，年过九十的奶奶依旧生活在东北，再想吃她亲手制作的元宵，只能在梦里实现。哪怕我赚再多的钱、寄再多的礼物，奶奶又有多少时间享受？

上班的铃声响起，收拾好失落的心情，决定今年回家过端午，陪奶奶包粽子。世间种种深情，唯有陪伴，才是最好的礼物。

寒食过后是清明

寒食过后是清明。清明时节，花事最盛。古人云：春城无处不飞花，寒食东风御柳斜。岭南少柳树，飞花却无处不在。

然而我妈却觉得近处无风景，约了一群老姐妹奔了苏州赏花。回来时背了一兜子的松子枣泥酥、云片糕等传统点心送我，说是苏州特产。微笑着摆到一旁，假装点赞，心里却想着，你咋不带罐碧螺春呢？旅游城市的所谓特产，一早成为鸡肋，不买呢，好像入了宝山空手归，买了，却没谁爱吃。何况是苏州的甜点，哪里会合广东人的胃口？最好吃的点心，当然是广东、香港出品，外表精致、味道亦佳，越吃越想吃，完全忘记人到中年应该减肥。

在照顾他人情绪这一点上，女儿比我强，看到外婆送来的点心，立即眉开眼笑地揽过外婆，称赞外婆贴心，会买东西。

喜得她外婆一阵风似的冲下楼去，说要去买菜，做她最拿手的可乐鸡翅。

鸡翅做好，望着那吃得欢脱的外孙女，我娘眼角弯弯，微笑肌鼓起，围着小妞转来转去，一脸的幸福。话说这外孙女真是贴心，但凡外出，总记挂着她，不管是节日还是假日，总要打个电话问候。人前人后地赞美她的外婆，不但会做饭、有情趣、歌还唱得好，惹得我娘没事就在家族群里放歌一曲，虽然我是一次也没点开听，点赞的小手却不停，让我娘很有明星登台的感觉。

女儿很给力，一次吃了六个鸡翅，吓得我不敢出声，只盯着那硕大的餐碟露出惊恐的表情。女儿很不高兴，剜了个眼神轻哼，"老妈，我一次能吃十个，好不好！我只吃了六个，算少的啦！"好吧！你威武霸气好胃口！点赞。一转身问老娘吃什么？你外孙女吃了鸡翅当午餐，那咱们俩吃啥？我去蒸鱼，好不好？老娘一推桌上的点心，说今天是寒食节，别煮饭了，咱们就吃这个吧！你看这个松子枣泥糕，可好吃了！好吧！这是亲外婆，假妈。

撕开一包松子枣泥糕，掉得一桌的白芝麻。又硬又甜又干，马上冲了一壶茶。正慢饮着，老娘突然说起南头古城，说是久不去，听说要大改造，很想看上一看。那好吧！女儿在家学习，我陪着你去。老娘喜眉笑眼地下了楼，一路上，不停地哼着小曲。好吧！老娘老矣，我亦半老，彼此间，要多陪伴。陪了老娘慢行在街头，请了老娘吃热乎乎的湖南菜，老娘吃得很欢乐，完全忘记了今天是寒食节。

每到清明时节，总是冷雨飕飕，没想到今年却是阳光灿烂，晒得身心都要融化了。坐在阳台上晒衣物、晒后背、顺便晒晒陈年的心事。想给爷爷烧点纸，却无处可去。是不是要买个墓位呢？话说现在的墓位比房价还高呢！那也要准备一个吧！我自己是用不到的，但拜祭逝去的亲人时，总要有个地方吧？跟爸讲起，老爸真是开明，说买什么墓位呀！死了往海里一扔不就结了。嗯，这是我亲爹。

　　如果我死了，烧成灰，直接埋树下，如果是能开花又结果的树，心愿已足。外公外婆去世时，都不到六十岁，想想自己的年纪，嗯，余下的每一天，都要开心地过，要把活着的每一天，当成余生的最后一天，爱亲人，爱朋友，爱自己。

　　夜半打开一瓶红酒，熄了全屋的灯，对着半明半暗的夜空，好像与逝去的亲人见了面般，送去问候，缓缓干杯。

泡菜酸，解思念

突然想做朝鲜泡菜。

打小就喜欢吃朝鲜泡菜，尤其是春天。年少时，放学路上会经过菜市场，一个三十多岁的平脸阿姨瑟缩在市场最边缘，推着一辆自行车改装的泡菜柜，尾座架着的玻璃柜里摆满了或大或小的搪瓷盆，五颜六色的各式朝鲜泡菜挤挤挨挨的，在草枯树黄、冰雪初融的北国春天里，特别地招人的眼。桔梗、海带、萝卜块与海白菜的味道实在是太迷人，虽然怕辣，也控制不住想吃的馋虫，在清水里涮一下，一把鼻涕一把泪地吞下。年少时，吃的不是泡菜，吃的是异国风情啊！打小，我就喜欢新鲜事物。

同学黄英顺是朝鲜族人，生得白皙斯文，典型的朝鲜族长相，大饼子脸，趴鼻子、小眼睛，可是外表清爽、性格温柔，

113

让你忍不住想去亲近。某个周末，她邀请几个女同学去她家玩，一推开门，整洁到一尘不染的气息扑面而来，朝鲜族人真爱干净啊！虽然地处北国，早晚要烧煤取暖，可是她家的床单雪白，地炕无杂物，桌子柜子皆清爽，让你不敢落脚，只怕脏了地面。

女同学面面相觑，很是拘束了一会儿。晚餐时候到了，穿着艳丽民族服装的英顺妈将餐桌摆上，十几碟泡菜铺满了台面，我们与英顺全家人围坐成一团，夹了这个，又尝那个，每一道泡菜都那么好吃。正吃得陶醉，突然有人站起身来，且舞且歌，那种文化与异域风情，瞬间迷倒了无知的少女。"长大后，要不要找个朝鲜族男朋友呢？一边吃，一边喝，一边唱，一边跳，还穿着艳丽的衣裳，真美！"一转身，看到英顺的爸爸与哥哥，哇！个子矮、身体壮，尤其是那眉眼，一般人还真消化不了。算了吧！虽然刘小美是汉族，可她哥哥真是帅哎！这样曲折婉转的心事，就是少女情怀。

大二时，找了一份家教的工作，学生是个十二岁的小女孩。没想到，竟是朝鲜族人。每逢周末的下午，三个小时的辅导课结束，总留我在她家吃饭。朝鲜族人的家常菜真好吃！尤其是跟学校食堂来比较。我最爱吃她家做的蚬子泡菜，蚬肉是一个个从壳里挖出来的，滚水焯一下，放凉了调上泡菜汁，既有海鲜的清甜与柔韧，又有朝鲜泡菜独有的酸甜辣香，人间美味，这算得上一种。这样吃了两年，孩子读了初三，我也去了外地实习。偶尔会接到她家人的邀请，可是那时我很忙，忙于与男孩子约会，与女孩子扮靓，与老乡聚会，与可能会去的公司互选。

　　再次吃到朝鲜泡菜，是来了深圳工作以后。与朋友闲逛，无意间就寻到了汉阳馆，当六小碟泡菜摆上来，突然间就想到我辅导过的小女孩，还有一起长大却多年没有音信的黄英顺，她们还好吗？小女孩该上大学了吧？时间，都去哪里了？怎么会飞快地带走身边那些美好的让你珍惜的东西？这样叹息着，狠狠地吞下几碟泡菜，好像旧日时光也一并吞进了肚里。

　　去超市买了一堆的食材，肥壮的白菜、无碘的海盐、紫菜、辣椒粉、白砂糖、鱼露、糯米粉，到家立即动手，白菜洗好，一切两半后抹盐晾干，将各式调料和成一盆调味汁，抹在一层层的白菜叶间，塞进保鲜袋后，再压在盆里入味。从早忙到晚，终于做出了红艳艳的辣白菜。尝了一口，虽然没有记忆中的美味，更没有朝鲜菜馆的好吃，可是由我亲手制作，那些美好的回忆，还有投入的深情，已是最佳解药，解我心中无限思念。

南北方的重阳

嫁了个浙江老公，生活变得精致起来。不用说日常起居，就是一言一行，都要压着性子变得婉转温柔。好在不断提升自己，假装优雅，婆家人的眼神倒也平静。

最怕过节，浙江人的礼数，可真不是一个普通东北女子能够假装全懂的。过不同的节日，吃相应的食物，配相应的饰物，举办相应的活动，复杂又啰唆。哪像我们豪迈的大东北，管你啥节，以不变应万变，全是吃饺子，简单、大气。

这不，重阳节到了，我是啥也没准备，老公就有些不悦，皱着眉头问我："准备重阳糕、菊花酒了吗？螃蟹定了吗？"嘿！我想着包顿饺子了事的，不敢出声，一味傻笑。在厨房转了一圈，老公闷声转头而去。多么庆幸，婆婆前些日子回了老家，而我们住在深圳。这要是生活在杭州，我得被多少鄙视的

116

眼神覆盖？别说家庭生活幸福，恐怕一早被扫地出门了。中华传统习俗是一点不懂，咋做合格的主妇呢？

怎么哄回老公？好在有金猪。

都说"食在广东"，这话一点没错！就说重阳节的金猪，那就是我与老公最爱的食物。重阳祭祀，是广东人最看重的节日，全族老少，都要回到家乡祭祖，尤其是男丁，更不能缺席。天刚亮，全族老少就要抬着一早预定好的上百斤的烧金猪，带着供品上山祭祖，待到祭祖完毕，再抬着金猪下山，回到祠堂，就到了"太公分猪肉"的时候，由德高望重的族长将烧猪肉分给各家。正所谓"猪肥屋润"，谁家祭祖的烧猪越大，证明谁家最孝敬祖先、最有本事、最光宗耀祖，所以各家的烧猪是比赛似的重，有的人家竟要四个人抬着，当然吃不完。

每逢重阳，总有当地的朋友送来斩成块的连皮带骨的烧猪肉，第一次吃，就着了迷。烤金猪一定要在出炉后的两小时内吃，否则皮就不够酥脆，失去最佳的口感。但是将猪骨头斩成块，用来煲粥、烫青菜、煮米粉，那真是人间美味。不好啃的猪头更加是个宝贝，因为连皮带肉，煲上一大锅西洋菜，又香又滑又清润又滋补，那汤一入口，简直是陶醉。

马上打电话给朋友小文，他是深圳本地人，每年都送硕大的烧猪肉给我。都说朋友是打开世界的一扇窗，更是促进家庭幸福的桥梁。这不，当我将尚有余温的烧猪骨斩块、切肉，瓦煲煮粥，放姜片、投猪骨，大火烧开，小火慢煲，不用半小时，满屋子浓郁的肉香、胡椒香，整个人如沐浴在冬日暖阳下，懒洋洋地泛着舒适与满足。然而不能急，非煲上一两个小

117

李卫璋 / 插图

时才能入味，这才将凉透了的烧猪皮放进烤箱加温，烧猪肉炒芥蓝，还没上桌呢，闻到香味的老公就跑出来，喜滋滋地坐下，满眼放光。

说什么节日习俗，老祖宗的传统，只要有更好吃的东西，他早就抛在脑后啦！

岁月忽已晚，努力加餐饭

饮尽杯中酒，转头望向窗外，凤凰树依旧苍翠，而百香果已有了枯黄的落叶。秋天已至，夏天却不肯走，两者较力，气温飙升。

这个夏天，空调就没停过，每天气温均在三十五摄氏度以上，走在太阳底下，体表温度在四十摄氏度以上，灼烧般的痛，从头到脚，一件湿热的铁罩衫瞬间扣住的感觉，几乎无法呼吸，仿佛没有空调，整个肉体会瞬间溃烂腐败一样。而我今天穿了两件衣服，连衣裙外加了罩衫，黄袍加身般地沉重，闷热得几乎晕倒。早上出门时，我穿得很轻松，真丝短袖黑衬衫配黑色西装短裤，时尚端庄又优雅，透气舒服又清凉。没想到，一进公司，办公室小妹就瞪大眼睛说，你这是顶风作案啊！

什么？怎么回事？原来有一位年轻美女去老板处汇报工作，竟穿了露背热辣青春装，老板震怒，指着办公室主任哀叹，难怪公司业务越发式微，就是你们这些无心工作、就知道扮靓的人带坏风气！工作就要有工作的样子，没让你们天天穿工作服已是恩惠，不能过于休闲随意！总办立即下发通知，严禁所有员工穿短裤上班，严禁穿着过于暴露上班，严禁穿拖鞋上班！偏偏我昨天休息，没收到消息。

好嘛！十点要去总公司开会，顺便找几个老总汇报工作、签字，这不是主动送上门去当炮灰吗？我又不傻，当然不能被树为第一个教育典型。立即在办公室、车里找衣服，可是不是太厚就是太性感，咋办？好在有一件金色连衣裙，买回来就没有穿过，除了 V 领有点小暴露，其他一点毛病也没有，不会太热、不会太短、不露背、不露腰，除了露点胸，好在并不明显。马上换了，又将今早上班穿的黑色衬衫套在外面，还别说，不难看，也不好看，这已经足够。

如一道午后阳光，一路金光闪闪地进了总部大楼，在总办工作的老友见了，当场吐槽："哇，你今天穿得有点骚啊！"气得想揍人，可是有什么办法呢？为了不挨骂，只能顶着一路惊吓的目光，哪有上班穿金色衣服的？又不是明星等着闪亮登场，又不是艺人，需要全世界投来注目礼。

哎！终于挨到下班，进家马上洗澡换衣服。这衣服材料不好，或者是放了太久，从买回来就放在有些潮湿的衣柜里。第一次闪亮登场就遭遇不幸，一路掉金粉，不管是坐是站，哪怕有阵风吹过，它都不肯停歇，哗哗地随风飘散。不敢多说话，怕人发现是我制造污染。

又忍不住展开丰富的联想，这要是一个流行歌手或者偶像派穿着这件衣服，肯定要砸台了，掉粉儿多不吉利啊！好在我没有粉，不怕掉。沐浴更衣后，只觉得神清气爽，跟女儿笑谈这一天的状况百出，她立即回道："老妈厉害！自己帮自己打造了一条金光大道！"

哎呀！这话真是太好听了！喜得她娘眉开眼笑。瘫在沙发上叹息，这一天终于可以画上句号，从早上五点半醒来，就一直忙到了晚上七点，好在一切顺利，有个好结局。

我总是这样，无论受了多少苦，只要愿望实现，就觉得值了；不管付出多少辛劳，只要结果不错，就觉得人生美满。

正感叹，门铃响了，竟是远在云南的女友寄来新鲜的松茸，打开包装箱，今晨采摘的松茸还散发着泥土的芬芳。立即拿小刀刮去表面的泥尘，也不洗，直接切成薄片。不粘锅加热，待黄油融化，松茸片顺次摆好，大火煎一分钟，立即翻面，不到三分钟出锅，倒一杯波尔多左岸稍有些年份的红葡萄酒，陈年后的红酒有着淡淡的蘑菇与石墨香，正适合这鲜醇软嫩的松茸，一口咬下去，满嘴的雨后草原特有的鲜浓，感恩这一天！

每一天都要好好过，有点小惊喜、小收获，就觉得这日子没有白过。吃好喝好，对身边人好，对自己好！努力加餐饭，不辜负每一分每一秒。

空空如也

这个夏季，好像还没有热过，立秋就要到了。

上午送女儿到了补习学校，转头奔了常去的肠粉店，路边小排档点上一碟鸡蛋肠粉，虽有遮阳伞与轻风，吃到一半，纯棉恤衫粘在后背上，额头的汗直滴到肠粉上，胃口顿消。

昨天还与内地的老同学叹息，说今年的广东天气给力，今年就没有热过，其实是我早出晚归，几乎没有在太阳底下出现过。昨天又加班到九点，一整天穿着恤衫牛仔裤，还配了棉绒的外套。办公大楼里的冷气一向剽悍，就是一条壮汉，也得西服领带长裤皮鞋备齐，否则两三个小时的会议结束，冰水里捞出来一样凉浸浸的。

今年加班加得凶猛，从年初到现在，休息时间不到二十天，至少帮公司多干了三十天，想着哪天轮休，哇！那至少可以休一个月。这样一想，只喜得眉开眼笑的。可是，真的可以休息了，我又是闲不住的人，去哪里逍遥这漫长的三十天呢？花钱少、住得好、吃得好、还要有人陪。这样一想，还是上班好，不用惦记早餐吃啥，午餐吃啥？上午做什么，下午做什么？你只要按照流程闷头往前行即可。谁会不喜欢这种流水线的作业呢？不用动脑，不用费神，按部就班，啥事没有！

女儿补课归来，打包了两杯喜茶新出的黑糖奶茶，母女俩正襟危坐在餐桌边，表情轻松地喝了个一干二净。近来喜欢喝气泡水，每天喝上两瓶，不一会儿工夫，又响又臭的屁气满屋洋溢。女儿斜着眼睛看她娘，发誓决不喝气泡水，这要是大庭广众之下放屁，羞死人啦！她娘是个强悍的女人，才不理这些！吃饭喝水，拉屎放屁，天经地义，谁敢干涉？你能保证自己一辈子不拉屎放屁？女儿转头就走，只听得"咣当"一声，房门锁得妥妥的。哈哈哈，她娘立在客厅放声大笑，好像打赢了一场旷日持久的战争。

烈日闯进了半开的窗，拉上窗纱也不起作用，满身的躁动，随手起了一瓶智利梅洛葡萄酒，深紫色的酒液，盈着幽微的羞涩，窗外的凤凰树枝叶舒展，随风舞动，有一朵不甘命运安排的凤凰花躲在层层的细碎的枝叶下，颤巍巍地开着。艳红的花瓣一动不动，只怕稍微摇摆就惹了人厌，一脚将它踢下枝头，坠地化泥成尘，任千万只脚踩了去。望着它半掩的容颜，端起手中的酒杯，一口咽下。只听得"咕咚"一声，滋味无穷的葡萄酒液沿着喉管，贴着暖乎乎的心脏边沿，流到了胃里。

这样一个无风无雨的午后，饮得微醺的人只想歪在沙发上，什么也不想，什么也不做，只想发呆，连天空、绿树、红花，什么也不看。

空即是色，色即是空。世间万物，最后终必成空。何必强求各种无法得到的？放轻松，珍惜拥有，照顾好自己，就是对家人最好的回报。转头望向窗外，凤凰花正随风飘落，满树翠绿，不见一点艳红。秋天，是实实在在地来了。

日行一"坏"

明天加班，嘿！此加班非彼加班。

在经济不断下行的当下，与客户的关系好坏就决定了一家公司的生死。为了拉近彼此间的距离，共渡难关，公司决定举办聚会（如果写成酒会，会不会高大上一点呢？可是，我们这个土鳖公司，除了吃饭就是吃饭啊），招待上下游的伙伴。我一听就急了，为啥要在周六晚上搞活动呢？这可是个人休息时间，用来旅行、放松与家人团聚的，干吗要用来工作呢？

三老板听了抱怨，并不说话，只微微转头，却没有望向我，但是醒目的我立即闭了嘴，转了口风问注意事项。明白吗？我为何到现在还活着，健康地活着，醒目女啊！

回到办公室，几乎想趴在桌子上痛哭。周六晚上，明明可以做个美容，或者煲盅靓汤，这下好了，啥都没有了。刘小歪贼兮兮地凑过来，悄声问明天穿什么衣服好？我有了发泄不良情绪的窗口，当即心情大好，一脸严肃地建议："嗯，不穿最好！"那一头立即喜得眉开眼笑，乐颠颠地冲向洗手间，可能是对镜检查自己的裸体是不是真的这么美好！

郭小青又凑过来，建议我明天晚上要穿正式点，别老是牛仔裤配黑、白T恤，现在空气潮湿，老穿紧身牛仔裤，容易得妇科病。该死的小妖精，有这样提建议的吗？几乎一口老痰喷过去呸死她。还没等呸呢，人家头发一甩，一扭一转地捧着文件盒走远了，空余恨。

安排好相关事项，终于闲下来，上网放松，所谓的上网放松，就是看看博客文章。你看，我早就把博客当成我人生的重要大事来日读夜赏。亲爱的新浪，要不要颁个奖给我呢？

中午不想吃饭，坐在办公室里发呆。咦，明天的酒店还是蛮好的，要不要穿漂亮一点呢？不是刚刚买了艳丽的旗袍吗，要不要穿旗袍呢？可是，颜色那么艳俗，人家会不会以为我是妈妈桑呢？算了，以安全计，依旧是黑色衣裙，最为妥当。

那旗袍什么时候穿呢，当然是照相的时候。女人大部分的衣服都只是挂在衣柜里蒙尘，当她打开衣柜，望着层层叠叠的赤橙黄绿青蓝紫，不用穿，已是对自己最大的肯定，这么多年，我还是赚了不少的，至少有一堆漂亮衣服。于是内心安定，看花是花，看树是树，看老板的眼神都增了几丝温柔。服装对于女人来讲，基本属于摆设，除了偶尔几次拍照，其他时间基本上属于装饰品与镇静剂。

正胡思乱想，刘小歪凑过来，压低声音细诉："看到没？

黄大美最近忙得很，工作不怎么上心，中午也不休息，整天对着手机玩微信。你知道她忙什么吗？她天天跟老板娘聊微信呢。感觉自己一下子提升了几个档次，对工作都开始挑剔起来了呢。"

哦！无处不在的老板娘啊，要不要这样啊？我们办公室十几个人，倒有一大半被她加了微信。就因为加了她，搞得我都不敢晒吃喝玩乐和臭美了。真气人！

不出声，突然想起什么，干笑两声，做乐不可支状，然后才开口："刘小歪，你不知道吗？顺达公司的那个钱小婉是怎么离职的？你不知道？哎！那个可怜孩子，她加了老板娘的QQ，因为太想升职了，天天拍老板娘的马屁，没事就和老板娘聊天，把自己的、同事的小秘密都讲给老板娘听，以为成了知己。结果老板娘向老板反映，你们公司怎么这么清闲，天天上班不用干活，总有时间聊天。如意算盘打得叮当响的钱小婉就被开除了。你说这孩子咋这么倒霉？拍错地方了，哈哈哈！"聪明的刘小歪立即做惊恐状，然后就放声大笑，笑声尖利，直冲屋顶，几乎把我吓得从椅子上掉下来。

那一边的黄大美有点怔住，端着手机的手有点不稳。不管她，咱们笑咱们的。

哎！日行一"坏"，长命百岁，一世无忧。亲爱的朋友，请你谨记：咖啡与茶，要趁热饮。老板娘再好，也要保持安全距离。

所有的思念，就藏在这一碗面里

连日的高温，一点胃口也没有。

三伏天至少有四十天，这才过了头伏，接下来的日子咋办？饭堂的广东师傅天天煲凉茶，顿顿绿豆汤，吃得我眼冒绿光，还没下班，就饿得脚软。

虽然饿，却不知道吃什么，饭店的食物太油腻，厨房又太热，问老妈吃什么好呢？老妈大眼一瞪，说吃炸酱面啊！正所谓是头伏饺子二伏面，三伏的烙饼摊鸡蛋。反正在北方，只要是过节，吃饺子就没错了。偶尔换换口味，那就是炸酱面。

当然得是手擀面。挂面、方便面那是面吗？那纯粹是懒人对付饥肠的。做人几十年，必须有点仪式感，想吃面，就得现和、现擀、现煮，这才是人间烟火，幸福生活。

高筋面粉里加一个鸡蛋与少许盐，常温水和面，这样才能保证面条筋道，揉好面后醒发半小时，擀薄后切条，水开后入锅，煮九分熟后立即捞出过冷水，最是弹牙爽滑，配上炸得金黄浓郁的鸡蛋酱，绝配！

奶奶喜欢将黄瓜丝、烫熟后攥干水分的菠菜切成小段、黑木耳切条、摊熟的鸡蛋切成丝摆在面条上，当然还要摆上香菜与红亮的鲜辣椒丝，再调一勺炸好的鸡蛋酱，五颜六色的材料与雪白的面条一起拌匀，哇！香气冲天，完全忘记此身此时此地，恍若神仙。

这样一想，顿时胃口大开，立即冲进厨房，然而家里连面粉都没有，好久没煮饭，除了叫外卖，就是路边摊，自从孩子住校，这日子被我过得越发粗糙。简单地煮了一把银丝面，好在煮的时间短，又过了冷水，很结实，有一点点日本手工拉面的味道，配上刚刚炸好的鸡蛋酱，也不错。

什么时候做一次手擀面呢？用地道北方粗面粉，加盐、鸡蛋，少许温水和成结实的一团，下大力气揉面，正所谓千揉的饺子万揉的面，不多揉它个几百回合，这面怎么能好吃？

只见瘦弱的你几乎将半个身体悬空，终于揉好了弹牙百分百的面团，又要咬牙切齿地使出全身力气去擀成面饼，此时的你几乎大汗淋漓，这才用刀将面切成细条，投入滚沸的锅中。

五分钟后捞出面条，立即将其投入放了冰块的冷水中，拿修长的筷子搅拌三五下，迅速捞到宽敞的大海碗中，将切好的黄瓜丝、泡发好的黑木耳、烫熟后挤干水分的菠菜，当然还要有一大勺刚刚炒好的冒着油光的鸡蛋酱，最后放进香菜碎与炒得喷喷香的花生粒，哎哟，简直不用吃，光是想象都口水流得好长。

分外想回到童年时光，挤在奶奶家的大炕上，弟弟、妹妹、小姑、小叔还有来家借读的二表姐，你争我抢地大嚼，不用五分钟，脸盆大的海碗就见了底，吃得满嘴油光，满眼迷离，人世的幸福就是此刻。家人齐坐，时光可亲。

一直在厨房里炸酱、烫菜、煮面的奶奶并没有上桌吃饭，此刻的她歪在门框边，望着一群小饿狼吃得欢喜，一条缝的小眼睛弯成了初七的新月，干瘦的小脸散发着圣洁的光，仿佛一束光打在她的脸上，她就是生活的主角——唯一的女主角，所有的孩子都是她的粉丝，从不曾远离、抛弃、忘记。

一边吃着清简的炸酱面，一边想起从前。从前慢，因为心无挂碍，除了吃与睡，并无烦恼。而今我身处繁华都市，想要的太多，想求的太多，却总想不起最疼自己的奶奶，亦不懂得珍惜自己日渐苍老的肉体。

好好吃饭，好好睡觉，好好陪伴亲人，好好待自己。所有的美好，不就是在这一饭一蔬、一朝一夕的陪伴里嘛。

亲爱的奶奶，我很想你。

相忘江湖，难忘美食

忙完一天的工作，正准备回家，武林盟主金庸离世的消息铺天盖地而来。并不怎么难过，以九十四岁高龄离开这个难逢对手的世界，金老爷子肯定很淡然。倒是李咏的离去，很让我伤心了一会儿，毕竟他才五十岁。

开车回家的路很漫长，脑海里浮现的全是金庸笔下的人物，乔峰阿朱阿紫、郭靖黄蓉杨康，还有他笔下无数叫人向往的美食。

高中三年，读了他的十一部作品，几乎都是盗版书，藏着掖着躲着看，没有一次正大光明，偏偏他教我侠之大者，为国为民，做人可以没本事，却不能没义气。但凡读过金庸的书，人生观、价值观、世界观都会被他影响。当年，金庸的书不容易借到，谁借到了，大家轮流看，上课遮在课本书里看，下课憋着尿看，宿舍趴在床上看，回家整夜不睡地看，看得天昏地暗，成绩一跌再跌，跌到苞米地去，还是喜欢他。

高三毕业，同学聚会狂欢不断，今天去你家，明天去我家。作为一个爱显摆、喜美食、擅烹饪的小女生，哪能不嘚瑟一下自己的好手艺呢？这道菜必须出身不凡、出品不俗，必须养眼又养胃，做什么菜呢？小鸡炖蘑菇、红烧排骨太俗了，想起黄蓉煮给洪七公的"好逑汤"，顿时眼前一亮！又有肉、又有菜、又有水果，不仅好吃，还好看！对！就这么做！

荷叶没有！竹笋没有！斑鸠没有！当然我有办法！

生菜清甜碧绿、新鲜的蘑菇够鲜、斑鸠根本没见过，鸡肉哪都能买到，就这么办！除了樱桃，其他都不是原配。生菜、鸡肉剁碎，调入盐、鸡蛋清，和成乒乓球大的丸子，白蘑菇切成条状，水开下锅，待到肉丸浮起，加入生菜碎，装盘时要小心，汤不能装太满，盖过肉丸子即可，再在每个肉丸子上面按进一个小指甲盖大的樱桃。不是应该把肉丸嵌进樱桃里吗？问题是北方的樱桃太小，没有绝世武功的我怎么也塞不进肉去，一塞一个爆，所以说，要好好练功啊！上哪找师傅去呢？为美观计，端上桌前还撒了几片向日葵花碎，那叫一个色彩缤纷、美艳动人。当我颤巍巍地端着盆汤送上桌，哎哟喂！当真是技惊四座，没人敢吃。

同桌两年的男同学很给面子，鼓起勇气，冒死吃河豚一样不惧生死，以身试食。只见他小口徐徐饮下一唥汤，又捞出鸡肉丸子，全桌无声，只盯着他的眼睛看，等待他的评语，同桌很给力，咽下肉丸子，终于缓缓道出一句：美则美亦，却不好

133

吃。真让人丧气!

我还试过"二十四桥明月夜",这道菜简单,就是把豆腐削成球塞进一整只的火腿里蒸熟,可是上哪找这么大的锅?真把家里的一整只火腿一次吃了,我爸得和我急!好在我聪慧,换成火腿粒与豆腐同蒸,摆在刚刚烙好的做成火腿形状"滋滋"作响的葱油饼上,那叫一个色香味俱全,就是有点不上档次。暗暗发誓,等我有了钱,非买一个大蒸锅,没事就来个"二十四桥明月夜",多浪漫!

终于到了家,歪在沙发上审阅微信朋友圈,一些沉睡多年的僵尸朋友纷纷诈尸,悼念金庸老先生,无数金句在手机屏幕上划过,有微微的泪在眼里闪动,我们知道,随着金庸先生的离去,我们的青春也缓缓落下帷幕。

小雪的火锅童年的家

今日小雪，深圳终于降温。

喊了一次又一次的狼来了，这一次，天气预报终于有了尊严，没有再次打脸。清晨起床，叫醒——，马上奔了厨房，放水淋花，推开窗的那一刹那，只穿了背心短裤的中年妇女狠狠地打了个哆嗦，强忍着冷淋完了花，转头关窗，直奔房间披了厚衣，马上叮嘱正刷牙的女儿，多穿件衣服吧，降温了。人家头不抬眼不睁地刷完牙，闷头进了房间换衣，依旧是一件校服外套，里面一件短袖恤衫配单裤。好吧！多说无益，只要提醒了就好。至于结果，谁也无法预料。

在公司群里提醒了句：今日降温，记得加衣。转头换了墨绿羊绒衫配艳红牛仔裤出门。这是今年第一次冬装上场，必须有点仪式感，喷了香水，又系了条艳丽的红花丝巾，像枚红包般闪亮登场。

到了公司食堂，好家伙！我以为自己穿的是多的，没想到还有穿羽绒背心、羊毛大衣的，当然是一律热出了汗，彼此皆一脸的笑，说有一种冷，叫作你妈觉得你冷，或者是你老婆觉得你冷。这一下，气氛融融，个个乐呵呵地脱了外套，喝粥的、吃粉的、嚼包子的，纷纷笑容满面。

突然想起家乡，口中的包子顿时裹住了喉，不敢说话，不敢抬头，只怕有一句温柔的问候，就喷出了眼泪。每到小雪时节，家乡就开始封菜窖，把菜窖包裹严实了，只怕漏了些冷空气进去，一窖的白菜就冻成了雕塑。我家的菜窖在木板钉成的仓房里，四周摆放着些旧家具、闲杂的老物什儿，什么摆饺子的盖帘、夏天泡澡的硕大铁盆，没用却又值钱的板材，偶尔要用到的煤炭，还有一些杂七杂八舍不得扔的旧杂志、旧书籍。我妈是一个非常会过日子的女人，明明赚着同样的工资，我家就比其他邻居过得精致些，吃得好些、穿得好些、用得好些，也不知道她是怎么算计出来的闲钱。

每到换季，妈妈总要拉着我与弟去城中最旺的商城，采买些新衣，她从不像别人家的妈妈，给孩子买衣服，总要买大两码，做好能穿上三四年的准备，结果好些衣服、鞋子都烂掉了，还松松垮垮地不合身，看到谁眼里，都是偷来的、捡来的，反正不是原装货。我妈给我们买的新衣服最多大半码，反正是当时穿呢，有点阔，却也算是合身。

转眼换了一季，这些衣服依旧妥妥地安贴着，不飘不扬，刚刚好的样子。谁见了都要赞一声，这孩子身材真好，这衣服穿着真好看！其实我打小就有点胖，但我妈那么擅长打扮，总帮我准备合身的衣裳，谁见了都觉得我瘦，至少是标准身材。这影响了我一生的穿着打扮标准，那就是不管什么牌子、什么料子，必须合身，但凡大一点，弯腰扭身都舒服的，必须舍弃。所以，贴身设计的 CKJ 恤衫、紧身牛仔裤一直是我的标配。

每到小雪时节，厨房侧面的土豆窖里装满了土豆、胡萝卜、红萝卜，间或有一袋地瓜，也就是南方人口中的番薯，我与弟都爱吃地瓜，贪其鲜甜糯软，没事就偷偷捡几个出来埋在火炉下面，等到妈妈回来烧晚饭的时候，只要用到炉子，不等饭熟，炉膛里就飘出香甜的烤地瓜香，妈妈忍不住骂上两句，"你们怎么没够啊！天天烤，就五十斤地瓜，没等过年就得吃没了，年夜饭上怎么上挂浆地瓜啊！你们给我省点！"

虽然嘴里骂着，手却不停，怕烫伤了我们稚嫩的小手，蹲下身去，一条腿跪地，握住铁炉钩子，将不时掉落火星的炉膛中飘着热气的地瓜挖出来。双手不停轮换着握住地瓜，摆上餐桌，让我们先吃，转头又炒起菜来。妈妈一生勤劳，善于烹饪、绣花、织衣、打扮、唱歌、跳舞，就是性格火暴，一言不合，动手动脚又动口，真烦人，偏偏却是我妈，不能打来不能骂、不能还手不能远离，虽然有时候，我们也怨她。

小雪节气一到，北方的冬夜就更加漫长，不到下午五点，天色黑尽。各家各户燃亮所有房间的灯光，只为让疲惫又空寂的心灵多些暖意。如今在南方生活得久了，白天亮得早，晚上黑得迟，偏偏周边开心的人少，抑郁的人多，明明阳光多的地方，人的幸福感应该是强的，反而我们的大东北，一年有六七个月生活在黯淡无光里，偏偏那里的人们活得兴高采烈、没乐找乐，个个喜洋洋的，没心没肺。

离开家乡多年，明明当年义无反顾地离开，如今却常常怀念，那里的人、那里的山、那里的水、那里的一食一饮，总让我不时思念。但凡到了节气，不管是春分、谷雨还是小雪大雪，爷爷总要找出个理由来换个吃食，实在找不到什么相应的食物，那就一律上饺子。反正是变幻的节气，不变的饺子，那就没错了。可是总有些特别的，比如说端午的粽子、中秋的月饼、小雪的火锅。

但凡小雪前一天，太阳还没落山呢，老头儿就披了厚厚的棉衣待在院子里望天，叹息着明天会不会下雪，小雪雪满天，明年是丰年。很奇怪的，小雪的时候经常下大雪，到了大雪时节，却很少下雪。听到这个疑问，爷爷就开始得意地卖弄他的专业知识，说小雪下雪才好呐，冻死害虫，明年有个好收成。大雪要是下雪啊，非有天灾人祸不可。你们可别盼着大雪下雪哈！说完了，老头儿得意扬扬地漫步而去，哦，去了厨房，做他最拿手的红烧肉去。

如果小雪这天没下雪，老头儿就急了，不时叹息，说完了完了，明年这庄稼可是不成了。我们暗暗地鄙视，庄稼成不成与你何干，你又没有土地，也没有什么乡下亲戚。偏偏老头儿不甘心，隔一会儿又跑到院子里望天，好像他是催雪神仙一般，多看几次，就能下起雪来。

到了晚上，一家人前后脚地进了家，金澄澄的铜火锅就摆上了台，一家人围坐，灯火可亲，说着笑着，下着切成丝的酸菜，刨成薄片的猪肉、羊肉片，一早泡发好的粉条，还有切成条的土豆，晒得干蔫的香菜，铜火锅灶下不时爆裂的黑炭烧得正旺，红亮亮的烟火不时窜出笔直的烟囱，那一定是世间最美好的画面。每个人的脸颊热得绯红，眼神清亮，满身洋溢着的幸福与安宁，是我此生再未体会到的。

今日小雪，家居北国的你，打火锅了吗？可有与你亲爱的家人，边吃边聊，窗外一轮羞涩淡月，正照在烟火温暖、笑容满面的你们头上，也照在离家万里的游子心上。

夜半一碟松茸炒饭

前些年，极热爱烹饪，哪怕一个人吃饭，也得炒个一荤一素，配杯葡萄酒，好像不丰盛一点，这一天就过得草率，特不甘心。

万一夜半睡过去，再也不能醒来，这一生连个好点的结尾都没有，真伤感！这样一想，马上再细嚼一口香煎鱼，或者清蒸蟹。那时的我对自己真好！只要在家吃饭，几乎不重样，天天新款式。尤其是八月，正是云南、西藏松茸上市的季节，我爱极菌类，尤其是松茸。

第一次吃到松茸，是在一九九八年的夏末。我去昆明看望在那做生意的父母。那时，他们正年轻，精神头儿极足，白天工作，晚上带我四处转，吃了几天饭店的饭菜，我差点哭出声来。说啥也不肯再去饭店，求妈妈买菜回家煮。因为，昆明大大小小的饭店，只要是我们吃过的，没有一家好吃！当然，也许是父母舍不得花钱，去的都是不好的饭店，反正我是吃怕了。

听到我想在家里吃饭，妈妈很不高兴，她是很不愿意做饭的人，尤其是白天忙了一天，回家就想歇着。我当即打了包票，说我自己买菜自己做。老妈一听，喜上眉梢，第一句话就是："你别去超市买菜，路口的早市菜可多了！你明天早上去买点菌子回来，煮白菜吃！可鲜了！"好吧！我那睿智的娘可找到伙夫了，肯定馋了半个多月了，终于有人煮好了，端上桌来，夹起筷子就能吃到嘴里，贼安逸。

去饭店也能吃到菌子，就是价钱有点狠，人均差不多五六十。我娘是个贪财的，一想到自己花钱买，买上五六种菌子，也不过是五六十元钱，再来一颗大白菜，一只肥母鸡，那可是五六个人的大餐，不到一百元，人均二十元，那就是盛宴！凭啥犯傻花上三四百啊！

清晨醒来还不忘记提醒："你早点去买，我去商场啦！记得买牛干巴、青头菌、干巴哈！"胆小的爸爸临出门，想了想还是掉转回头，说陪我去买菌子，别被人忽悠了，万一买到有毒的咋办？妈妈撇了一下嘴，顾自出门赚钱去了。

老爸陪我下了楼，小区门口一转，就看到人头攒动的临时街市。摆摊的多是附近的乡人，各自蹲在塑料布铺成的档口，各色没见过的菌子五花八门地罗列一堆，刚买了两种菌子，爸爸激动地一嗓子，"哎呀！这是松茸哎！"立即拉我过去，蹲下身来，一条一条地抚摸肥壮的菌身，问了价钱，竟要两百多元一公斤，听了价格，我正想起身，老爸却掏出钱包，狠狠地称了大半斤。好吧！有钱人的世界咱不懂，但是好吃的世界我明白。

妈妈下班回来吃晚饭时，看到摆成一铺戏般的盆碟碗筷，很是兴奋，可是一看到一碟子松茸，立马翻脸，骂我爸就知道浪费钱！这钱赚得不容易，想花，那是多少钱都能马上花完的。那时我年轻，不懂世间一切事物均打好了价格，以为一切花销要有节有度，再多的钱也能瞬间花完，必须节俭。等到我终于明白，短时间内就把钱花完，那不过是因为你穷，没钱！如果钱多到只是一个数字，别说短时间，就是给你十年八年，那也是花不完的。只不过，我没有这样的机会罢了。

那一晚，爸爸请了两个朋友来家，就着一壶杏花春，伴着淡淡的思乡之愁，渴望赚到大钱后荣归故里的豪情壮志，爸爸美美地醉倒了。忙着照顾大家吃饭，收拾桌子，整理厨房，我竟没有吃饱。夜半醒来，只觉得肠胃空旷，一如窗外低垂的明月，突然间想起远在千里外的情郎，分外地思念，分外地孤寂。他好吗？他是一个人吗？他有没有想起我？

轻轻地起床，推门到了阳台，夜色静谧，昆明这个城市更像一个巨大的乡村，但凡午夜过后，城市里安静得像幅水墨画，全没有五光十色的夜生活，就连霓虹也欠缺多多，除了主要干道，其他地方干干净净、清清爽爽。想起深圳的璀璨热闹，更加思念青春貌美的情郎。要早点回去了，否则不定出什么幺蛾子呢！这样一想，更加饿不可挡。

转身进了厨房，翻出冰箱里冷藏的剩饭，还有妈妈舍不得一次吃完的两条松茸，再捡出一个鸡蛋，将松茸撕成条、切了几朵香葱花，打着燃气灶，倒油、炒松茸，放葱、撒鸡蛋，最后才放入半碗米饭，翻炒均匀后淋酱油，不用五分钟，一碟泛着松茸腥鲜与鸡蛋浓郁肥香的炒饭就进了肚。美得不行，好像被一条强壮的手臂拥抱了一样，安心、放松、得意又疲惫，只想睡。

倒头就睡，一觉到天亮，无梦无愁。

此生没有吃过那么香郁的蛋炒饭，哪怕多年以后，我常用黑松露炒饭，一次放十几粒黑松露，也回不到那一天的美味百转，此生回味。

从小到大，我没有试过饥饿的滋味，对于食物，我从来挑剔多过喜欢。小时候，爸爸就换着花样买给我们各种好吃的，当然他是不肯下厨房，每次不是妈妈，就是奶奶，咱们家的厨娘一向优秀。其实爸爸是个大厨，但凡谁家有个红白喜事，他总是当仁不让的主厨，可是家常菜式，他从不肯投入。而我，我从不会做大餐，一生只爱家常菜，却从不曾做得让人惦念。女儿总说我做的菜，要么丑、要么难吃，好不容易有一样好吃的，但凡你点个赞，就恨不能一天三顿做给你吃，直到你吃厌再不肯尝一口为止。

我就是这样一个人呐！头脑简单，四肢又不发达，只要爱的人喜欢，恨不能全身心投入，只为爱人点一个赞，给一个满足的眼神。我努力了大半生，却没有一道拿手菜出来行走江湖，这不能不说是个失败。

然而那一夜的蛋炒饭，也许是加了松茸的缘故，也许是那夜的月色太美，思念太浓，也许是心底的空虚，夜半的温度太冷，又或者，没有自信的人需要食物增添能量，一大碟飘着热气的炒饭快速落肚，这寂寞的城市就多了温暖。

　　夜半一碟松茸炒饭，仿佛此生圆满，你一直陪伴在我身边。

一入烘焙深似海

女儿高考结束了，压力顿减，时间突然多了起来。

无所事事之下，重拾烘焙热情，下班就去上课，从法国蓝带厨师学校归来的培训师那叫一个专业，从手法、醒发时间、温度的控制、面粉的选择到材料的配比，细致得不像话。感觉打开了一扇窗，将我从简单粗暴中拖出来，不再恣意烘焙。

课程很吸引人，回家天天做面包，每一次都让自己满意。当然与正规店销售的还有距离，可是内心欢喜又满足，好像进阶成了烘焙达人，成就感冲天。恨不得一天做几轮，挨个儿送朋友，期待着他们全来点赞。

累得不行，腰疾又犯。话说这个腰，真是白长。我一直欣赏那些细腰长颈的女人，觉得她们是女人中的女人。穿上连衣裙，不盈一握的纤腰让人心跳加速，再配上温柔的眼神，真是迷死人不偿命。偏偏我打小就没有腰，只是腿长，结果上半身与下半身的连接处就最小化处理，根本没有腰的存在。可是疼的时候它又在。

前天忙到半夜，刚出炉的面包香味诱人，深吸了一口气，满满地陶醉。弯腰取掉在地上的包装袋，只听得"咔"的一声，站不直了，后腰处痛不可挡。去医院是没用的，每次去看医生，除了推拿按摩，医生就提醒我卧床休息，做好保暖。歪在床上不停地叹息，觉得自己就是个废人，全无用处。万一余生只能卧床不起，才能免了疼痛，那可是一万个不甘心啊！我想纵横天下，一百〇八般武艺样样精通，做一个什么时候死掉也没有遗憾的人。

昨天忍着痛去上班，归家只觉得天高地阔，房间舒展了不少。原来是先生看到我又伤了腰，怒了，趁我不在，将所有的烘焙材料一股脑儿打包，全扔到楼下的垃圾箱里，也不知道便宜了谁。不敢追问，更不敢发怒，泪往心里流，知道人家是为了我好，只是这好不是我喜欢的方式而已。

人生哪怕百年，能有哪些事让你喜悦投入且成就感满满的呢？喜欢烘焙，就让我做呗！做死了，做残了，亦是我的事，关卿底事？哪怕我残废了，你又不会照顾我，最多请个保姆。心中这样想着，却一丝话风不漏，只在女友间暗自诋毁，宣泄不满。

这下好，听到消息同住一个小区的女友连夜送来一整套的烘焙产品，从烤箱、模具到各种，一应俱全。望着小山般的一堆，想哭想笑，我想，她对我是真爱！

正所谓是单反穷三代，烘焙毁一生。当年我初恋上烘焙，那是下了狠心的。入门级是最少投入五千元，配齐烤箱、打蛋器、电子秤到各种模具。我想着自己意志力不强，做事没恒心，不多投入，肯定半途而废。于是从中级买起，烤箱、面包机、厨师机全部用中高档产品，再配上各种模具、进口食材、精致的包装袋，一下子就用了两万多块。你想啊，面对着一堆白花花的银子，你能不好好学习、认真对待吗？

立即开启自学模式，对着买来的各种烘焙教材，从最简单的蔓越莓饼干做起，一步一步学到了吐司、牛角包，期间所耗材料惊人，好在成果喜人，每次做出来的点心，都被朋友点赞。虽然我知道她们一是捧场，二是鼓励我多做，不用动手不用花钱就能吃到材料有保障的点心，哪怕难吃一点，也是可以接受的。这样喜滋滋地累了半年，终于过了烘焙蜜月期，打入冷宫蒙尘，直到女儿高考结束。

女友送了东西，也不多说，转头就走。我想她是怕自己后悔，毕竟也是曾经所爱。可是这爱不但耗时间、耗银子，还耗身体，还是不爱为妙。

有一句话是这样说的：如果你爱她，就让她去学烘焙；如果你恨她，就让她去学烘焙。想到这里，一个人对着小山似的烘焙材料傻笑，好像失而复得、久别重逢，虚惊一场。

好吧！我又掉进了这个让我欢喜又头痛的坑里。先生会不会又扔掉呢？

给我一个厨房，我能让你长胖

难得打开电视机，正播放着纪录片《难忘的故乡》，画面中的白雪、白桦林、热乎乎的白馒头，正是吉林省的某个小乡村。望着熟悉的画面、乡音，突然间泪流满面。

谁能忘记自己的故乡呢？那个你生长、生活过的地方，有你最初的伙伴、最真挚的友谊、最珍贵的初恋、最美好的回忆，哪怕离家万里，离家数十年，依旧在某个清醒或昏沉的时刻，突然涌入心头，那山、那树、那花、那人。

突然很想冲进厨房，做上一大桌的东北菜，酸菜炖粉条、凉拌家常菜、茄子炖土豆、小鸡炖蘑菇，再来上半盆韭菜盒子，或者烙几张外脆里嫩的葱油饼。这些都是奶奶的拿手菜，我得了她的真传，就连最挑食的爸爸都说我炒的菜、烙的饼跟奶奶做出来的一个味儿，那是我们父女最怀念的味道。

奶奶是个勤快又麻利的妇人，哪怕客人进了家，她才急匆匆地奔了菜地，不用一小时，就有可口的饭菜端上桌，哪怕没有肉，一早腌好的咸菜，几样蔬菜与虾皮、咸鱼的各种搭配组合，老榆木制成的古朴饭桌像个无底的黑洞，吸引着你凑过去，不肯离开，大家都吃得额头放光，不停点赞。可是奶奶早已去了天堂，再也没机会吃她亲手烹饪的美食。好在我从小在她身边长大，学得一手真传。

可是我不敢做！大半年没做饭了，不是我不想做，而是先生与女儿取消了我做饭的资格。谁让我要么产量巨大，要么就是一味创新，可是这创新总与东北豪放的菜款相近，一做一盆，把父女俩吓坏了。前几年他们还觉得挺好吃，只是吃不完，我那爱节俭的先生就会多吃一点，结果胖了三十多斤，几乎与我断交。后来我怎么央求他俩吃，人家也不肯，宁肯叫外卖，也不给我机会去厨房。反正我是好久没有进过厨房了。这样一想，竟有些难过。一身好武艺得不到施展，这不是人生最痛苦的事情吗？

难得一个清晨暴雨、午后晴朗的一天，先生一脸的惬意，荡着两条大长腿在沙发上玩手机。马上打请示，我可以做几个菜，咱们喝点小酒呗？竟得到同意，大喜。不到两小时，淮山骨头汤、酱焖黄皮头、香煎鲳鱼、西红柿炒大白菜、清炒虾仁、尖椒炒牛肉就端上桌来。

先生慢悠悠地蹚到餐桌边，看到我又从厨房端出一道硬菜，我看到了他眼中的绝望，真的是绝望。恐怕他想逃出去的心都有了，又怕我一个人倒在餐桌边哭。为了不影响我的情绪，他一脸生无可恋地坐下来，只肯吃青菜、鱼与汤，我那独门秘方——豪华版酱焖肘子，没人肯动，就连饥肠辘辘放学归来的女儿也不肯看一眼，反而马上叫了比萨吃得欢，气得她娘暗暗咬牙，却全无办法。

咋办呢？啥时候能精致点，不要一来就上东北春节大饭桌，一盆一锅的，难怪人家不喜欢。要进步啊！要清醒客观冷静啊！不能一味只顾着自己，不考虑人家的感受。

给我一个厨房，我能让你长胖。

鱼皮花生

超市里的食品真是丰富！只要你舍得撒银子，全球商品随你挑选。一念及此，分外热爱我的祖国。一定要安定团结，老百姓才可衣食无忧。正准备买单，扫到促销区摆着一排古朴包装的塑料瓶，不用思考，立即收了一瓶，正是我年少时热爱的鱼皮花生。

我从小就嘴馋，但凡没吃过的零食，非想着法儿地买到。父亲亦是爱吃之人，只要出差，总是大包小裹地带回各地小吃。在这方面，我是个"聪明"之人。先吃全家人那一份，再偷吃弟弟那一份，最后才打开自己那一份。弟弟总是奇怪，为什么他的零食吃得那么快，姐姐的却总也吃不完。有时忘记了自己藏起来的零食，不是饱了老鼠，就是腐烂变质，只能偷偷扔掉，不敢出声抱怨。

还在读小学呢，爸爸从上海出差回来，仔细掏出两大纸包鱼皮花生，两小包花生沾。花生沾就是糖霜花生——熟花生米外裹着熬化了的白糖，相当的香甜酥脆，令人着迷。只是不能吃多，齁得让你发狂。鱼皮花生就很奇怪了，咸咸的、脆脆的表皮裹着熟花生仁，怎么也吃不腻。表皮是什么做的呢？爸爸说是鱼皮晒干打成粉，与面粉和在一起烘烤而成。可是并没有腥味，这真是奇妙！越嚼越香，越吃越上瘾，一大包的鱼皮花生，转眼间就只剩下黄草纸。

自从尝到了鱼皮花生的滋味，我就没有爱上别的。哪怕是芥末花生，还是花生糖。最爱的，一直是鱼皮花生，不管是干吃，还是就一杯啤酒，它从不曾让我失望。可以当成主食，也可以是主菜，还可以是餐后的小点，只要有它，就很满足。这世上还有比它更好吃的食物吗？有，肯定有。但是让你一直吃也不腻，不吃就会牵挂的，并不多。

后来我遇到一个也喜欢吃鱼皮花生的男子，两个人站在江边，一包鱼皮花生，一人一瓶啤酒，天色渐昏，江水渐寒，也觉得很美。可是，到底还是没有在一起，我喜欢鱼皮花生，也喜欢水煮鱼，还喜欢小笼包子、豆腐脑。而他，他喜欢鱼皮花生，也喜欢红烧肉，还喜欢糯米丸子、豆腐花。能吃到一起，还有很多共同话题的人，相处是幸福的。偶尔能吃到一起，却找不到共同话题的，那只能抱着侥幸心理，一不小心就会触礁。

城市越来越大、越繁华越美丽，越难找到便宜又好吃的东西。不知道什么时候，就找不到鱼皮花生了。不知道什么时候，不再惦记鱼皮花生了。好像有十多年，没有见过、没有尝过也没有想念过，好像我从来没有喜欢它一样。

归了家，收拾了冰箱，煮水泡茶，随手打开了包装精美的鱼皮花生，还是那么香脆，还是老味道，可是我早有了节制，不会一味地贪吃，停不了口。嚼了几粒，封了口，再无牵挂与吸引。

百度了一下才知道，鱼皮花生最早起源于日本，因为加入了鱼皮胶，故名鱼皮花生。后来台湾人用白糖、糕粉、酱油与花生仁精制而成，与日本鱼皮花生味道相近，沿用了鱼皮花生的名字。忍不住弯了嘴角，谁说仿制的就是伪劣，虽然没有加入鱼皮胶，味道也不赖。就像老一辈的婚姻，任凭媒妁之言、父母之命，婚姻生活也不一定就不幸福。就像相爱的两个人，婚姻里打滚个三五七年，恨不能拿刀砍了对方的，也不在少数。

寂寞肠断

踏上广东这片热土，就热爱上这片红土地。谁能不热爱呢？

食在广东！

如果让我评判，中国最舒适最随心的城市是哪里？我会首选广州。在广州，你很难找到一家难吃的小店。但凡不好吃，不独特，用不上半年，早早换了招牌改了门面更了主人。

那时刚刚大学毕业，收入不高，但也不低。在深圳这座消费可多可少、无上限无下限的城市，如果不是大手大脚地花钱，一年下来，积攒下来的钱，完全可以买个洗手间。可是，我们都热爱生活，换言之：贪吃，贪玩，不长心。

除掉房租、水电煤气费及伙食费，一个月总能剩下三四千元，那还说什么？先买了条一两多重的金手链，就是俗称拴狗链的那一种，只不过人家拴脖子，咱拴手腕。可是，戴起来真烦！总觉得自己像个暴发户。正好有个亲戚结婚，立即当成礼金送了她，面子金闪闪，几乎是交口称赞！却也为自己造就难题：其他亲戚结婚，你送什么呢？谁知道世事会不会每况愈下的呢？从此，再也舍不得买那么重的首饰。因为金价渐长，但凡购物，只要遇到比先前采购的贵，就下不了手。买股票，也是同理。没办法，我一直是个十足的小市民。

既然没有买首饰的欲望，更没有买房的想法，那剩下的钱，当然要想办法花掉。存在银行太不安全，万一哪天被偷被抢，那不是渣都不剩，说不定还没了命！你看，我一直非常有远见。

腰包渐鼓，人就添了自信。但凡周末，就坐豪华中巴到广州，目的是什么呢？中山大学是要逛一逛的，老城区更是不能落，还有新建的天河购物中心，怎么可以错过？广州酒家是要吃的，还有白天鹅，不舍得住，总舍得吃吧？吃货的心，你不懂。可以节衣，可以蜷缩青年旅馆，唯独不能委屈了这张嘴、这副胃。然而，食过千帆，最念念不忘的，却是街边的牛腩，韭菜猪红，还有肠粉。

这世间，怎么会有比肠粉还好吃的东西呢？构造如此简单，不过是糯米粉、黏米粉搅拌均匀，蒸时加点各式配蔬，淋上炸好的豉油汁，却可以让人如此回味。一吃经年，依旧爱恋。如果夫妻间可以有这样的情感，这一生一世，妥帖完美。

吃肠粉，精华就在于豉汁与肠粉的水乳交融，不能多，也不能少。多了厚重，少了无味。再将皮、菜与肉夹在一起，小心送到口中，先含住，不要说话，不要叹息，否则会呛到。让那热辣辣的肠粉在你的口舌间依偎一会，流连数秒，于是，你觉得通体生暖，仿佛你最爱的心上人正吻着你的脖颈，由脚趾到发梢，都暖起来，暖得你要出汗。

好吧，嚼吧！先如万马奔腾，刀斧齐下，将那口中的柔软嫩滑削如果泥，再放慢速度，让那缠绵的一团在口中打几个滚，再缓缓送进食道。从此，它是你的，永不分离！

有时，没有胃口吃饭，或是心情不好，到了常去的那一家小店，并不急着点单，只是闷闷坐一会儿，见到周边人挥汗如雨般狂嚼，立即生发出斗志与勇气，马上点上一份虾肠或是罗汉斋，捞少许豉汁，淋厚厚的广式辣椒酱，一边流着鼻涕，一边擦着汗，一边快速嚼，快速吞，好像不是吃饭，而是叫花子抢到了一碗白米饭，哪里来得及嚼，往嘴里倒就好。那样子，要多狼狈，有多狼狈，我的心上人就坐在对面，也顾不得了。只想一直吃，一直吃，吃死了算。

终于，我们也开始买房了，供房，不是小 case。广州城，便成了回忆。多年以后，再返广州，我竟找不到常去的那些小店，那些流连张望的路口也改头换面，仿佛从未踏足，还有那些年少时，最温馨的回忆，都去了哪呢？

天涯路远，寂寞断肠。

做的不是月饼，而是挑战人生

每年都会做些月饼，双黄白莲蓉、红豆沙、五仁月饼是必不可少的，冰皮月饼也偶尔做做，一来贪玩，但凡收到我送的月饼，朋友总是点上一百个赞，这让我的虚荣心得到极大的满足；二来材质新鲜，但凡自己亲手制作，那材料关是把得牢牢的，不放防腐剂、添加剂，味道也不比名牌月饼差，这一点，我还是有信心的。

前天，做好五仁月饼，快递给几个老友尝，本以为个个满意，没想到阿辉说吃腻了五仁，求我做些流心月饼给他，晕！

什么是流心月饼？他立即发来一只大手小心抓着小半块流心月饼的图片，原来是这两年的爆款月饼。同事只给了他一块，他觉得太好吃了，吃了还想吃。花钱买，最简单，但那多没面子啊！还得花钱！有人主动做了给他，那多有面子多省钱

李卫璋 / 插

啊！你说这男人虚荣小气起来，真够吓人的！听了他的心灵剖析，破口大骂的那一个，就是屏幕前笑得喘不过气来的我。两个人在微信里闹了半天，终于平静下来。我说不会做，他说那还不简单？你上网查查做法，不就会了！

好吧！我就是那个愿意学习、热爱劳动的人，勇于实践、乐于创新！谁叫他是我的好兄弟呢！

大清早起床，摩拳擦掌奔了厨房，一边看着打印出来的流沙月饼做法，一边砸鸭蛋、挖蛋黄、倒牛奶、和面、调馅，搅、拌、揉、包、烤，忙得不亦乐乎。微信运动里显示我全天走路三十五步，可是好累啊！然后呢？我得到什么结果呢？

为了去腥，咸蛋黄要先喷酒、再烤三分钟，而我急着显摆，每做一道程序就发给老友看，激动之下给忘记了；没按照配方做，自作主张多放了一个咸蛋黄；家里没有椰浆与炼乳，想当然地加多了牛奶的量；想要酥脆的效果，加多了两分钟烤制时间，于是饼皮很刚烈地爆了！烤熟了的月饼又腥又硬，还不流沙！

老友看到出炉的七扭八歪的丑月饼，手机那头儿笑成一团，而我想哭！

这忙碌疲惫的一天，就为了这个失败的结局吗？简单粗暴地收拾好厨房、烤箱，雄赳赳、气昂昂地拎着两袋子垃圾大力地扔到楼下的垃圾桶，顿时神清气爽。只是屋子里浓郁的甜香挥之不去！开了南北窗，让微凉的雨后清风吹袭，煮水泡茶，新茶霸气十足，满口生津，回味缠绵，有兰花清幽与石斛花蜜的甜美，让烦躁的心慢慢安妥。

为什么满怀希望却得了失望？为什么会失败？每年都做月饼，从来没有失手过。这一次的失败又是什么原因呢？先是想在老友面前显摆，证明我什么都会，什么都难不倒我！做的时候又偷工减料，主观任性，异想天开。不管做什么，哪怕是自己极熟悉的领域，也不能存侥幸心理啊，不能不按原则、标准来干。否则受伤的，一定是自己。

　　站起身来，换了衣服直奔超市，买了椰浆与炼乳，准备下一轮实践！我就是这样百折不挠、坚贞不屈！我做的不是月饼，而是挑战人生。

鳝鱼饭香，朋友情重

睡觉时别辜负床，吃饭时别辜负饭菜，走路时别辜负风景，旅行时别辜负眼睛，相爱时别辜负感情，能爱的时候，请深爱；工作的时候，要尽力。

听到这话，有点晕，问那一本正经、毫无幽怨表情的老友是啥情况？为何有如此喟叹？老友近来天天加班，生无可恋，终于得了闲，周日下午三点打来电话，说马上下班，先回家睡一会儿，全当是午休，然后一起吃晚餐，餐后再寻个地儿喝点小酒，彻底放松一下。好啊！我正无事可做，有人陪当然好。没想到，一见面她就抒发长篇大论，看来是又失恋了。

做人做事，都是这样吧？但凡付出太多，总舍不得放弃，哪怕是鸡肋、哪怕是荆棘，就算是杯毒酒，也要举止优雅地端起来一口饮尽。老友在外企工作了十五年，早早提了经理，当然想往更高级别发展，于是工作更加投入，付出了百分之二百的身心，结果就是相亲无数，无一人肯与她相恋。

谁愿意有一个长期加班的女友呢？万一成了老婆，那不是要沦为煮夫，每天做好饭菜，苦等不知何时下班的面色枯黄的老婆？算了，精于计算的男人们迅速溜之大吉，连分手依旧是朋友的基本原则都不肯守，个个屏蔽了朋友圈，留一个光辉的头像，下面是一条苍白的横线，啥内容也看不到，比陌生人还要绝情。

现在的企业难做，加班是常事。她试过早上八点半开一个会，九点半第二个，十一点半第三个，开完正好下午一点钟，吃了盒饭，立即直奔另一个会场，看现场然后讨论，一忙就忙到晚上九点。回到家瘫成一团，衣服没脱、脸没洗，倒在床上就睡，睡到凌晨一点钟醒来，喝点粥，翻翻手机，修改一下材料，就过了四点钟，倒头再睡，七点准时出门上班。

她说自己过的是神仙日子，脱离凡尘，远离低级趣味，除了工作，就是工作。虽然也想恋爱，只是没时间。工作虽累，却是提供衣食住行、给她自信、负责养老的最佳利器，如果找不到终老的伴侣，更要努力把工作做好，才不辜负这么多年的付出。城市男女越来越看淡感情生活，只要有事做，精神就不会空虚，至于爱情，我们早就不提。有一起成长起来的朋友，没事找找乐子，日子倒也过得逍遥。

台风终于过境，从昨天起，碧空如洗，前所未有的蔚蓝，让你以为，前几天的狂风暴雨简直就像一场梦，完全不存在、没有发生似的，就像夫妻生活，昨晚还想杀了他，今天起床就帮他煮早餐，只怕他吃得不欢喜，工作没情绪。

老友点了黄鳝饭，竟是前所未有的鲜甜、惊喜。自从在潮汕吃了一次黄鳝饭，再也不能忘记。潮汕地区最擅美食，总给你意外惊喜。煲仔热辣、锅巴酥脆、鳝鱼滑嫩、淋了豉油的米饭特别惹味，连吞三碗，还舍不得放下筷子，从此生了牵挂。鳝鱼这东西很特别，家里做出来的，很少能好吃。一定要在饭店那种炉火很旺的地方，才能烧出浓郁鲜香的黄鳝来，因为烹制的时间要很短，时间一长，鱼肉就老了，少了口感上的滑糯。必须烈火烹油，迅速将鱼肉中的水分锁住，才能保证鳝鱼的鲜美与清甜。

老友听小同事讲起这家饭店的鳝鱼饭好吃，特意约我共享。喷着热气的煲仔饭一打开，望着油汪汪冒着气泡的鱼段，胃口大开。两个人狂嚼不停，话都没空讲，直吃得沟满壕平，才发出满足的叹息，歪在柔软的沙发里，相对无言，像两个发痴的傻子。

窗外的夜色，是那样温柔可亲，一转眼，这一年就过了半。城市这么大，亲爱的朋友，好在有你。

如果你也爱吃鸡

经常听到有人说不吃羊肉不吃虾不吃海鲜不吃猪肉，却很少听到谁说不吃鸡肉。

广东有个传统，那就是"无鸡不成宴"，鸡的做法更是五花八门，什么白切鸡、葱油鸡、豉油鸡、三杯鸡、盐焗鸡，蒸鸡、炒鸡、烧鸡，上百种做法。在我的家乡，鸡只有两种做法，一是烧，二是炖。最著名的，当然是小鸡炖蘑菇，选用东北独有的榛蘑、红薯粉条炖制而成。过年过节时，谁家能少了小鸡炖蘑菇呢？

吃鸡，象征着团圆、吉祥与富足。小时候，最喜欢吃烧鸡。家乡的烧鸡烹饪时间短，熏制时间长，鸡皮油光发亮，如同枣红色的宝石泛着幽光，熏香味浓，肉质紧实，一腿在手，慢慢撕咬，那肉一丝一丝地扯断，咸香可口，极有嚼头。除了

164

鸡胸口的厚肉，其他部位，尤其是鸡皮、鸡翅、鸡脚，真是一等一的美味。恨不能一个人吃光一只鸡，才能仰天长叹，满足微醺。

长大后，终于尝尽了中华四大名鸡：德州扒鸡、道口烧鸡、沟帮子熏鸡与符离集烧鸡，名头那么响，喜欢的人那么多，偏偏没有一道是我爱的。不是肉质太嫩，毫无嚼劲，就是软趴趴的引不起食欲，名过其实，总是有的。又或者，你年少时吃惯的食物，已融进你的血液与骨髓，你再也不能接受其他菜系，那是你的乡愁，亦是你灵魂的安息之处。

初来深圳工作，凡事凡物皆起了好奇之心，恨不能自己变身为土生土长的深圳人，每天喝着老火汤、吃着早茶夜宵，顿顿广东菜也吃不厌，满足得眼眯眯、嘴弯弯。偶尔在家做餐饭，也一定是清蒸鱼、水煮虾、白灼青菜，最好是从头到脚刻上三个字："广东人"，如果可以，换成"土生土长广东人，广东心，广东胃"。

这样的爱慕繁华的，就是年轻又虚浮的我。从头到脚，全部换装，东北人喜欢的华丽衣饰皆不见，白恤衫、牛仔裤是标配，如果要出席某些正式场合，那百分百的是一身黑西装，系条艳丽丝巾算是全身唯一亮点。一口软糯的普通话，慢慢言说，只怕一着急，就露出东北音。那时候的深圳，东北人不多，并且大多数干的也不是光鲜的职业。作为一个有着正式职业又爱惜自己羽毛的女子，向人介绍自己是东北人，声音都失了底气。

但凡平凡又没有自信的女子，总会为自己找各种理由去自卑、去躲避，哪怕太阳当头照，也觉得身处阴暗角落，感受不到头顶的阳光。

这样子过了一年多，无意间去了华强北的万佳超市，突然看到冷藏柜里玉体横陈的东北烧鸡、成袋的酸菜，还有一包包的辣白菜、桔梗等朝鲜咸菜，那积压在心底的乡愁、偷偷感伤的家乡胃终于涌出水面，汩汩地冒出白烟来，冲动地拎了两只烧鸡，五包酸菜、六包辣白菜与桔梗，回家的路上就撕开了冰凉的烧鸡包装，狠狠地嚼着，大力地咬着，和着眼泪与不时奔流的鼻涕。

管你是谁，管你笑话我是东北人，我就是东北人，爱吃东北菜，咋了？爱咋咋地！我就是我！我就是那个土得掉渣，热爱浓妆艳抹，夏天热爱五彩衣裳、冬天热爱皮衣皮裤、着貂披裘的东北姑娘！

哈尔滨烧鸡出身于沟帮子烧鸡，但是黑龙江的做法又有点特别，不像沟帮子烧鸡的肉质软嫩，更多了些结实的质感。就像黑龙江人与辽宁人相比，内在粗糙了些，表面更野性了些，也更多了些时尚的味道。我总觉得，东三省里，最时尚的是黑龙江人，最贪玩会玩的也是黑龙江人，也许是因为我更了解他们，更爱他们。

好多年没有回过家乡，冰天雪地的黑龙江像是个童话世界。同学早早发来今冬的第一场雪，今冬的第一次聚餐，今冬的第一次滑雪，看着看着就对着屏幕傻笑，好像自己感同身受似的。同学聚餐的照片里，各种精致的摆盘下，烧鸡也焕发了青春，不再是那个手撕成大片大块的豪迈样，而是斩成小段小

166

段的，配有鲜花、配菜的高端款式。忍不住大笑起来，烧鸡还是用手撕成大块大片的，让人胃口大开，这样子精致上桌的，就失了烧鸡的江湖本质。

我想歪在长途火车的硬卧下铺，桌上用铁盘子装了撕成大朵的烧鸡，就着一根青翠的黄瓜，一口黄瓜、一口鸡肉，不时望着窗外倒流而过的青翠山林，举起手中微冰的啤酒，干杯！

初恋的牛肉

近来爱极澳洲牛扒。

十几年前，澳洲农民引进了日本母牛，与美国的安格斯牛配种，并用日本饲养技术培育出了澳洲和牛。日本和牛按肉的色泽、油花分布、肌肉结实度与脂肪色泽分为 A1 至 A5 级，澳洲以肉色深浅和脂肪分布就划分成了 M1 至 M12 级，越高级的和牛，脂肪和肉的比率越高，而且分布更平均，M12 级的肉与脂肪比例高达百分之五十，只有少于百分之五的和牛可达到此级数，相当于日本的 A5 顶级和牛。市面多数的澳洲和牛都属 M8 级至 M10 级，相当于日本的 A3 级，脂肪比率达百分之三十至百分之三十五，味道已是相当的滋润鲜美，属于上品。

做牛扒最好是选 M9 级，喜其肉嫩多汁，却不油腻。都说日本雪花牛肉肥美鲜嫩，可是哪怕它名气再大、味道再好、价格再贵，也不是我的那一杯茶。我喜欢稍结实的口感，清淡的回味。脂肪含量不能太高，但凡油多的肉入口，总觉得从脚趾到发梢，汩汩冒油般地黏腻，好像自己从油池里艰难地爬出，厚重肮脏得喘不过气来。

我喜欢澳洲牛肉，因为它肉味较淡，入口柔滑，没有腥臊气。如果把国内黄牛肉比成一个农村小伙，没啥内涵却胜在结实强壮，可是却不爱洗澡，腥臊气重；日本和牛就是斯文中年，挺着小肚腩，富有教养又身家丰厚，就是有点油腻；美洲牛扒则是一位彪形大汉，体毛丰富，从上到下都是健身肌肉，一眼望去，不知在哪处下口，咬哪都塞牙、烙得牙床疼，不敢多吃，只怕消化不良；澳洲牛肉一定是那清秀的小书生，肌肤胜雪、温柔多情，适合轻抚慢揉，以满腔柔情一口咬住，仿佛初吻。

M9级牛扒相当于日本和牛的A3级，脂肪含量约百分之三十，最适合在某个阳光温柔的午后轻煎慢烤，细细品味。我虽然热爱美食，可是肠胃功能欠佳，只能将所有的肉食放在中午。至于晚餐，越清淡越好，据说这是最佳养生方式。

从冷冻室拿出牛扒，放在碟子里自然解冻，约两小时后，用厨房纸裹住牛扒，轻轻捏出血水，拿刀尖部分对住牛肉轻刺，不能大力穿透，要想象这玉体横陈的牛肉是你的小爱人，你拿的不是刀，而是玉手轻捶。如同爱人惹恼了你，虽然你想揍他一顿，却怎么也下不了狠心，千般万般的恼恨，挥过去，却化为了一声娇嗔。如是者数十次，大火烧热了铸铁横纹锅，待锅上冒起青烟，将牛肉放上去，一分钟转个方向，四十秒翻面，再过四十秒换九十度方向煎烤，三十秒后，拧黑胡椒粒与海盐，出锅。

吃牛扒，我不放任何调味汁，只用黑胡椒与海盐，只要肉质够好，这牛扒已足够美味。

我一直喜欢简单而美味的食物，但凡做法复杂，总失了耐心。当然，如果主厨是别人，谁理那工艺是否复杂，只要美味又养眼，就是心头所爱。就像上了年纪又有一定社会经历的中年妇女，只爱有钱人。如果穷又帅的，是别人的丈夫，你总觉得分外安心。

饺子与爱情

周末不上班，却比上班还累。

无他，起床就开始在厨房忙碌的缘故。自从被朋友赞美，说我包的饺子比深圳某著名北方菜馆的饺子还美味，就起了执念，一周不包就手痒，就怕一身好厨艺失传，或者遗忘。

其实就是没事找事，不累一点、忙一点，又会胡思乱想。近来想得有点多，又想多写点文章投稿，又想把旧文章整理修改出本书，又想多做点美食鼓励——，又想多做点事，提升事业，又想与老友相聚喝点美酒放松、愉悦自己，到最后，一事无成。

早上起床，总是很早。不到六点就满屋转，淋花、这收拾一下，那摆弄一会儿，送走——去上课，转头就拿起手机，喜欢的公众号文章读一读，翻翻朋友圈，就到了该上班的时候。

好在有工作要忙，否则不知道要空虚成什么样子。去年初，放弃了对自己形象的要求，胡吃、海喝、晚睡、不运动，只任思想的野马飞奔，有时冲到玉米地去，有时跌到泥沼中，有时在半空溜达，反正虚无缥缈的，总落不到实处。结果腰围暴涨，脖子渐粗，整个人老了不止十岁。

中年就是要这样虚度的。反正又没有什么发展空间，不如就这样走下去，不用努力，不用付出，不用生出更多的白发。可是，对镜一照，鬓角迎风挺立的，又多了三五根雪白坚硬的头发。

年少时，我总为一头乌黑厚重的长发所累，初二的时候，自作主张剪成了短发。最初是板寸小子头，衬得我是眉目如画，清爽精致。老师都挺喜欢我，因为我学习好，当然，更主要的原因是我小婶是学校领导。可是我太过顽皮，梳着小子头，更像个男孩子。初三下学期，终于斯文起来，一是因为来了月经，终于知道自己是个女人；二是马上要考高中，学业突然加重，除了写卷子背题，根本没时间去玩；三是留长了头发，修剪成斯文乖巧的学生头，就是整齐刘海盖着额头的过耳短发。

当我顶着吹得齐整的新发型出现在班级，正是早春三月，冰雪初融，本来热闹的班级突然间安静下来，同学都惊诧于我的改变，他们心目中的小土豆一夜之间长成了大姑娘，有点匪夷所思的感觉。

也许是觉得我突然间变漂亮了，有几个男生突然亲近起来，没事找我借书，下课找我聊天。可惜，我喜欢的男孩子还是不喜欢我。那是一个经常穿白色套装的干净男生，纤细、温柔、整洁、羞涩。当然这是表面，实际上他是一个情感高手。我还读高中呢，他就快结婚了，而且恋爱过程一波三折，在几个女同学间徘徊，不知道他到底喜欢哪一个。

当我考到了外地的大学，他已结婚生子，而且依旧是那么干净、害羞、温柔。

多年以后再重逢，我还是无法压制内心的不平衡，很想问问他，为什么不喜欢我？却喜欢了一个没有内涵、没有气质、没有家世、没有才华的女子？我与她，到底差在哪里？好在还有一丝残余的清醒，她比我长得漂亮，白、瘦，有一双水汪汪的会说话的大眼睛，并且会打扮。

其实我很少与同学联系，尤其是离开了家乡，当年的挫败让我很多年没有自信，不敢相信会有男生喜欢我，哪怕对方表白，亦当成笑话。因为我的初恋过于惨烈，我向人家表白，人家可怜我，才给了我几天的试用期，不到一周，他就和别的女生暧昧缠绵，一怒之下，我痛骂他，从此不肯再说一句话，扫一眼都不肯。

好在初三很快结束了，从此我不用再偷偷关注他，他的每一次笑容、每一个转身、每一次皱眉，都与我无关，都不是因为我。

被性格过于刚烈的女生喜欢，挺倒霉的。反正他每遇到我，总不自觉地想退后一步，怕我拿把刀把他砍了。其实我心有此意很久了，但没有理由啊！连手都没握过，只因为对方不喜欢你，就要砍人吗？那世界早就大乱了，哪还有人能活过二十岁啊。

自此关上心门，不肯与初中同学联系，除了当年的好兄弟，他初中毕业就考到外省读中师，我们偶尔通信，告知彼此最近的倒霉事，好事当然不用分享，自己偷着乐就行。倒是那些苦痛哀怨，必须让对方知道，让他明白，这世界上还有一个比他倒霉的，这样才彼此安心，互相慰藉，活过此生。

来到深圳工作、生活，也终于踏进了婚姻的门槛，好像对年少时遭遇的挫折、打击可以释怀了。可是不！

当我回到家乡陪奶奶过年，街上遇到初中同学，当晚即被盛邀小聚。没想到会再遇到他，当年喜欢的男孩早变得臃肿粗壮，不用低头，那双层的下巴就可以夹死苍蝇。我当然应该原谅他。他早就退出我的人生舞台，连一丝水波纹都击不起。可是不！我还是无法原谅他。

明明我向他表白的时候，他说好。可是转身又与其他的女孩子打情骂俏，让女同学坐在他的自行车后座，送她回家。偏偏那女同学比我漂亮，这怎么能够容忍？如果你答应了我，现在是我，此生是我，每一天除了我，不可以有别人。哪怕一个眼神，都不可以。因为我喜欢你，我的眼里全是你，所以你也必须这样对我。

你看，那时我已经二十八岁了，还是这样的简单粗暴，不可理喻。

晚餐吃得很愉快，多是我在讲，讲这些年的经历，看到的与他们不同的世界，再温柔问起旧同学的近况，原来你们都过得如此安逸，真让我这个常年不知明天如何度过的人羡慕啊！

你看看，你们都有房有车了，我还什么也没有呢。去深圳千万别找我，我经济能力差，怕接待不好你们，落个埋怨就不好了，以后连同学都没得做。你看看，我多擅于交际沟通，先卖惨，人家就不好意思在你面前显摆嘚瑟，反而有了莫名的自信与得意。

你在深圳又如何？还不是一个飘零的打工妹。我们闷在家乡，可是我们逍遥自在啊！每天上班点个卯，看电视、打麻将，中午约个小酒，一直喝到下午三点，睡个觉，就可以回家了。如果晚上再约上朋友吃饭，那就得唱完卡拉 OK 才能回家，到家好累的，经常半夜三更才能睡，每天过得可充实了！

我真是羡慕你们。我可不行，天天八点前必须到单位，中午吃食堂，晚上吃食堂，下班经常是半夜，路边买碟五元钱的炒粉，这一天就算完满。不过我不后悔离开家乡，因为那里水果多，冬天暖和。其他就没什么优点了。听到这，同学都很放松、愉悦，彼此心安。

终于吃过了晚餐，兄弟送我回家，从头到尾，我没有搭理他，哪怕他敬酒，主动聊天，也假装一带而过。我甚至想好了假装不记得他的名字，后来觉得太装了。你可以不记得你爸妈的名字，怎么可能不记得初恋的名字？何况结果还是那么惨烈。于是温柔待他，温暖的笑容，优雅的礼仪，完美的疏离。

然而他加了我的 QQ，那一夜，我没有睡好，不知道要不要通过。通过以后，说些什么？会有艳遇吗？一夜情、N 夜情，从此以后回到家乡，就可以有一个地陪、全陪？不！这不是我想要的。他太胖了，胖得超乎我接受的范围。即使他减肥成功，他谈吐无趣、没事就将腿抖得像自带发动机、夹菜时豪放的姿势，都不是我能咽下去的那杯茶。

回到深圳，我通过了他的好友申请。彼此寒暄了几句，他突然委屈万分地撒娇，说我好狠的心。当年说不理他就不理他，哪怕再相遇，都不肯假以颜色，就不能好好做朋友吗？何况你还是我的初吻呢？有那么一瞬间，我是有种呕吐的冲动。哪怕你恋爱一万次，你的初吻一定是与众不同的。你怎么可能记错初吻的人？我与你连手都没碰过，初你个头的吻！迅速拉黑，假装从来不曾认得这个丑陋肥胖的老男人。

深圳的工作压力大，我又喜欢胡思乱想，为未知的明天发愁，为不知道会否发生的变故担忧，头发一把一把地掉，掉到快成了一个秃头。然而我很少有白发，只要长出一根，我就拔掉一根，好像见敌杀敌，遇鬼斩鬼般痛下杀手，拔得痛快淋漓，断得干干净净。可是去年开始，不敢再拔白头发了，怎么会长了这么多？全在两鬓间，而且与众不同的刚硬。

年少时每根头发都又粗又壮，像吸饱了营养的春苗。如今黑发又细又软，好像没脾气的老太太，反而新生的白发又粗又硬又短，每一根都挺立着，怎么抚也抚不平，与其他黑发仇敌似的，证明着自己的与众不同。怎么办？如果再拔，会成秃顶老太太吧？我终于学会了抹发尾油、打啫喱水，让头顶的黑白相间和平共处。是啊，到了最后，谁都终于要向岁月低头，学会了将就。哪怕心里恨得痒痒的，依旧是谈笑甚欢的朋友。

每个周末，总不肯出门。除非要上班，否则就闷在家里，一门心思煮食。包饺子最耗时间、体力。每包一次饺子，没个五六个小时是搞不定的。等到包好，整理好房间，几乎是精疲力竭，正好可以洗澡上床，证明一天结束，非常有成就感。

这不，这个周末，从早到晚，全缩在厨房，煎炒烹炸，下午包了两种馅的饺子，好像打了胜仗的将军，对着摆成排的饺子，微笑。

时光就这样一去不回头，那些我曾经深爱过的人、那些爱过我的人，你们好吗？

黯然销魂饭

　　周星驰在电影《食神》中以一碗叉烧饭让评委感动到痛哭，询问这饭的名字，周星驰说这是黯然销魂饭。香港著名美食家、有着"食神"之称的蔡澜先生一生至爱猪油拌饭，戏称这是一道黯然销魂饭。

　　小时候的我特别挑食，除了甜食，否则宁可饿着也不愿意吃东西，整个人又黄又瘦，邻居戏称我为"小萝卜头儿"。奶奶急得不行，调着花样做给我吃，可是从小养大的孙女太过任性，叨几口就满屋跑。不到六岁，满口蛀牙。

　　终于到了换牙的时候，更有理由不吃饭了。在学校里是不疼的，一进了家，就疼得叫唤，捂着半边脸哭闹、跺脚、踹墙，躺着哭、坐着哭、站着哭、围着奶奶转着圈哭，奶奶是又气又疼，打又不是、骂又不是，几次伸手到半空，到底收了回去。气坏了！又不敢违背我妈的意思，再不肯给我吃饼干泡糖水。

我妈休假时来到奶奶家，看到捂着半边脸哭闹不休的女儿，满腔愤怒，又不好意思伸手来打。毕竟一个月才见三五次面，情分不深。让我张大嘴，看到一嘴的黑牙洞，转头一脸正气地说，"娘！都是你惯的！你看看这一嘴的烂牙，全是你的饼干泡糖水吃出来的！要不就是干乎乎、甜死人的油茶面，人家当粥吃，你给她当饭吃，能有好牙吗？娘！我可说了，这换牙的时候是关键，再给她吃甜食，长出来的还是烂牙！你要是想她以后没牙没东西吃，你就继续惯着她！"说完一脸正气地转头走人。

我娘就是有这个气势！言之有物、言之有理、言之有序！由不得我奶奶不害怕。是啊！帮儿媳妇养大一个娃，没养得白白胖胖，那就是错！

怎么办呢？这娃不吃饭，会不会饿死呢？正好小叔领了工资，拎了硕大的一条五花肉回来，让奶奶烧油豆角吃。奶奶剔了猪皮，剜出瘦肉，再将肥肉细细地切成片，烧热了锅，将肥肉片倒进黢黑的大铁锅，倒进半碗水，猪油漫漫浸出，待到猪油渣"滋滋"作响，马上将猪油渣捞出来，拌了盐给爷爷下酒。再把褐亮亮的猪油倒进灶台上的陶瓷罐里，之后的半个月不用买豆油了。

忙活完了，用锅里的剩油烧豆角，香气喷天。可是我说牙痛咬不动豆角，不肯吃。奶奶气坏了，一迭声地骂，"这豆角炖了快一个小时了，进嘴就化了，没牙老太太都能吃，你咋就

179

李卫璋 / 插图

嚼不动呢？"但是知道被宠爱的孩子就是任性，就是咬不动，就是不吃！

一家人都吃饱了，看电视的看电视，看报纸的看报纸，唯有饥饿的女娃儿绕着圈儿地围着奶奶啼哭不止，咋办？奶奶又进了厨房，烧热油锅，挖一勺猪油，待到猪油融化，撒入葱白，淋入酱油，再将晚上新烧的米饭倒进去，翻炒两分钟，盛入雪白的瓷碟中，最后又撒了几粒刚切的翠绿的小香葱，真好看！

突然间起了食欲，像是饿了一年之久，不到五分钟，硕大的一碟猪油拌饭吃得精光。奶奶大喜，好像获得了最佳厨师称号似的，满眼的皱纹开了花一样怒放。那一年，她六十五岁。

当我离开了家乡，独自在离家两千千米的深圳生活，再也尝不到奶奶亲手制作的一餐一饭。看到蔡澜访谈中，一脸幸福地说起猪油拌饭，大赞这是"死前必食清单"位居榜首的一道美食，忍不住泪涌如注。如今我年过九旬的奶奶已不能行走，别说做饭，吃饭都要人一口一口地喂。而当年那个她一手带大的孙女却没有尽孝膝前，想起奶奶的猪油拌饭，想起她极尽的宠爱，默默打开冰箱，细细烹饪一碗猪油拌饭，假装我就陪在她的身边。

这世间，让人黯然销魂的，唯有别离而已。

柿子熟了

北方人对柿子的热爱，与它的颜色有关。柿子成熟时，远远就闻得到浓郁的芳香，入口黏稠得蜜一般甜，如果没有那艳丽的金橙色，喜欢它的人，还是不多的吧！尤其是北方枯燥寡淡的冬天，除了柿子、干辣椒、苹果这几样浓墨重彩的存在，简直找不到视觉上的冲击，一日挨过一日，非等春天的第一根小草冒芽，这寂寥的小半年才算收尾。

我极怕冬天，哪怕冬天暖气二十四小时供应，可以穿上奢华的皮裘、威武的长靴，包裹极尽夸张色彩的帽子围巾，还可以涂着血红的小嘴，招摇地在雪地里穿行，我还是不喜欢冬天，尤其是北国的冬天。非等到腊月到，中原的大柿子、辽宁的冻梨、吉林的花红果上了市，心中才觉得有点安慰。有得吃、吃的还是好看养眼的，总是寂寞长冬最好的慰藉。家里常常买上几十斤，堆在仓房里，没事去挖半盆，这冻梨四五个，花红果半盆，大柿子六七个，挤满了硕大的搪瓷盆子，接上大半盆冷水，在热切的期待中熬过半小时，冻得杠杠硬的大柿子、打得死人的冻梨、一个个如珠如玉的花红果酸甜可口，只需咬个小口，那如甘霖、蜂蜜、琼浆般的汁水涌挤在唇齿间，刹那间，幸福来得如此容易。

我极爱大柿子，却不爱它蜜糖般的汁液，唯独喜欢里面四五瓣如小舌头般既软又滑、既韧又脆的果肉。打小我就是个会吃的，从不肯吃大柿子的皮，哪怕只分到一个柿子，也要像淑女般轻嗟细咬，只怕吃到皮，皮极涩，挨着皮的那半厘米果肉也是微涩，入口就伤了满腔的浓情蜜意，如同深爱的人虽然陪伴你度过一生的岁月，半途却出了一次轨般，生了遗憾。

打小我就知道，近墨者黑，近皮者涩。爱吃的人，都无限接近真理。到南方工作的第一个深秋，我第一次吃到树上熟的柿子，皮极薄，根本不用刀削，用手轻轻一撕，皮比纸还薄，转圈一剥，一个完整的去皮柿子就呈现眼前，什么涩、苦、麻，都没有，只有软香可人。还有一种脆柿子，拿削皮刀一转，一口咬下去，嘎吱嘎吱地响，脆得超乎你的想象，却是清甜。我依旧喜欢软柿子。老祖宗说得好，柿子要挑软的捏，这道理五六岁就懂了，只是轮到自己身上，挨捏挨揍，都是自己愿意，一个愿打一个愿挨，谁也没办法帮忙，由他去，各人有各人的造化。

那年刚到深圳，工作刚刚步入正轨，秋已深。十月底，突然一场感冒，整个人软弱无力，开始各种悔恨，觉得干吗出来？家乡不是也挺好？一切都将按照既定的轨迹前行，退休前晋个副高，从此跳广场舞、练书法、看书、闲来勾搭半残的老头子，子孙满堂，颐养天年。如果可以，三十岁左右离一次婚，趁机多生一个孩子。第一次婚姻，一定要嫁给自己爱的人，哪怕对方不甚爱我，我亦要强求！第二次婚姻，就要嫁一个爱我甚过我爱他的男人，从此有一个死心塌地的后盾。一定要生两个孩子，最好三个，三个女儿。

我的孩子肯定不会丑，哪怕娃爹丑，那必是有才学的。假如生了两个儿子，那就靠才华吃饭，赢得半世浮名与无数女孩子的倾慕之心。一个学音乐、一个学绘画，或者一个学书法兼绘画，一个学乐器、声乐兼舞蹈，再加上从小普及的国学，喜欢我儿子的女孩子还不如潮水般汹涌？再说，万一生的全是女儿呢？我就卖女求后半生富贵。这样想着，喜不自禁。觉得自己这一生，哪怕再潦草，也不委屈。可是，我为什么来深圳呢？放弃安定简单的一生，追求不确定的未来？

秋冬之际的感冒最折腾人，哪里都好，就是鼻子难受，不到一上午，一盒纸巾已经报销。然而工作不能停，依旧忙碌。我喜欢忙碌，这样就不会胡思乱想。那天接近下班，朋友打来电话，问我要不要柿子，刚刚有人送他的。当然要！哪怕我不吃，送给别人也是好的，人情人情，不就是礼尚往来吗？对于南方的规矩、习性还不甚了解，总把北方那一套人情世故当成真理。虽然我在北方待的时间也不长，但从小到大，耳濡目染，总知道你送我、我送你，送来送去，这情谊就深了的道理。哪怕实在没有人送，也喜欢屯东西，实在没人送了，保安、保洁也是好的。至少出入方便，但凡有点重物，他们总是热情地帮我扛着、拎着。

拖着病体下了楼，朋友的车很快就到了，当然他没有过来，叫司机送过来。哪怕是司机，咱也要有礼貌，证明咱的修养。司机是个好人，帮我搬到了楼下。嘿，满满的一箱啊！至少四十斤，病中的人特别虚弱，根本没有力气搬，一边转头盯着楼门口的柿子筐，一边往保安室奔，叫了保安帮手，终于抬到了楼上，这才分了些给保安，又拿塑料袋送给楼上楼下的同事，这个六七个，那个七八个不等。南方的柿子娇贵，非得小心翼翼对待初生婴儿般一个个地捡，不像北方冬天的柿子冻得铁石般，就这样，还喷了我一手。心里扭结，恨自己无事生非。然而没有回头路，这样忙来忙去，竟出了一身汗，终于送完了完整的柿子，只余了烂柿子二三十个。

我总是这样，但凡送人，总要送最好的，却把残缺破损的留给自己。于是就没有兴致与喜悦，觉得拥有的都是破烂。待到下一次，依旧如此，从不肯对自己更好一点。连自己都不爱的人，能指望谁来爱你？懂得这个道理，已是人到中年，悔恨是来不及的，希望余生对自己好一点，只是骨子里的劣根性，不知何时能够消除殆尽！出了汗，你以为感冒就好了？不！感冒更严重了。接下来的几天，别说那几个烂柿子，除了粥水与药，话都没法说。偏偏工作不能停，谁难受谁知道不是？

朋友又打来电话，问我要不要车厘子，很新鲜的，美国的黑色车厘子，很甜。当然不要。车厘子很甜，我喜欢，可是很容易上火，摆在面前，当然控制不了诱惑，非吃上几粒，那就是火上浇油，别指望一周内感冒好转。接连半个月的清汤寡水，感冒终于好了，虽然受尽了折磨，体重却轻了六斤，这当然是意外之喜。

所有你承受的罪，总会以另一种形式回报你。当我懂得这个道理，又是柿子成熟的时节。昨夜在超市选了几个硕大柔软的大柿子，摆在餐桌上，真是养眼安神。喜欢橙色的人，都有一颗火热的心吧？临潼的朋友打来电话，问收到火晶柿子饼了吗？打开手机看短信，忙下楼去取，忍不住喜悦的心情。临潼火晶柿子天下闻名，去年她寄来的柿子饼，被我一周吃光，甜得让人沉迷，看谁都那么美！想着千里之遥的朋友依旧惦记着我，顿觉这个秋天，温暖又诗意。

人比黄花瘦，犹记锅包肉

正想打盹，刘大美打来电话，娇滴滴地说："馋了，想吃'法式糖浆风情软炸香猪排'。"当即笑抽，把瞌睡虫赶跑。马上下楼，陪她吃午餐。又笑又闹的，幸福满满。

说来话长，那时我们还年轻，我未育，她未婚。周末跑到华强北商圈闲逛，收获颇丰之际，腹饥难忍。两个人杵在路边纠结着是吃北海渔村还是客家王，我眼前一亮，拉着她就奔了曼哈顿商城后面，她问吃什么？我一脸神秘地说，咱去吃法式糖浆风情软炸香猪排。那个馋嘴又爱慕虚荣的傻妞立即上钩，一路快行就冲到了一脸土气、大红大绿招牌的东北春饼店门口。

刘大美不肯进门，歪着嘴想哭，宁肯去旁边的刘家酸菜鱼，也不肯吃东北菜。我温柔望住她的眼睛，拍着胸脯、连拉带拽地赌咒发誓："真的好吃，我请我请。"终于动摇了，以泫然欲泣的表情坐下来，将杯、碗、筷子洗了又洗，又点了罐装可乐，小口慢饮，满脸鄙夷。广东人就是这么矫情，除了广东菜，觉得其他菜系的饭店都不干净。一挥手，点了锅包肉、渍菜粉、芹菜炒土豆丝与两套春饼。不用半小时，撑爆了，扶着墙才走出来，幸福得几乎晕倒。从此刘大美记牢了这优雅高贵的菜名，哪怕是人到中年节食减肥，瘦如黄花，依旧时时记挂，每每提及，乐不可支。

第一次吃到锅包肉，是高三毕业等待录取通知书的暑假。每天吃不下、睡不好，怕考不进理想的学校，又怕有意外落榜。成绩进了录取分数线的家长，对孩子多了纵容，零花钱给得丰盛。经常与同学在路边小店聚餐，虽然餐馆灰浸浸、脏兮兮的，但只要不是家里的饭菜，总觉得特别美味。人性的弱点，一向如此，得不到的，总是最好；别人的，才是最佳。

当一碟炸得色泽金黄的锅包肉摆在面前，酱汁还在吱吱作响，一口咬下去，嘎吱一声，惊艳动人，皮脆肉嫩、姜丝微辣、香菜清爽，配上酸甜可口的酱汁，食欲大振，几乎是口水与肉块齐咽，筷子与眼神共飞，美得不行！从此爱上锅包肉，哪怕肥了十几斤，亦爱不释口。

锅包肉起源于哈尔滨，几乎每个东北人都会做。当然做得好吃的不多，东北人虽是活雷锋，却很少好厨子。我吃到最美味、最难忘的一份锅包肉是在沈阳。大雪纷飞的腊月，为给最好的朋友买生日礼物，坐最早的大巴奔了五爱批发市场，缩手缩脚地转了三个多小时，既困又累，既冷又饿，终于选定了一双浅蓝色运动鞋作为礼物，既漂亮又时尚。这才觉得腹如擂鼓，呀！还没有吃早餐呐。

转过两条街，就有一家小餐馆，撩起厚布帘子，立即有扑鼻的肉香，门口处的一张小台坐着一个灰头土脸的中年男子，应该是拉货的大叔，正埋头大嚼一盘色泽金黄、炸得酥脆、又淋了浅浅糖醋汁的锅包肉，哇！口水流出来，立马要了一份，配一碗米饭，几乎撑死！怎么可以这么好吃！虽然那香菜是晒干了的，醋也放多了，可还是好吃得要命！淀粉与蛋清调制过的里脊肉，嫩得像是少女的小脸蛋，刚炸出锅的肉片表皮酥脆，碰到嘴唇几乎要跌落下来，使劲大嚼，幸福得整个人酸软无力。一大碟子肉全部扫光，不用十分钟。美！爽！饱！

那一定是我一生中吃过的最好吃的一份锅包肉，天冷，肚饿，人穷。你看，什么事，不是要靠天时地利人和？幸福从来都是有条件的，可遇不可求。所以，开心地过吧！每一天，每一分，每一秒。

人类最好的发明

中国古代有四大发明：指南针、火药、印刷术与造纸术。新时代的四大发明是高铁、移动支付、共享单车和网购。于我而言，四大发明却是微信、手机、博客与方便面。微信便于与人沟通，手机促进朋友联络，博客抒我心意，方便面解我肠胃饥荒。

很多人不喜欢方便面，尤其是密闭空间，谁要是泡上一碗红烧牛肉面，坐在隔壁只能看不能吃的你真是被撩得肠滚胃翻，隔夜饭差点吐出来。我一直不喜欢牛肉面，如果是老坛酸菜牛肉面，还可以忍受，换成红烧味，一定跑得老远。我最爱的一直是海鲜味、鸡汤味、花旗参排骨味或者韩国泡菜拉面，要么清淡、要么刺激，冰火两重天，才印象深刻，一生流连。

清淡一点的方便面，吃起来舒服，闻到味道却吃不到的人也没那么辛苦。麻辣刺激的方便面也还不错，至少不会像红烧牛肉面那样香料十足，像吃了麻辣火锅一样，吃的人过瘾，闻到的人难受。最怕在飞机场、火车站或者火车上闻到红烧牛肉面的味道，像是一道迎面砸来的铁板，让你在无形的重压之下喘不过气来。不用十分钟，从头到脚，厚重的红烧牛肉面的味道挥之不去，哪怕你下了车，只要没有从头洗到脚，那味道就散不出去，一直在你的脑海里萦绕，好像你生命中的一部分，比噩梦还要纠缠。

可要是换成酸菜牛肉面，那就不同喽！当你喜滋滋地将开水倒进面碗，等了两分钟，将浸了面块的水倒掉，加入各种调味包，再倒进开水，不用一分钟，打开碗盖，扑面而来的酸辣鲜爽气息，简直是迷死个人儿。周边的人哪怕没有吃，也不会难受，那味道不浸骨、不黏人，就像是个有心计的花花公子，万花丛中过，片叶不沾身，每朵花受了益或者得了某些安慰，并不难过。花花公子亦得偿所愿，喜滋滋地奔了下一朵鲜花去。人生最圆满的结果，不就是你情我愿，你好我好大家好吗？爱过、伤过，哭过、痛过，最后笑着走过。

年纪渐长，观念渐变。周边同龄人很少有人吃方便面了，觉得不健康、不好吃、不上档次，只有我，还不时惦记。家里常备着几袋方便面，多是辣白菜拉面、老坛酸菜牛肉面、海鲜味公仔面或是出前一丁猪骨面。年轻时至爱的海鲜飞碟炒面，现如今已找不到，偶尔想起，还特别怀念。

在寒冷的冬夜，想找个一起出去吃夜宵的人，是那么难。喜欢陪你吃的人，你不喜欢；你想去陪的人，人家不希望你出现。于是，寂寥寥的人儿只能烧水煮碗加料方便面。水烧开，放进面块，再烧开后将煮面汤倒掉，重新加入开水再煮，同时打进一个鸡蛋，加入调味包，水开后关火，盖上锅盖焖一分钟，立即倒进精致的大碗，清冷的空气中飘荡着香浓的热气，坐下来，深深地吸口气，感觉自己是那么温暖，有幸福的味道洋溢在四周，你不是寂寞的，你不是饥饿的，你有一碗热乎乎美味的面。

夜色渐浓，空气渐冷，你大口大口地嚼着面、吸着汤，天地之间，你满足又幸福。管他有没有人爱你、疼你、陪你，有碗热乎乎的方便面随时出现在你饥饿的寒夜里，这一生就很美满。

当然，如果这加的料不止有鸡蛋，还有鲍鱼、海参，那人生就更美满。

端午思亲

中国的节日，总与食物搭上边。好像没有相应的吃食，这节日就白过了一般。

五月初五端午节，古称五月节，以祛病防疫为目的的节日，竟因屈原一怨投江成了汉族的传统节日，这一天全国各地必吃粽子，煮鸡蛋，佩香囊，划龙舟，挂菖蒲、蒿草、艾叶。

物离乡贵，人离乡贱。漂泊多年，偶尔吃个粽子，多是裹了肉与咸蛋的。很难找到甜粽，即使有了思念牌的北方粽，哪怕贵到几十元一个，也不是记忆中的家乡味儿。多年没有与人碰鸡蛋、缠五彩线，挂蒿叶与艾草了，别说挂，就是想找，都不知道哪里寻。城市这么大，偏偏没有一块能够任植物自然生长的土地。

小时候，端午节的前一夜，奶奶就包好了粽子，全部泡在冷水中，据说泡上二十四小时以上，糯米才够黏糯。临睡前，奶奶将五彩丝线捆在我的左腕，说是防病强身。不时摸着五彩的丝线，还没睡着，那漂亮的五彩线已被摸得脏兮兮，奶奶骂两声，帮我洗了手，顺便洗净了丝线，用毛巾轻擦两下，假装干净。心满意足地睡去，以为梦中会碰到许仙，先拿把快剑斩了他，剁成几块，一脚踢到西湖里，为那痴情的白娘子报仇。却总是梦不到，没等到许仙出现，天就亮了。奶奶早就生好了炉火，将满满的一锅粽子煮沸，在势头正旺的炉火上填一锹湿煤面，火势渐弱，这才叫醒我，拉着半睡半醒、满脸不情愿的小妞往山里去。

先坐上十几分钟的小货车，到了城市边缘，再走半个多小时，就到了青山绿水处。这时，我也清醒过来，望着眼前鲜亮一片，间或有艳丽的野花散落其间，喜得打了鸡血般，这摘一朵杜鹃，那采一朵马兰花，眉眼弯弯。奶奶四处寻了蒿草与艾草，连根拔起。虽然冰雪刚刚消融，这野草却长势极猛，竟有半尺多高。收得满怀满抱的，寻了四处蹦跳的我，下山时，太阳慢慢变得浓艳热烈，一天才刚刚开始。

到家不到七点，粽子煮得情浓意绵、粒粒米贴在一起，互相痴缠。奶奶将蒿草与艾叶用五彩绳缠了，悬在大门口。爷爷煮熟了鸡蛋，摆好了粽子与一碟绵白糖。北方的粽子是裹了蜜饯或红枣的，偏偏北方人还嫌它不够甜，要蘸了白糖吃。每每吃得心满意足，整个人心愿得偿般，痴痴傻傻地歪在床上微笑。自小爱吃黏糯的食物，奶奶笑骂我最是黏人。偏偏长大后，却一个人奔了最远的南方，这般刚强独立，上哪说理去？

粽子好吃，却难消化。最喜欢吃蜜饯与糯米融成一团的那部分，糯软的米浸了蜜饯的香甜，甜得刚刚好，不会腻，尤其是东北的糯米，俗称江米的，有股子自然清新的香气，经过苇叶的浸染，愈加让人着迷，好像饱读诗书的少女，一眼望去已生好感，越接近越沉沦，你知道你已深爱了她，偏不知几时可以与她长久相依。越没有底气的爱越让人难以自拔，总想着要，还要，一直要，直吃得胃抽筋。每年的端午，都因为吃多了粽子造成肠胃不适，非饿几天才能舒坦。这一生，我们到底要拥有了什么，才会不贪不奢、心甘情愿、心满意足呢？

老友送了几个粽子，当然是广东蛋黄五花肉粽。突然想起奶奶包的蜜饯粽，想到她老人家年过九十，却依然惦记千里之外、年过四十的孙女，忍不住地泪流满面。如果重新选择，我不会离开家乡，我想与亲人生活在一起，相伴相依。

逗比老师欢乐多

人到中年，生活渐渐趋于平静，日子太平淡，貌似此时死去，与二十年、三十年、五十年后归天没有差别，顿觉惊慌。

开始每天写点东西，所思所想，所见所闻，只怕自己某天离去，这世界一点存在过的痕迹也没有。然而依旧不平静，朋友说："去学书法吧！"它让你在纷繁的世界中脱离开来，好像万事万物与你无关，你只关注当下写下的一笔一画，每一个字。

听人劝，吃饱饭。马上寻了老师，每天练字，慢慢沉浸，忘记当下。一直以为练字是件很枯燥的事，可是遇到一个逗比老师，每堂课都特别欢乐。

一、颜色像

练字先从笔画开始，特别乏味，每当我们写得烦了，老师就教一个字。那天学的是"林"字,初初写出来的,自己都觉得丑陋,好在越写越顺,自己看得非常顺眼,忍不住赞道:"哇!好漂亮!老师您看看,像不像?"

老师山长水远地从课堂角落里踱步过来,边走边看另外两个同学的字,我控制不住喜悦的心情,一路以期待的眼神望着老师。只见他站定低头左观右品,终于开口赞道:"嗯,像!"

听到这一个字,简直值千金。即刻追问,期待着进一步的鼓励,"哪里像?"老师徐徐点头轻赞,"颜色像!"本来肃静的教室瞬间洋溢着欢乐,同学们好开心啊!

二、不堪入目

同学李美丽打小练过一段时间的书法,颇有根基,是我们几个初学书法中学得最快、写得最好的人。话说这天她临摹王羲之的行书至宝——《兰亭序》中的"天朗气清,惠风和畅"时,越写越陶醉,忍不住唤来老师分享,只盼着老师来一句大赞,没想到对她期待颇高的老师照头泼了一桶冰水,只见老师盯住雪白的宣纸,从喉咙口挤出四个字:"不堪入目!"

李美丽吓呆了,有五秒钟无法呼吸,半晌终于醒过味儿来,连声哀叹:"哎呀呀,不堪入目!哈哈哈,不堪入目?哎呀呀,不堪入目。"老师亦不理她,转头就走,检查其他人的功课去,留下接近晕倒的李美丽呆立在桌前,眼湿湿地独自疗伤。半晌才取过一张白惨惨的宣纸,长呼一口气,稳定心神,继续练字。

其他同学吓呆了,见老师走过来,马上捂住字,不肯给老师看。老师才不理,抽过来就看,一个字不评,再看另一

197

个，还是一个字不发。这意思很明显："你们连不堪入目都比不上！"那一天的教室特别安静，每个人都用心地练字，很怕老师说出更让人难堪的评语来。结果那一天，大家的书法进步很明显。我想，老师可能被女朋友抛弃了，或者被爱人痛骂一场，内心一股邪火无处发泄，李美丽正好碰上了。从那以后，但凡李美丽写出好字来，就呼唤老师，征求这几个字是否不堪入目，老师的脸色就特别温柔。

三、倒贴

春节临近，老师鼓励大家使劲练，说不定就可以义卖春联了，大家很兴奋，尤其是李美丽同学，早已有人预订了她的春联，一副五十元。她很得意，准备春节前发笔小财。

我很羡慕，心想要是有人让我写春联，我倒贴五十元都成！只要他敢贴出去，我就敢写、敢付钱。然而朋友们很不给力，觉得贴上我写的春联，小偷肯定不光顾，这得多穷的人家才贴这么丑的春联啊！我三番四次地引导她们，说这是于家有功啊！没有小偷光顾，多安全啊！这春联不仅迎新纳福，还赠送平安呢！可是朋友们都说自己家小区管理很好，非常安全，不用我操心了！好吧！既然如此，只能努力练字，今日你爱搭不理，明日你高攀不起。哼！

四、不好意思挂出去哦

王小美同学的字也很不错，练了大半年，感觉自己已进了门，算半个先生了。话说这天她写了一副春联，自认为相当不错，请老师点评。本以为会得无数个赞，没想到老师沉吟片刻，终于出声，那声音里无限的惋惜与温柔，如严冬午夜的暖水袋，夏日午后的冰淇淋，只是送到耳朵里，那就是秋风般无情，他柔声道："这对联，不好意思贴出去哦！"

王小美同学瞬间紫涨了脸，本以为写得相当形似，却没料到老师总有意外之语。好在她反应迅速，急急笑道，"没事！老师，我很勇敢！"没想到老师是个执着的，竟然不为美色与机智所动，依旧不管不顾地叹息，"不行！我丢不起那个人哦！"

李美丽看到王小美尴尬的眼神，马上解围，"老师，没事！这对联好啊！辟邪！"全场欢呼喜悦，每个人都像无知少年般，欢天喜地的，烦恼全无。

五、财大气粗

正闷头练"财"字，一练五十个，无一个好看。正难受，老师走过来，一边敲着桌子一边乐，"哎哟喂，你可真贪财，这一个晚上，你练了多少个财字啊！这么想发财啊！"

马上抬头一脸渴望地盯住老师，"嗯哪！可想发财了呢！"老师没忍住，转头就走，指点别人去。不一会儿，又走过来，一看我笔下硕大的"财"字，笔笔皆有力，到底没忍住，叹息道："果然是财大气粗！"

好吧！天天总是这样欢乐，让我怎么安心练字嘛！

六、辟邪神器

正在练习"福"字，老师走过来鼓励："写副春联吧！"

正埋头写字的人一脸惊恐，羞怯怯地回，"老师，我没写过哎！我才练了四堂课，写不好哎！"老师很淡定，说没事，他不怕，你写吧。

好吧！既然如此，哪怕写得再差，责任也不在我，老师也不忍心使劲批评吧！兴高采烈地、努力控制着激动的心情一笔一画地写毕，铺陈在地毯上，满眼期待地只等老师点评。老师踱步过来，歪头细品、沉吟半响，徐徐道："嗯。不错！这一定是世界上最辟邪的春联！"

瞪大眼睛挣扎着堆挤出勇气，"老师，我没文化，你别骗我！"老师面无表情，边看着地上的春联边叹息道，"没！绝对没骗你！"

好吧！既然有如此功效，现提供春联预订服务，每副春联六百六十六元，欲购从速！

归家的路上，又是欢喜又是惊恐，总觉得哪里不对。告诉朋友我写出了世界上最辟邪的春联，本想得到安慰，没想到人家立即转了六百六十六元，说马上预订一副春联。

你说她是羞辱我呢还是羞辱我呢？反正我马上收了。和谁过不去也不能和钱过不去啊！对不？可是心里有点难受！

一生要有几个情人呢

又到情人节，依旧是与女友一起度过。

正在城中最火的餐厅吃饭，聊着开工后的趣事，郭小倩突然眼前一亮，轻拍我的手臂，说你看，那个就是刘卉！她身边的那个帅哥，就是她的情人。厉害吧！她老公根本不在意，但凡需要家庭成员出席的活动，他俩有说有笑、恩爱有加地联袂出席。不过，她老公也有情人。对等，公平！真是中国好夫妻！语毕，望向我，那意思很明显，瞧瞧你，真没本事！

嘿！我什么也没做，怎么就被鄙视了呢？

端起滚热的枸杞红枣水轻饮，转头望向她，整顿衣裳起敛容，"我告诉你啊！但凡找情人的，那是没进化好，所以特别空虚！像我这种精神饱满、内心富足的人，别说找情人，就是找朋友陪伴，那都是浪费时间！我这一生，就是为了实现共产主义美好明天来奉献终身的！别说情人、鸟人，咱啥人也不要！最主要是咱不缺！想要几个有几个。你不信？我告诉你哈，我要是找，立马就能找到一排，至少五个！从周一到周五，周末休息！厉害吧？姐就是这么牛！但是姐就是不找，急死你！"语未毕，那人已笑倒桌上，一抖一抽的，像只竹节虫。

刚平静下来，郭小倩还不清醒，又来接话题，"你说，人这一生，应该有几个情人呢？要是一辈子就老公一个男人，是不是太亏了？"哎！你说你人到中年，咋还这么天真呢？不管是男人还是女人，一生只爱一个人，都亏呀！最好是一天爱一个，甚至上午爱一个，下午爱一个，晚上休息。可是，不管你爱了多少个、有过多少情人，真正让你内心澎湃、灵魂投契、肉体欢娱、身心愉悦，只想与他（她）一生一世、长久相依的人，不容易找啊。基本上是能沟通的，容颜太丑；长得好的又没法聊天。正所谓是：养眼的不能养心，养心的不能养胃，养胃的不能养眼。世间哪有双全法，不负如来不负卿？

有人说，不管男人还是女人，一生要有三个情人，一个极爱你，一个你爱极，一个门当户对，适合婚姻。还有人说，最好有二十个情人，婚前十个，婚后十个，婚前让你精彩无限，婚后让你刺激无边。又或者，让你灵魂翻飞起舞、沟通升华的情人十个，让你肉体沉沦死去活来的情人十个，反正是凑足十全十美，完美生活！就是比较累！想十全十美的男士女士，要注意养生，锻炼好身体。

我那做投行高管的女友更有想法，她说：最好有七个情

李卫璋 / 插图

人。每当工作劳累得欲生欲死之时，每天想起一个情人，从周一到周日从不重叠。一想到那厮过得不如我，顿时打了鸡血般周身快活，努力工作，投入即将变现的白花花的银子怀抱。嗯，她天天加班，没有节假日。

读到这，亲爱的朋友，你是不是在查手指，清点情人的数量？你觉得有几个情人最合适？从情窦初开，到垂垂老矣，应该有几个情人呢？一个太少，两个无聊，三个就能凑台麻将，如果一生拥有好多情人，会不会记不住名字、想不起面容？无数的夜里，你记得的、思念的、回味的，是哪一个呢？最刻骨铭心的，是得不到的那一个吧？

随着科技的进步，将来的情人只有一个。根据心情不同，一按按钮，全部满足，可情人可闺蜜，上得厅堂下得厨房，没有心理负担，还不惹你生气让你伤心。

最好的情人节礼物

正忙着，女友打来电话："今天是情人节，你收到礼物了吗？听人说，情人节前后两天是最危险的日子，男人多是选这两天与情人过节，正日子就留给老婆。你老公昨天在家吗？"

这话真难答！百分百的塑料花女友啊！不理她，说自己在忙，立即挂了电话。

老公本是个浪漫的人，耐不住结婚太久，早没有激情。然而我依旧浪漫啊！忙得差不多，一缕坏笑浮在脸上，打通老公的电话，嗲嗲地问，"老公，忙吗？"那一边应了一声，得知无其他事，果断挂了电话，留下电话这头的我失落兼懊恼。怎么就成了有事说话，无事挂机了呢？这就是老夫老妻，真没意思。偏偏下午几个女同事收到快递，不是鲜花就是礼物，看得我两眼发红，喉咙发热，心肝打战。

到底不死心，进家就左右环顾，甚至还在卧室里搜查了一番，证明确实没有礼物，没有花、没有钻戒、没有护肤品，啥新东西也没有，淡淡的失落涌上心头。吃晚饭时，假装闲闲地说一句："冬装打折了，我想买件貂皮大衣。"说完，轻啜一口汤，以为老公会一拍桌子，以愤怒而怜惜的表情大声道，买什么貂皮大衣，直接买貂绒的。我马上递过去温柔的眼神，有爱的火花在餐桌上空嘭嘭作响。然后四目交投，爱花四溅，水乳交融。

然而，他头也不抬，盯紧一块五花肉，快速夹到嘴里，大口嚼了，才吐出一句："神经病！深圳的冬天还用穿貂皮？一年最多穿一次，放着发霉啊？"语毕继续吃肉。我的小心脏啊！冰凉冰凉的，一样是男人，怎么差距就这么大呢？

偏偏有人贼心不死，嘚瑟无止境。夜半欲眠，女友又打来骚扰电话，打探有无意外惊喜，收到了什么礼物。哎！到了这把年纪，居然还奢望礼物，不过是寻常日子，没有意外，已是惊喜，就是最好的礼物，还要贪心什么？但是她打来电话，肯定是得了心头好，要来显摆的。咱不能输了阵仗不是？所以，告诉她，惊喜就没有，礼物也没见，但是收到一张信用卡的副卡。那一边，立即矮了半截，任我千哄万骗也不肯说出她得了什么礼物。

这真是让人开心！

可是，不痛打落水狗，不是我的风格。女友嫁了个有钱的老公，唯一的缺点是年纪有点大，快六十了，腰粗壮得似怀胎八月。所以，我假装有点害羞、有点得意，使劲憋住坏笑向她

206

炫耀一下闺房趣事："哎！那个坏蛋，好能耍帅。刚才准备睡觉了，那家伙突然露出害羞的模样，抛来媚眼说，'我这有个大便宜，你来占呗。'可是，忙了一天的我好累，决绝地回答，'不占。'他就疑惑了，'咦！有问题。有便宜不占，不是你的风格啊！有问题！此事定有蹊跷。你真的不来占便宜？你可别后悔，万一这便宜被别人占去，你可别哭。'说完，蒙头就睡。把我乐得不行，想笑又不敢笑出声来，正憋着，你就来电话了。"

女友听了，恶狠狠地骂了一声："流氓！"即刻摔了电话，把我乐得直不起腰来，眼角立即盛放一朵灿烂的野菊花。

这才是情人节最好的礼物。

最爱你的人，当然不是我

　　女友们在一起，不是讲衣服，话美食，聊子女的教育，就是谈爱情。

　　真是一群没有社会责任感的人呐！对此，我很气愤，尤其是在她们眉飞色舞、馋涎欲滴地谈论爱情的时候！爱情？年纪一大把，你还好意思谈爱情？可是，这群女人就是老到两百岁，还是乐此不疲的，她们都有一颗少女心！不像我，我的老心脏，弹奏的只有"吃"这一曲。这不，吃个饭的时间，老妇女们又开始讲谁最爱你的话题。

　　呸！

　　轮到我回忆往事了，我很淡定地喝了口茶，轻轻放下茶杯，眼睛直直地望着某处，仿佛那是不知名的远方，仿佛在回忆某个埋藏在记忆深处的人，咳了一声后，才淡淡地讲起这一生中最爱她的人。

"最爱我的人，尤其是爱全部的、整体的我的人，我想，应该就是我自己。但是还有很多爱我局部的人，我要细细地讲给你们听：最爱我头发的人，是我的发型师。每当我超过一年去看望他，他都会心痛地轻柔地抚摸我的长发，不停地叹息，'哎！你怎么能这么不珍惜这么好的头发啊！你看，都分叉了！你看，完全没有发型了！哎哎哎！这头发一定要定期打理，超过三个月，那就毫无美感了。'然后，他就用那受伤般的无限痛惜的眼神，一把一把地、一层一层地掀开我的长发向上空飞扬，那一刻，我就像梅超风在练九阴真经，心中既温暖又羞愧，披头散发的样子，有一种凌厉沧桑的美。是的，还有谁能像他那样爱我的头发？爱到每一根。

"最爱我身体的人，是我的按摩师。每当我超过一个月没去按摩，刚趴在床上，按摩师就会一边按我的肩颈，一边无限惋惜地责备，'你看看你，太不爱惜自己的身体了，你看这颈椎，好多结节，都僵硬了，你听听，啪啪作响啊！你可要坚持锻炼和按摩啊！否则头痛会加剧的。'他温柔、灵活而有力的手指在我各个关节上游走，让我在痛与爽之间，感受到一丝丝被关怀、被疼爱后的小幸福。还没等我想出如何回答，他又会责备道：'你看看这腰椎，哎哟喂，都变形了！你可要按时来呀，再不按，可就前功尽弃了。'那份温柔的责怪，让我几乎爱上按摩师，还有谁，能比他更爱惜、珍视我的身体？我的关节？我的健康？

"最爱我皮肤的人，是我的美容师。每当她温柔细腻的双手滑过我的脸庞，时轻时重地按压、拍打我脸上的每一寸肌肤，那一种被宠爱、被珍惜的感觉，几乎让我在瞬间想流出眼泪，如果她是个男人，也许我会翻身跃起投进她的怀抱。

"最爱我小脚丫的人，是洗脚妹。每当她用玫瑰花瓣或者艾草药水轻轻揉搓我的脚，再像至爱孩子的母亲般，将我的脚轻轻抬起，用雪白的毛巾轻柔地包起、拍打，再细细地抚慰每一根脚趾，每当此时，我亦有想哭的温暖的冲动。是的，再没有人能像她般，这样爱护我的脚背、脚心和脚趾。"

我还在投入地讲述，那几个女友已笑得直不起腰，连声地附和，"是啊！最爱我们的人，除了为我们服务的人，很难再找出其他人来呢！"

通过讨论"最爱我们的人"这一话题，让我们深深懂得了一个道理：我们要努力工作，力争让更多的人，爱上我们。

做一个有趣的人

我一直是个有理想、有抱负的人，并一直为自己的目标而努力。比如说：做一个有趣的人，吃好点、穿好点，结交有趣的人，保持身材。

当然还有很多目标，比如说：出几本书、去看北极光、被优秀的人喜欢、34D 的胸、二十四寸的腰（是英寸，大约是六十厘米，别问我现在是多少厘米，会哭）、挺翘的臀还有不老的容颜，反正就是贪得无厌，迄今无一实现。

虽然一直在努力，却并没有付出真心，三天打鱼、两天晒网，大部分目标还处于梦想阶段，且常梦常新。但比大部分男人要强，比如说身材的管理与每日穿着的搭配。

某画展开幕式上，一群艺术从业人员与热爱艺术、假装懂得艺术的人齐聚，高谈阔论、眉飞色舞，谈的都是生意，讲的都是赚钱。穿着厚重小礼服的我站在人群中，越发的寂寞。不知道找谁聊天，聊什么？干脆站在角落，直等到有人叫我的名字。当然是那个热爱生活的人——前同事阿妙。

有这样一种女人，她们永远衣着光鲜、性格活泼、言语大胆，偏偏又懂得拿捏分寸，到哪里都有帮得上忙的朋友，永远有约不完的饭局、赴不完的酒宴，正所谓人前鲜艳，人后亦得意。不像我，人前热闹，人后清寂。

越活越不明白，人生的意义到底是什么？升大官，发大财？还是平平淡淡地过一生？如果能够按照自己的意愿过一生，多数人都想成为人上人。肯甘于平淡的，少之又少。尤其在这个欲望都市，平淡就意味着失败。我就过得平淡，偶尔也有着小难受，好在她能撑，人前人后假装自己不在意。

眉眼生动的阿妙打过招呼，连声赞我是吃了防腐剂吗？怎么越活越年轻，一点儿不见老。没等我回话，她眼角一扫就瞄到正与记者聊天的主办方负责人，当即给我一个结实的拥抱，急促促地说句咱们再约，转头就穿花拂柳地奔了负责人身边，又是娇笑连连，又是赞美无数。真好！这样的女人，你就是给她一块砖头，也能建出个城堡出来。

不忍多看，转头望着射灯下焕发此生最多光鲜的画作，不管是牡丹、樱花、山鸟、湖中小亭，远处高山，皆清冷孤寂，无力地想表达着最后的青春。看了那么多画展，还是看不出好坏来，哪怕张大千的仕女、齐白石的虾，到底好在哪里？正所谓内行看门道，外行看热闹，图个假装高雅而已。

然而阿妙很兴奋，不停与画家、各同行表达此刻的兴奋与倾慕之心，不停加着微信，便于以后联络，说不定哪天就可以一起办个展览，哪怕展出的是土特产呢，至少咱与文化有了关系。这是一个注重文化的时代，不管是商人、政客，尤其是中年女性，哪怕十年读一次《道德经》呢，个个争着抢着帮自己挂一个文化的标签，顿时增了身价，有了社会地位似的。再看展厅里，多半是女性，那真是衣香鬓影、锦衣华服、妆容精致、眉飞色舞，再看男士，包括画家本人，俱是衣着简朴，没一个穿西装打领带的，更没有身姿笔挺、风度翩翩、衣冠楚楚的，就连面目清爽的都没有一个。

反而穿棉麻丝绸的不少。叹息！最怕看到中年男人穿棉麻丝绸，除非你身材标致、皮肤细腻、气质高雅，否则要么像睡衣，要么像无赖。尤其有些男人长得不太干净，又不注重挑选衣服的颜色，穿着有些自来旧的棉布衫、麻料套装、唐装或者丝绸上衣，简直就是一场灾难！不是像店小二、不成器的二世祖，就像影视剧里妓院看门的，或是提笼架鸟的城镇结合部刚刚拆迁、赚了几十套楼的乍富老头儿，反正就不像正经人，说不出的脏乱差。

请各位中年男士放过棉麻丝绸吧！那是咱老祖宗留下来的文化遗产，咱不能与它有仇吧！还得让它遗传下去呢，没事别折腾它。要穿您就在家里穿，别出来丢脸。

可要是气质好、形象佳的中年男，穿棉麻丝，也好看呀！所以说，得分人。您要是资质一般，除了显得体面的正装，没有其他选择。最适合男人出席公开场合的，只有西装与中山装。明明你只有五十分的资质，穿了西装或中山装后，至少可以打八十分，当然，前提是面料上佳。你看，这个世界，一直是靠脸吃饭啊！

开幕式终于结束，一众人等前呼后拥地合影留念，转瞬间就换了踪影，好像刚才的热闹就是一场梦，完全没有真实发生过。有点失落地回了办公室，烧水泡茶，淡淡的陈皮香徐徐蔓延开来，让人渐渐起了安定，这是不知名的女友送来的小青柑。

缓缓咽下一口茶，我的心情还是有点小潮湿，竟没人约去聚餐。人到中年，这是得有多失败？好在转瞬间就恢复了平静，因为这种打脸的事，早已成为日常，我坚强着呐。

上周开始吃中药，医生给出各种戒律，不能吃这不能吃那，清淡饮食，早睡早起多运动。心里暗笑，要是能做到这些，还用找你来调理身体？见我又走神，医生立即祭出撒手锏，要求我不要喝浓茶、不要喝咖啡。我顿时没了声气，心中暗想，没有了这两样，还咋活下去？

从中医院回到家，突然想起茶气温和的小青柑，立即厚着脸皮在朋友圈里要茶，点名要小青柑，贪其不伤药气。发出去不到十分钟，突然觉得太丢脸了，居然大张旗鼓地要东西！万一没人搭理，岂不是很没面子？即使有人应和，心里肯定也在笑话她要么穷、要么贪，还是丢脸。立即删除，假装没干过这事。结果第二天，门口保安送上来两罐茶，说是一个漂亮姑娘送来的。

既喜且忧。喜的是竟有人看到我要茶，立即送了来，这肯定是真的喜欢我的人。忧的是没有留下名字，是谁呢？同时又有淡淡的忧伤，为啥就不是个帅哥呢？人到中年，还没有个异性铁粉，哪怕假装喜欢也行啊！这样的纠结，就是贪得无厌的、与岁月做无止境斗争的更年期妇女。

即刻西下的太阳徐徐射到前行的车窗上，有明亮又温柔的光轻轻抚摸我的脸，有那么一刹那，我好想找个柔软的沙发，缩着身体卧在里面，不思不想，一心发白日梦。这样一想，整个人都柔软起来，仿佛初长成的少女，满心满身的朝气与无忧无虑的欢喜，转头看到一群小娃手拉着前面人的衣襟，像一条环环相扣的锁链般往前移动。应该是学前班的小 BB 参观回园，三位年轻漂亮的老师挥着小旗，指挥他们往前走。望着这些稚嫩又崭新的小生命，无来由地生起一股喜悦，想抱一抱、摸一摸、亲一亲，好像这样的亲近之后，自己的身心亦年轻了十岁，增了无数的活力。

收音机里正讲着趣闻，最近的网络热门话题就是能源城市——鹤岗，说是房价低到三百元一平方米。呵呵，忍不住冷笑。想当初这个城市火热时，谁会想到有今天呢！古人说得好：三穷三富过到老。哪有一帆风顺，一路平坦的？

想当初能源紧俏时，这座以盛产煤炭为名的城市富得流油，多少亿万富翁一夜诞生。当然，这些人大部分都离开了鹤岗，不是去三亚、香港，就是移民国外，虽然会经常回乡，却再不肯投资建设，这当然与城市的规划有关。

再说了，这三百元一平方米的房子根本没人住，当初作为棚改房，居然建设在鸟不拉屎、公交不通畅的地方，叫本来就是穷人的棚户怎么住？光住，不用去工作赚钱吗？路费呢？往返的时间呢？怎么算都入不敷出，当然只求出手，根本不在意房子的成本。

东北的冬天那么冷，墙的厚度至少要比南方厚一半。盖一栋楼，光是成本就比南方高出不少，怎么也不可能低于一千吧？这就叫作被逼无奈，只要见到现钱，再低也卖。

这样叹息着，也停不下吃吃喝喝，好像只有吃着喝着，才证明自己还生猛新鲜地活着。朋友介绍一种虾，说是来自于与鹤岗交界的俄罗斯水域，虾壳极硬，肉质却特别鲜甜，因为生活在三百米水深处，水温常年较低，生长极其不易，肉质特别结实。赞！一边吃着，一边假装回到了鹤岗——那是我的家乡。

一直热爱花呀、草呀、树呀，恨不能拥有一座农场，种花种果种菜，可是自家的小阳台在我的辛勤浇灌后，各种植物均呈现出生不如死的萎靡之态。我对着满阳台的花草发脾气，"是我不够爱它们吗？是我不够敬业吗？为什么你们一个个不是生虫就是变瘦？黄不拉叽半死不活的，谁欺负你们了？"好在有安慰，我那极会聊天的女友说："因为你太美，这些花呀、草呀，都害羞了。"

好吧！你这是生行一善，我这是日收一礼。美！

夜半，接补课的女儿归家。路边有小贩夫妻蹲守，满车的杜果释放着淡淡甜香，下了车，买了两个杜果，一路芬芳地归家。

如果有一天，你碰到这样的小贩夫妻，请帮衬一下吧！谁的生活都不容易，如果能帮，就买几个杜果吧。让他们早点回家。

　　种了半年的菖蒲突现颓唐之势，生了小白虫，叶子又黄又瘦，从一盆青翠软柔的优雅小植，慢慢转为一派沧桑。可能是最近没有通风、淋水又不及时的缘故。可是并不难过，因为可以免费换新。如果是不能换的或者需要大笔银子才能得到，才让人肝疼。

　　叹息了一声，立即烧水泡茶，取出美女送的小青柑，热腾腾地冲泡，瞬间就是满屋柑香，让人沉醉。真好，在这个狂风暴雨后的清晨，饮着甜美醇香的茶，喜悦又满足。这人世间最让人安慰的，不就是爱嘛！

　　爱有两种，一是爱人，二是人爱。我得了两种，忍不住微笑着，好像一个女王。

跟往事干杯

年终岁末，千般滋味涌上心头，总想写点什么，纪念这即将过去的一年。好像有许多话要说，许多事要讲，打开电脑，又无言。这样纠结的心情，倒像是陷入热恋时，站不是，坐不是，吃不是，喝不是，翻来覆去的，有根刺顶在心头，酸一会儿、热一会儿、痒一会儿、麻一会儿的，没个消停。

真快啊！还没做好准备，这一年就要收尾了。这一年，依旧是按部就班、平平静静的，也不错。写点什么来总结这一年呢？辗转着、思量着，终于放弃。

拖着行李，出了家门，逃离深圳。

暑假时，就向往着云南，想着狠狠地大吃一餐野生菌，火锅、凉拌、清炒、滚汤，剁馅包饺子，一样也不能错过。当然是没去成，哪也没去，无事忙一般，暑假就过去了。到了十一月，又牵挂着腾冲的银杏，东呼西唤的，几个老友都动了心。这样子讨论了半个月，银杏叶黄了、银杏叶落了，兴奋了半个月的中年妇女还老实地待在原处，为着三餐奔忙。

转眼就到了年底，从年头到年尾一直闷在深圳城中的中年妇女憋出皱纹来，如果再不出去走走，会不会抑郁出病来？人到中年，最要看清的一点就是：健康最重要！为了身心的健康，必须出去走走！进了机场，还没过安检呢，心情就畅快起来，眉眼弯弯的，笑容止也止不住，这拍拍、那照照，不管是自拍还是拍物，画面明亮、构图温暖，喜悦的心情收也收不住。

昆明五日，疲惫又紧张，疲惫的是肉体，紧张的也是肉体，精神一直喜悦又亢奋，真好！离开了工作的城市，仿佛放飞了一般，整个人都轻松起来。哪怕旅途劳累，哪怕吃的住的用的都不好，可是清晨醒来，笑容忍也忍不住。不用牵挂早起路上的塞车，不用分析上司安排事务的轻重，不用纠结哪句话说得是否妥当，更不用想着买什么菜做什么菜，没有忙不完的家务、早晚接送孩子、转达老师的作业，更不用想着几点睡几点醒，整个人如同无线的风筝，自由自在，想往哪飘就往哪飘。真好！

闲来无事，坐在翠湖公园旁的咖啡馆，望着窗外海鸥在碧水蓝天下自由自在地飞舞，懒散逍遥，羡慕得不要不要的，恨不能自己就是一只翠湖公园里的海鸥，吃得饱饱的，挑剔着游客投来的食物，如果是面包，就叼上几口；如果是苞谷，就懒洋洋地抛过去一个鄙视的眼神。如果是只海鸥，我一定是胖得不行、飞也飞不动的海鸥。这样一想，对着乌泱泱飞过的海鸥傻笑。突然想起这半生，到底是算成功，还是失败呢？

年少时，谁不是满怀理想？我的理想是成为一名记者，白天跑时事新闻，伸张人间正义；夜晚写作，书写人间温情。人到中年时，著作等身，同行遇见了，一定会投来敬佩眼神。哪怕年过半百，也要仪容端庄、衣着时尚、身材标清。可是，就要年过半百，记者没当成，也没发表过什么好文章，更别提著作等身，行业名人了。好在仪容还不太差，虽然离时尚较远，至少身材没有走样。这样一想，立即低头，只见腰间一圈突起，圆滚滚、结实实的一团。吓得立即挺胸收腹，放下蛋糕叉，推远了咖啡杯。

人到中年，有几个不是油腻腻的？哪怕志向高远、心性高洁，真能实现年少理想、成就一番功业的，又有几人？叹息一声，扯开一个无奈的笑容。

所有的过往，皆是你一手一脚打造，中年后回首，如果满腔懊丧的，只能说明你偷了太多的懒。有什么好难过呢？路是自己走的，走到今时今日，不管现实如何，都要微笑着继续走下去。好在，我亦收获良多。

做人就是要这样，得到的，要珍惜；失去的，要放过；没得到的，要当成不想要似的，这样才不会难过。反正难过你也没得到。

跟往事干杯，跟明天说，我会过好余下的人生。

后来的我们，没有了后来

　　一曲《后来》，让奶茶刘若英红遍全国各地。如今，听她的歌长大的粉丝都快四十了。岁月，从不曾放过谁。哪怕那个当年爱得执着辛苦的刘若英，也已为人妻、人母。演而优则导，刘若英导演的处女作《后来的我们》未播先红，据说首日票房就超过二点八亿。哗！吓人！

　　我倒没什么心情去看，谁的青春时光不是一滩狗血？谁的恋爱不是一地鸡毛各自飞。当你人到中年，才领会到生活的残酷，你看身边一对对的夫妻，多不是最初的恋人，亦不是最爱的那一个。能成为夫妻携手一生的，是天时、地利、人和的产物，是对的时间遇到对的人。

　　同居七年，你很累、很倦，那个陪着你从一无所有到有房有车，以为会一生一世的恋人，你却突然间没有了爱的感觉。

她想结婚，你不肯套上婚姻的枷锁，潜意识里，你觉得可能会碰到更好的一个。她终于失望，甩门而去，你有瞬间解放、自由的感觉。想开门去追她，可是你怕追到她，拉住她的手，会不会从此就锁上了一扇门，再也看不到外面的世界。她越走越远，终于走到另一个人的身边，再也不能回来。而你得了自由，并没有想象中那么自在，反而好像有点失落，不如找个人结婚吧！

每一个白晶晶都是天使，她用最真的爱、最苦的泪、最美的期许，将一个青涩的男孩打造成完美的男人，然后，她含泪离去，收起所有的作、所有的真，走进一个叫作婚姻的城堡，以沉默、淡定、偶尔忧伤的回忆打发余下的光阴。她再不是那个能作爱闹的女孩子，她稳重大方，懂事明理，因为她所有的作都给了你，因为她只能作那个她至爱的你。不是不爱她的丈夫，而是再也没有了那么简单纯真的爱，她只能给予携手一生的坚持。

五一假期，无事可做，到底奔了影院，《后来的我们》并没有感动我，田壮壮饰演的父亲倒是惹出了叹息，所谓的老戏骨，就是这样平淡之中见功力。片尾彩蛋最是精彩，十几个年轻人持着纸板向前任表白，不是渴望前任回来，而是向前任道歉：第一次深爱一个人，招呼不周，请多包涵！不管是武大的樱花、还是周杰伦又开了演唱会，我越来越好了，只是身边没有了你，我们再也回不去了。可是，我还是希望、祈祷你过得好！这些勇敢的年轻人，手持着表白板，向前任表示感谢与祝福，更多是和内心痛苦的那个自己告别，与旧时光告别，与对纠结的自己和解，从此天涯路远，各自珍重！你要好好的！我也要好好的！

是啊！每一个优秀男士的背后都曾有一个美好的女孩支持与陪伴。好女孩爱得累了，受伤了，走开了，男孩子得到成长，然而优秀后的他，再也寻不回那个深爱的女孩。这正是刘若英的成名曲《后来》想表达的。

虽然没有了后来，相恋的时候认真恋，分开的时候努力生活，这样子，就很好！谁能与最初的爱一生相守呢？即使真的相守，用不了十年，也厌了。要分就早点分，留点念想，做一生的回味。

追星的人永不老

　　TFBOY 的演唱会刚刚结束，全城的谈资都离不开这三个年轻男孩。上了年纪的都在惊叹，不敢相信就是这个与当年的小虎队相似的组合，吸引了全国各地六万多名粉丝前来捧场，而且九成是女孩子。

　　大家讲起那晚的塞车；提前一天排队、将演唱会现场团团围住，不怕蚊虫叮咬、整夜兴奋的来自全国各地的粉丝；只要有关于偶像的衍生品，当场被卖光；场外六台救护车备场、公安全员上班，几乎是空前的警戒状态；演唱会现场的沸腾，场内场外六万多人集体大合唱，反而演唱会的主角——TFBOY 唱的是什么，根本听不到。这样壮观的场面，让四十多岁的我们也激动起来，好像回到年少追星时。

　　我不怎么喜欢小虎队，因为他们唱的歌不够深情。年少时是谭咏麟的粉丝，他的一曲《爱在深秋》迷倒了多少刚刚听到港台歌曲的少男少女；还有李克勤，他的劲歌简直是广东男子在歌厅的必选曲目。我还听不懂广东话呢，先学会了《红日》与《护花使者》。沉寂了一段时间，谭咏麟与李克勤组合成"左麟右李"，全国巡演。听了一次他们的演唱会，从此喜欢，觉得没有比他们更经典、更好听的组合了。

肯去看他们的演唱会，并未必肯去为他们的生意买单。他俩开餐厅，并且一开就开成连锁，捧场的人不少。深圳就有一家，去了一次，再不肯捧场。我是一个好吃之人，听到哪里有新餐厅，但凡有人推荐，总要去试吃一回。可是这家真的不敢恭维，没有啥好吃的，偏偏吃的人还要排队。一碟校长炒饭五十八元，装两小碗将将好。铺在饭上的小银鱼特别结实，根本不是酥脆，差点把牙硌倒。这样腹诽着，匆匆买了单，想着是没有下次了。

出了餐厅，本想去看场电影，大周末的，没场电影充实一下，简直没滋味。正排队买票呢，女友发来一组美景美人照片，当场被虐得牙酸眼涩，不是不舒服，而是被人家的甜蜜爱情、浪漫旅行给羡慕出眼泪来。

多么美好的爱情，多么有情趣的男子！当他发现自己忙于工作，冷落了爱人，当对方提出分手时，立即辞去工作，陪伴爱人前往澳洲，来一场悠长又浪漫的自驾旅行。沿途的风景再美，也比不上爱人的陪伴吧！朝朝暮暮，睁开眼睛是你，闭上眼睛还是你。最重要的是，他的摄影水平还那么好！把爱人拍得飘逸出尘，如诗如画。这样的男友，请给我来一沓。

当然这是幻想，我的爱人最不擅拍照，亦不喜拍照。每遇到美景，求他帮我拍照，能拍出人头来，已算超常发挥。反正我被拍得最丑的照片，皆出自爱人之手。我想，他已不再爱我，没有耐心，没有柔情，无奈地挨着日子，一想到要与我相伴到老，夜半吓醒了几回，恨不得换人。

其实我也想换人。可是换人太麻烦了，要切割无数的回忆，要分财产、要与女儿沟通、要与亲朋好友解释、要向工作单位坦白、要向社会再一次屈服，证明自己不擅经营婚姻，还得重头学过。

不！我才不换人，就他了，我才不要再一次经历感情的起起伏伏，彼此的试试探探，人到中年，还是消停地过吧。没有情感的归处，可是我们有偶像啊！没事听听偶像的歌，看看演唱会，买买书，吃吃偶像开的餐厅，如果还能与偶像合张影，立即晒在老友圈，勾起斑驳的青春时光，彼此回忆追星时的点滴欢乐，发泄一下饱胀的激情，人生就很美满。

这不，我正在工作，休假的女友却跑到老才子、大食家——蔡澜先生的饭店用餐，还在老友圈里现场直播，不停地晒图片，一会儿是自己美图后的笑脸，一会是举着一只碟子和碟子的大特写镜头，碟底印着蔡澜语录："人生的意义就在于吃吃喝喝。"立即问她："你的人生意义呢？"女友当即大义凛然地回："及时行乐。"当即引起我的批评……

一阵笑闹之后，顿觉轻松。如果不是蔡澜的餐厅，我们不会这么欢乐。作为一个会吃会写、最会生活的人，蔡澜是我们所有女友的偶像。如果有一天能与他就餐，一定是人生最美好的时刻。女友终于安静地就餐，我们也转头忙自己的事。望着案头的工作，笑眯眯地，好像面对着的是一餐一饭，每一样都让你安心。

偶像是虚无缥缈的，偶像也是实实在在的。喜欢他必须有喜欢他的道理，要么唱得好、要么演得好、要么写得好、要么画得好，总有让我们欣赏的地方，是我们希望自己能够成为的目标。

因为有偶像，我们就不会觉得自己老，因为还有目标未完成，让我们不断去努力、去追求。

走着走着就散了

昨夜与老友对酌，就着闷湿的夜色。近来分外憔悴。本来长了几斤肉，又不知丢到何处。老友盯住小老太太枯干的脸，静了半晌，终于提醒：脸色不太好哦！转头望向服务小妹，又叫了一盘椒盐濑尿虾，摇头晃脑地干了杯中酒，竟轻哼起歌来。这么得意，有什么好事近？

老友公司正逢多事之秋。多年前买下的办公用地在某村集体土地旁，正常办公多年，与周边的村民亦熟悉，见面时打个招呼，过年一起吃盆菜，偶尔还会去拜会村里的老年人，但凡有个活动，亦热情参与，与村民，就像一家人。但凡相处久了，人类总会滋生感情，以为可以一生一世做好朋友，至少处于困苦时，对方不会丢个石头往死里砸。人嘛！总是有感情的！

正逢全国房地产业吱吱冒油的好时光，这块地被一大地产商盯上，一甩手给了村民大手笔的银子，说是征收后还有更好更厚的好处。村民们就处于半疯癫状态，直接冲进公司打砸抢，说这是村集体的土地，至于你的房产证，根本就是造假！反正就是假！真的也是假！你们马上滚蛋！这是我们村的集体土地！

马克思早就说过：如果有百分之十的利润，资本就保证到处被使用；百分之二十的利润，资本就活跃起来；百分之五十的利润，资本就会铤而走险；为了百分之百的利润，资本就敢践踏人间一切法律；百分之三百的利润，资本就敢犯任何罪行，甚至冒绞首的危险！

看看深圳的房地产业，利润百分之三百，有没有？哦！你说百分之五百？好吧！你强！

这世界已近疯狂，同志们要提前打好狂犬疫苗，时刻保护好自己的肉体，至于灵魂，谁还有这种东西？

终于饮尽了杯中的酒，近来中药吃得勤，不太敢喝酒，就像这一晚，我亦只饮了一小杯，不到一两。我一直是个听话的好孩子，所以才有几个朋友一直陪伴在身边。

老友哼着小曲归家了，我亦踏上归家的路。仰头望向天空，台风即将到来的缘故，无风，无月，无蝉鸣，树与花皆寂寂垂落枝干，不声不语的，就连路灯，亦低沉地泻着黯淡的光，四周静静的，平时热闹的散步的人几近绝迹。

这两天，闷热得透不过气来，不开空调，几乎像冒泡吐气的鱼，随时有倒下的可能。才走了几步路，后背就湿了衣衫，

229

轻轻摸一下湿背，拿到鼻子下轻嗅，还好！没有臭味。忍不住傻笑起来，对着空寂的街道，对着低密度的天空，对着星星点点的窗。真喜欢这安静的夜晚，仿佛一切都不曾存在，仿佛一切都是美好的，都随着你的想象，往美好、幸福奔了去。

老友发来微信，问我到家了吗？对着一闪一闪的手机微笑。这一生，多么美好。有关心我的人，有我爱的人，有这般安静的秋夜，有这样可以坦然面对的曲折。

这一生，我们会遇见很多人，有的成为朋友，有的成为敌人，有的什么也成为不了，从始至终，都是陌生人。哪怕是曾经的至爱友亲，一个转身，也会各奔东西，就像头顶飘过的云，走着走着，就散了。到最后还能留在身边的，不是至亲，就是挚友，还有，还有最恨你的敌人。

中年的朋友最珍贵

深圳正式进入雨季。没有一天不下雨，没有一天不湿热。

早上还是烈日晴天，中午一阵狂风，雷暴与硕大的雨点就敲过来，躲无可躲，避无可避。哪怕开着车，亦狼狈，昨天下午洗的车，转眼就一圈一圈的泥点，脏兮兮失了仪态。城市越来越大，改造点越来越多，哪怕昨天还平坦的马路，今天就拦了这、堵了那、挖得没眼看。

可是，这座城市依旧美丽，让人心醉地沉迷。与朋友讨论近期的工作，顺便说说今年的打算，大家都想趁老年到来之前，多积攒点应对的小钞，哪怕多个五万、十万，多一点总比少一点强，哪怕货币贬得交关，至少多一点，总多点安心。

日子过得零零碎碎。本想着中午写篇文章，将近日来的所思所想来个一锅烩，却没想到临时收到通知，两点开会、三点开会，谁会打无准备的仗呢，马上将相关的资料汇总，一个中午忙个不休。

直到两点开会，才想起竟然漏了吃午餐。这是什么样的日子？可是过这日子的人并不觉得苦，或者已形成了习惯，只要有事做、有事忙，什么苦与累都抛之脑后。只要自己是个被需要的有用的人，已是最大的安慰。这就是老之将至，于是将欲望降至最低，唯求认可，求多年以后，依然有人记得我，没有白白活过。

昨日午后的一场豪雨，路上行人匆匆，偏偏约会地点是城中村，开着硕大无朋的吉普车，在狭窄拥堵逼仄的村道上左腾右闪，仿佛在断壁悬崖边的小路上闯出一条生路，心惊胆战。好不容易挤到一台艳丽的挖掘机前，它正冒雨作业，叮叮咣咣几下就凿烂了石板，活生生将前进的路横腰砍断，死心。

这导航更新永远赶不上建设的脚步，叹息一声，原路返回。掉头是不可能的，一路后退，好在我不是唯一一台，紧跟着我的两台车依次后退，仿佛进行一场接力仪式，庄重、沉默、悲伤。后面的两台车都是小车，尤其最后一台是小丰田，身姿轻盈，不消三五分钟，已溜出倒车镜中，唯有我身后的宝马530与我同病相怜，彼此默默打着气，祈祷彼此的平安。

倒车并不难，可是雨越来越大，偏偏还有一些急着赶路的行人以不可思议的速度突然出没，活生生吓出一身冷汗。虽然有倒车影像，依旧不敢放松。不到两百米的路，竟开了七分钟。等到出了村口，脚已发酸，悔恨不该来。可是来都来了，哪有回头路？

终于寻到了一家停车场，举着雨伞奔了集合地，好在同聚的人，相谈甚欢。雨后的气压偏低，让人透不过气来，如果相处的人既烦且闷，哪还有活下去的勇气？交友需谨慎，一旦拥有，请多珍惜。

朋友为家乡的老人拍了一部纪录片，全自费，只为了情怀。望着他疲惫却喜悦的脸，忍不住叹息。我早就过了为情怀做事的年纪，可是遇到那些有情怀的人，还是忍不住地向往与敬佩。镜头里，这些年过九十、少小离家在外打拼的老人，说起年少的离别，说起最后一次与母亲说的话，那些眼神、那些紧紧握住的手，那些越来越淡终于看不到的背影，依旧是满眼的泪。说着连不成段的话儿，眼泪像珍珠，一串一串停不下来。

我一直以为年纪越大越坚强、越淡定、越迟钝，不会流泪、不会喜悦，不会为了失去悲伤，不会为了得到激动。不是的！他们依旧有着敏感脆弱的情绪，为了那些生命中最重要的人。

可是说起年少时经历过的苦，遭受的磨难，竟然像讲别人的故事般，微笑着挥手而过。是啊！奶奶早就说过：这世间只有享不了的福，没有遭不了的罪。挺一挺，什么都会过去。

也许再过几年，我也可以拍一部纪录片，为我的父母亲人。虽然同住一个屋檐下，我对他们并不了解。说来可笑，我们与朋友说着心里话，对亲人却只报喜不报忧，说着无关痛痒的话，是彼此最熟悉的陌生人。

朋友让我们提提意见，如何修改、完善这部纪录片，他准备改好之后就送给画面中的几个老人，越快越好。因为老人们等不起。一听到这话，竟止不住眼泪。等不起！父母等我们去了解、亲近，也一样是等不起啊！嗯，一会儿要打个电话给爸爸妈妈，让他们知道我在牵挂着他们。有空要陪他们出去走一走，看一看外面的世界，多点陪伴，多点回忆。

很多时候，朋友是点醒我们的人，用他们的行动，用他们的善良。

周末加班已成习惯。不是我喜欢上班，而是不愿意待在家里胡思乱想。即将面临高考的——同学依旧是晚睡晚起，不叫不起床。偶尔自己醒来，静悄悄地去上学，又总让我感动，她怕吵到我，轻手轻脚地收拾，轻手轻脚地换衣，轻手轻脚地关门，只盼着我能多睡一会儿。可是我早就醒了，每天五点半，就是我在床上最煎熬的时刻。多想继续睡啊！昨晚熬到了一点钟，精神好疲惫，还想再休息一会儿，可是生物钟早就刻在我的骨血里。别说睡懒觉，不起床就已经是折磨。

好在有手机。不用开灯，滑过屏幕，一页一页的精彩扑面而来。这一百二十天里，我已读过三十本小说，还有无数的公众号文章，可是能记在脑海里的，超不过十句话。不过脑子的阅读，其实就是浪费生命。可是不是这样浪费，就要那样浪费。我愿意这样，读着别人的精彩、喜悦与忧伤、成就与爱恨情仇，假装我这半生亦美轮美奂。

热心的老友听说我总是用手机读书，立即帮我买了华为P30手机，不但亲自送来，还请我吃饭。这样的女朋友，请给我一沓，不！十沓！越多越好！多多益善。

吃完热辣的湖南菜，老友拉我闲逛，最是小资的她极会生活，就连逛的地方都与我不同。我喜欢逛服装店，她喜欢逛书店，这层次相差得有点大，但不妨碍我们做朋友。很久没逛诚品书店，这是城中小资的打卡圣地。书店不大，相关的文创小店却极兴旺，不买书，只逛这些创意小店就可以消磨一个下午。我极喜欢这些手工作品，包包啊、书签呀、笔记本还有杯子，每一样都很特别，价格也比较昂贵。

老友看中了一块实木，准备亲手打制一块面板，用来摆切好的面包，颇有情趣，想象那复古又悠然的画面，面包都增了味道。面包板要全部手工刨、削、打磨，不加任何化学处理，纯天然。一想象到付出多少体力，转头就走，怕老友拉我入伙，一起做面板。

老友是个极有品位的人，不管是穿衣戴帽，还是日常生活，总让我倾慕。可是有些东西是学不来的。她可以将自己的家摆得满满当当却不觉得拥挤与啰唆，这不是一般人能学来的。我家稍多点东西，就有菜市场的感觉。虽然我也常买比较昂贵的小摆件，却始终少了从容。这就是出身决定了的。像我这种小市民出身的普通女子，哪怕"穿上龙袍也不像太子"。

如果不是她，我不会选洗碗机、烘衣机、戴森风扇，更不会选那些精致的餐具、酒具。于是悲剧。好不容易积攒下来的零钱散钞瞬间干瘪，现在恨不能每天控制消费在三十元以内。没什么也别没钱啊！现在我在拼命攒钱，近段时间不准备见她。因为她又催我换马桶与全套电子设备呢。

什么样的人有什么样的命运。前半生她努力工作，而我在享受人生。到如今换个方向，正是命运该有的安排。可是，欣赏美、懂得美、享受美，是人生最重要的追求，感谢她一直指引我，让我与美好的世界越来越接近。

中年的朋友贵如茅台酒，如果拥有，一定要好好珍惜。

战争与和平

一进家，女儿就开始控诉："妈咪，跟你讲一件事情。"刚起个头，马上左右看看，将门关上，一脸愁容，偏偏又有浅浅的兴奋。

我立即明白，一出好戏即将上演。

"你知道吗？我今天早上有多么悲催。你知道我是靠什么闹钟醒来的吗？是外婆的夺命连环吵。"收起愁容，转了一下眼珠，开始滔滔不绝地演讲："事情是这样子的，早上，我还在美梦中，突然，外婆就开骂了。在我睡梦中，迷迷糊糊地听到内容如下：姨姥来之前，买了三袋奶粉，有两袋给了太姥，一袋就给了外婆。外婆很珍惜这袋奶粉，是新西兰的奶粉。昨天晚上小姨来时，外公把这袋奶粉给了小姨，让她拿回去给他娘。因为什么呢？因为外公的生活已经穷到只剩下打麻将和钱了，什么东西也没有。今天早上外婆醒来一看，她的奶粉不见了，就问外公，然后，外婆拍案而起，开骂了，'你怎么可以不征得我的同意，就把我的奶粉给人了呢？你怎么不经我的允许，就把我的东西给人？你妈已经有两袋了，我妹妹把最后一袋给了我，你还给了别人。'"

一声短短的叹息后，女儿咽了一下口水，继续开讲："这样子也就算了，可是，你知道吗？开头是多么无聊，过程是多么残暴，结局是多么悲催。当我完全清醒过来，只听到外婆不停地骂着这几句，进入循环播放模式，'你怎么可以不征得我的同意，就把我的奶粉给人啦！'这让我想起了雪姨，她的经典 RAP 就是这几句'你有本事抢男人，别没本事不开门，我知道你在家，开门呀！开门呀！我知道你在家，嘿！'"一边表演着雪姨的 RAP，一边站起身来，舞动双手，笑得我直不起腰来，一张本来就沟壑遍布的脸更加深不可测，这个坏孩子，笑晕我啦！

"我外公，我那可怜的外公被他媳妇呛得一句话也说不出，跑到我房间来寻求一点清静之地。可是，刚进来，就被我外婆叫走了，继续她的循环播放模式。就这样，我过了一个多么和谐的早上，不到九点哎！我就起床了。"

多么幸运的我们呀！刚刚讲完故事，门就被推开了，我那一脸温柔的娘走进来，问我几点做饭。收起笑容，强作镇定，告诉我娘，六点半我开始做饭，她一脸温柔地告假，说要先出去玩一会儿，七点再回来吃饭。说完，慢慢地转过身去，优雅地推门而出。人影刚不见，女儿忍不住地叹息："哎！这态度，因人而异啊！"母女俩同时点头，一起大张着嘴，狂笑起来。

战争，因为不同的人、不同的事而发生、结束。和平，一定是因为有一个人，值得你为了他，牺牲自己的利益，去维护、去保持。为了和平，亲爱的，我们要变得强大。

最远的地方离你最近

雪浩浩，山苍苍，祁连山下好牧场。

…………

青海青，黄河黄，更有那滔滔的金沙江。

这是年少时听到的一首歌。听的时候并未在意，青海，那是离我极遥远的地方，也许这一生一世都不会到达。我更向往海南、广东，那些四季如春的地方。

第一次对广东产生好感，是因为喝了健力宝的杧果味饮料，"天呐！世上竟有如此美味的东西？杧果！我记住了，杧果。"问见多识广、行过万里路的爸爸，"杧果长什么样？"爸爸立即眯起双眼，忆起伟大领袖毛主席。

还在读高一的他第一次听到杧果，是因为广东海南给毛主席献杜果，毛主席他老人家大手一挥，说他不能独享，送给全国人民一起分享吧！于是，全国各地都在搞分享活动。咱们北方的老百姓听闻毛主席送杜果来了，马上蜂拥到街上，看到一个巨大的有五米长、纸糊的金黄杜果立在大卡车上，慢慢行驶过城市中心区。当年的高中生忍不住地泪流满面，振臂高呼"毛主席万岁！"真的比亲口吃到杜果还要幸福。没想到爸爸讲起杜果，竟牵出这一段典故，乐得我满脸开花。

工作十年后，刚刚三十而立的爸爸到广东出差，才第一次亲眼见到杜果、吃到杜果，然而他并不喜欢吃，他觉得有点怪味，像生胡萝卜似的，不过，很甜。听了爸爸的描述，年少的我对广东生出无限的向往，嗯！总有一天，我要出现在那一片土地上，生活、工作。

好了，十年后，我来了。

一座城市待久了，总会生厌。就像你极爱的恋人，如果相处日久，总会生出想抛离的心。陌生人的一个眼神、一句温暖的话，可能会让你感动，而爱人，他为你做出再大的付出，你也只觉得那是理所应当。

我很爱深圳，不管是气候、水土，还是食物与风景，可是我依旧会不时地找机会去旅行，到远方去，貌似只有远方，才能找到美好与惊喜。

我去过欧洲、美洲，但最喜欢的还是国内的旅行。一月的吉林、二月的海南、三月的广州、四月的武汉、五月的杭州、六月的西安、七月的西藏、八月的青海、九月的新疆、十月的北京、十一月的长沙、十二月的黑龙江，无处不是炫目的美、

241

惊心的艳，我热爱我的祖国，我热爱我生活的地方，可是楼房住得久了，总有种病弱的虚寒。

我有一个梦想：有一片土地，种菜，植树，养猪，喂鸡。如果土地够大，再挖个湖养鱼。

只有接着地气生活，接近自然，脚踏实地，身体才会强壮、心情才会舒畅。朋友说中山有土地出租，咱们几个姐妹一听，就动了做地主的欲望，"要不，咱们一起租五亩地吧？种不喷药的青菜，植我最爱的果树——荔枝、龙眼、黄皮、杧果、银杏、桃子、橙，待到春天，满山遍野的花树，秋天，累累的果实压枝，多么美好的生活！"听得几个中年妇女口水直流。却不敢生了这妄想，只怕投入了养老的本金，却血本无收。

我继续造梦："果树下成群的鸡散步，咱们不喂饲料，就让它们在山林里自由狂奔，吃野果，这不就是荔枝鸡、龙眼鸡嘛！鸡粪就用来当果树的养料。再挖个池塘养鱼。到了周末，咱们就集体奔了咱们的农庄去，钓鱼、吃鸡、现摘的青菜白水煮，果树下乘凉聊天，打盹。到了年底，咱们养的大肥猪也到了该宰的时候，咱们就烹鸡宰猪，就着咱们自己泡的果酒一醉方休，啊！人生多么美好！"几个中年妇女几乎要长啸了！恨不能马上把银子送到我的手里。

正要争着交钱呐，有一个梦醒的老妇女质疑道："谁去种地？谁去植树、养猪、喂鸡呢？是你负责？"啊啊啊！如梦初醒，另几个也马上递过问询的目光，是啊，谁负责种呢？即使雇了工人来种，谁负责管理监督呢？哦，今天的菜有点咸，咱们喝点茶吧！我立即转移话题，不敢继续发梦。

242

哎！谁愿意无偿帮咱们种地喂猪呢？肯帮忙、又会种地会养猪的，有谁呢？这是一个问题。

还是旅行好，只要交少许费用，就能到达你心仪的地方。

一生应该看次昙花开

据说，看过昙花盛开的人，会有好运降临。我竟没有见过昙花。

听说昙花开放，有种摄人心魄的美，让你感受到生命无常、时光无情、美好不长在，所以特别珍惜当下的拥有，心向往之。朋友家里养了一株，看起来就是普通的仙人掌。九月中，寂寂无闻的昙花突然伸出几串花苞，她每天汇报着进展，邀我们随时去赏花。九月即将结束，公司的迎国庆晚会即将举行，作为策划人的我，当然是脚不停地，马不得闲。偏偏就在彩排的那个晚上，老友激动地来电说花就要开了，九点前过来！咱们边吃边喝边等花开。

这等好事，谁想错过？偏偏那一天，什么都与我较劲，灯光偏白，射得演员像僵尸般面无血色，马上调灯光，台上又成

李卫璋 / 插图

245

了一群见不得人的野鬼，个个乌青着脸。终于调好，音响又出问题，寻到专业音响师，已过了十点。演员们又累又饿，捧着叫来的盒饭这个蹲着、那个坐着，反正没啥形象可言。终于搞定了彩排，已过十一点。

踩着油门一路狂奔，老友们已半醉，听到门铃响，晃着小碎步荡出楼来，隔着不锈钢栅栏狂笑："你这个倒霉蛋儿，昙花刚收了脸儿，个个缩成一团，你就来了。哈哈哈，你就是个与花无缘的，快进来，喝一杯去去晦气。"明明这话听着想打人，偏偏说这难听话的是朋友，你只能忍着，哪怕心里再不痛快，只能干咽。

明亮的客厅里有淡淡的玫瑰香，她们说，这就是昙花的味道。走近一米多高的昙花，十几个缩头垂脑的青黄暗紫花苞无精打采的。围着硕大的花盆转了一圈，假装如愿以偿。朋友拿来相机，给我看昙花开放的每个瞬间，当然，与亲眼所见终究不一样。

那个朋友，到底没有深交，虽然她家里有昙花、有独栋的楼、有无数的美食、深藏的美酒，可是终究是渐行渐远。我还是喜欢嘴巴甜、会聊天的朋友。古人常说：良药苦口利于病，忠言逆耳利于行。可是，人生这么短，谁愿意总听到那些不舒服、不吉利、不顺耳的话呢？那些总说自己刀子嘴、豆腐心的，不过是缺心眼、不善良而已。

又过了两年，老友刘美丽刚买的昙花开了，依旧是有事错过。然而刘美丽是个有文化的，只见她缩着脖子，端着肩膀，满眼震撼地形容昙花开花的时候，带给她内心的感动，"昙花

246

开放的时候，就像日本茶道，特别有仪式感。淡黄紫的外衣羞涩地一点一点儿地胀开，然后怯懦地伸展着腰肢的，是一点一点地阐述心声的洁白花瓣，到最后，'啪'的一声，全部展开，你觉得眼前一亮，是圣洁的光冲进眼底，有想哭的冲动，想拥抱身边人的激情，偏偏那洁白映得你不敢动，不敢触摸，只想静静地望着它，好像手中握着上千年的茶盏，你只知道必须珍惜，哪怕送进嘴里的，只是普通的抹茶，可是你就是觉得珍贵。"

听到这里，压着砖头般的遗憾竟然不见。是啊！这样的描述，就是我亲眼看了，也未必写得出来。有些人、有些事、有些东西，就是你一生也够不着、摸不到的，那也没什么好遗憾。

哪怕再惦记，也没了去看昙花的冲动，总觉得没有缘分。昙花是仙人掌科，所有的仙人掌，包括火龙果的花，与昙花都是相似的。我见过仙人球的花，火龙果的花，却从来没有惊喜与感叹，好像它们开花，就是理所应当、司空见惯。就像已拥有的物品、身边的人，你从来不会有感激、感动，觉得他们的存在就是应该，除非失去，你才觉得心里空空的，好像丢失了身体中最重要的一部分。

人生短暂，还是应该去看一次昙花开，看过了，也就放下了。

一个人的七夕

银烛秋光冷画屏，轻罗小扇扑流萤。

天阶夜色凉如水，坐看牵牛织女星。

年轻时读杜牧的《秋夕》，瞬间痴迷。简单的七绝，勾勒出的诗情画意、想象空间无穷。然而杜牧从未考虑过牛郎织女的感受，苦守了一年，好不容易团聚，全世界的眼睛盯着，怎么拥抱、亲吻……

在电闪雷鸣间，又到了牛郎织女相会的日子，商家们卖力地推销着，爱恋中的男女亦全情投入，送花，送金，送车，送房！可惜我不是织女，亦找不到牛郎，这日子只能平常地过。其时，我多希望有人送点礼物，有礼物收，该多欢喜。

近来，工作进入瓶颈状态，每天无头苍蝇般扑来奔去，还要抽出时间去找东西，恼得不行。去年特意藏在某处的资料，任我天翻地覆地寻，或坐或趴或跪，办公室、家里搜遍，还是找不到，这真是自作孽。当初是怕乱放不好找，又怕被别人翻到，于是寻了个私密处，美美地放进去，只待用时，立即拿出，像中了彩票后，马上可以去兑奖般从容。

但凡有点心事，就睡不好。夜半突然觉得又闷又饿，开了冰箱，拿了一坨冻了半个月的榴梿，又是啃又是咬，吃得美美的，肠胃开始造反，疼得我几乎扭曲。哎！我总是任性，明知不可为而为之。既然睡不着，总要找点事做。准备搬到公司附近去住，干脆提前整理物品，淘汰旧书、旧衣服，太阳将出未出之际，望着焕然一新的家，又一次美美的。

这一年，嗖的一声，过了大半。回头望望，貌似这半年，什么也没有得到，突然间就像《琵琶语》乐曲中的轻拢慢捻抹复挑的小悲小泣，无处不在，幽幽咽咽的，正是此刻的心情。

七夕是牛郎与织女相会的好日子。我却无人可会，想送自己一件礼物，却不知选什么。那就选一碟干炒牛河吧！下班直奔沙河老街大排档，点一碟心心念念的干炒牛河，假装自己收到世间最美的礼物。

提醒老板多加绿豆芽、少放牛肉，满眼温柔地盯着轰鸣、呼啸的烈焰，不过是三五分钟，一大碟镬气十足、油汪汪、嫩滑滑、香喷喷的干炒牛河就摆在眼前，要了一支微寒的青岛纯生，大口大口地狂嚼猛咽，既满足又放松。

买单二十三元，更是喜得没边没沿的。如果过这样的生活，我还真是富有哎！路两边的树木屹立，不摇不晃，路灯隐匿在树干后，黯淡的光斜射过来，无精打采的，好像受了谁的欺负，潮搭搭的空气扑来，几乎将衣服打湿，轻理一下紧贴额头的碎发，喜滋滋地往家走。

朋友打来电话，说公司边有两套房蛮合适，一处繁华，一处偏远，繁华的喧嚣，偏远的肃静，面积差不多，租金不相上下，装修也相似，问我选哪一个？

最怕遇到选择题。我总是贪心，既想与你拥有乍见之欢，又想与你久处不厌。什么时候可以有一处自己的家，可以有人陪伴着共度节日呢？七夕在不间歇的细雨中度过，牛郎与织女，到底没有相见。

阳台的情话最动人

    种了五年的兰花，越长越茂盛，根系越来越发达，不但占据了整个花盆底部，还以包抄之势将中间那株长了八年的龙眼树重重包裹。

    每天起床，第一件事不是洗脸刷牙，而是拎起昨夜就灌好水的喷壶直奔阳台，为饥渴了一夜的兰花沐浴更衣。兰花是比较娇贵的，水多不行，水少不行，营养多了不行，营养不够也不行，反正是经常给你脸色看，非让你低眉顺眼左右服侍，它才娇滴滴地盛开。可是，扫一眼瑟缩在盆中央的龙眼树，它可是两年没长个子了，叶子也营养不良似的，迎风呼扇着五六片，我看着隐隐地心疼。

    八年前的暑假，龙眼大丰收，最爱占便宜的我买了一箱回来，吃一半，晒一半。桂圆可是很贵的，还不一定保证品质，说不定就加了糖来增重量，哪有我自己晒出来的安心食用。只是我馋，经过阳台就伸手在晒台上捏两粒，无意间，一粒龙眼核掉到花盆里，桂圆还没晒好，一株鲜嫩的龙眼树缓缓冒出头来，这真是吉兆。

以为龙眼树就是来打个招呼、送个惊喜，用不上半个月就早夭了，没想到它越长越高，很快就将脚下喜肥的月季欺负得枯萎了。顿时起了想象，说不定三年后咱家阳台上就长出一棵顶天立地的大树，再不用买龙眼，伸手即可摘一串来大嚼。当然这是虚妄的想象。哪怕它长到天花板那么高，也不可能结果的。在这不到四十厘米直径的小花盆里，放再多的肥料也不可能结果嘛！再说了，阳台上种出能结果的龙眼树，我不成了果树专家了？

一边打击着自己的幻想，一边就将刚买回来的兰花围着三十多厘米高的龙眼树，浅浅地种了一周，共计四株。望着清秀的兰花，挺拔的龙眼树，觉得自己太有规划了，兰花有了依靠，龙眼树多了陪伴，有一种阴阳调和之美。龙眼树是高大的男主人，娇小柔美的兰花是仰慕他的女子，个个抬着头等他挑选，哪个是皇后、哪个是得宠的贵妃，哪个是不起眼的小宫女，这样一想，简直乐不可支，觉得这些年的宫斗剧是没白看，养盆花都能安排个剧情，不当编剧真是可惜了。

没想到，愿望美好、现实残酷，隔了两年，龙眼树才长到四十多厘米高，本应娇小柔美的兰花却生逢乐土，长势喜人，不但将龙眼树团团围住，还把他包养了——竟然比龙眼树还高！说好的小幽兰，怎么就成了壮汉？

从那以后，可怜的龙眼树一天天虚弱起来，别说长壮长高，哪怕想多呼吸两口，都得看兰花的脸色。龙眼到现在还没开过花，更别奢望结果了。兰花可倒好，一年总要开上两三次，一开就是一个月，我都看烦了，它还在开。

这不，开满了一个春节，兰花还不肯休息，就连三月将过，它还在开，这一枝败了还有那一枝，反正不得闲。终于消停了三个月，七月中，它又开了。我都看烦了，它也不去领会我的心思，没心没肺地开。

前年种的百香果用了一整年的力气往上攀爬，一朵花苞也没有，全然不理会我每天期待的大眼，与日渐浓重的失望。虽然没开花，它却从一条小枝蔓延了整个侧阳台，不但遮风蔽日，还浓荫满窗，光是看着它的幽绿，已有了安慰。算了，不结果也有不结果的好处，没有希望就没有失望，也挺好。日子就这样安逸地过吧，哪怕什么也没有，还不是一样地过日子。

没想到，三月的春风一吹，或幽青或柔绿的叶子间如被仙气吹拂，接连开了好多的花，浓艳艳的紫白相间，仿佛林深幽暗处藏着的秘密，非常妖娆，引人注目。我又起了渴望与奢求，想着果实累累的一日，呼朋唤友，荫下饮酒品茶，喷了或浓或淡香水的女友们个个争奇斗艳地裹着华美的礼服，哪怕人均一个百香果，也是我种树以来最大的收获。没想到，接连的风吹日晒雨淋，到了六月，就只剩下了七个百香果，或大或小，皆青碧碧的，让你找不到信心，看不到美好的未来。

每一天醒来，准备去洒扫阳台时，总怀着惴惴不安的心情，怕突然间就少了一个、两个甚至全部。我付出那么多关注的，会不会早夭？关心则乱，越在乎越失去，人间种种，常是如此。明明懂得那么多道理，我还是过不好这日子。在这样的担惊受怕中，到底还是掉了两个，还没到成熟就失去了支撑，随风卷到地面上，摔得七扭八歪的不成形状，看着心痛。

秋风渐起，暴雨渐多，虽然台风一日强过一日，可是剩下的五颗百香果很顽强，一天比一天大，一周比一周泛着成熟的紫红艳光，表皮已接近浅紫，用不上半个月，就将全部转为深紫，那就是它离开母枝的时候，进入此生最美、最体现人生价值的时刻——摆进盘中，被刀切，被勺子挖，被吞进垂着涎水的口中，化为一声满足的叹息，卷入肠胃，被人轻赞一声："鲜美、浓郁。"这就是它最为完美的一生。

每天的晨昏定省，对自己一手打造的阳台简直是充满了深情，无事就要发条朋友圈炫耀一下："百香果无精打采地垂着，昨早发现少了一个，十万火急冲下楼。果真，浅紫饱满肆无忌惮地躺在野草中，犹豫了一下是让它腐烂破壳，明年化为无数枝蔓么？想想还是舍不得！我付出那么多，还是归我吧！水冲刀切开，来不及欣赏一勺挖下去，终于拥有的放松、不过如此的淡淡惆怅、想要得到更多的迫切，人生就是在这矛盾中最后成了笑话。"以为这样的文字配上茂盛的百香果藤蔓图，是清新的小资，诗情画意，就差再配上一杯艳丽的百香果汁了，证明我真的种了百香果树，还结了果。结果是点评的朋友特别擅于联想，追问我是不是发了财、得了宝，在这暗戳戳地显摆。差点气哭！我可是啥收获也没有啊！如果有，非请客不可。

喜眉笑眼地一一回复，好像年少时与同学打趣，有五月的轻风，有期末考试结束后的放松。说到底，人都是需要朋友的，如果发了朋友圈，除了点赞，一条评论也没有，多挫败、多寂寥。一条一条地回复完毕，又盯着手机屏发呆，很是怕错过了哪条评论，却没有回复，那就太失礼了，以后谁还愿意来评论关注呢。

尘归尘，土归土，一切归于宁静。呆坐在办公室，望着眼前的一株过气玫瑰发呆，这是周五买回来的，一支一支地修剪，祈祷它能熬到周一。没想到周末忙碌，虽然来加班，也没空搭理它们，现在它们全都无精打采的，活不过今天晚上了。一会我就要把它们丢弃，虽然舍不得，却不得不这样做。

做人就像做玫瑰，但凡枯萎、不再有美感、引不起人注意的，总要被无情舍弃。做水果也一样，不好吃或者腐烂变质，总逃脱不了被丢弃的命运，可是哪怕再好看再好吃，也一样逃脱不了被吃掉的命运。反正到最后，都是消失。这样一想，特别沮丧，一个人闷闷地发呆，直到手机铃声响，提醒我一天的工作即将开始。

年少时就奢望着拥有一处果园。求而不得，就希望拥有两棵树——能开花结果的树。终于拥有了，一会嫌它结的少，一会嫌它的果实不好吃，一会又嫌它不如别人家的强壮，总是各种虚妄挡住了通往幸福的路。到最后，不管它有多好，我都想要更多更好的，这山望着那山高，这就是普遍的生活状态。

怎么办？真的无解吗？求别人是没办法的，只能从自身解决——向内求。只有内心安宁了，岁月才能安稳。如果一直向外求，无止境的贪欲必将毁灭自己，身边人亦不能幸免，没办法快乐，发现不到身边的美，看不到幸福的光。

　　不过是种点花，养棵树，就以为自己拥有了一座庄园，为之欢喜为之忧虑，在这小小的方寸之间，我是最大的王，不管是身边人，还是身边物，让他们快乐，让他们健康无忧地成长，是我的责任。

小哥哥

越是身处餐饮林立的繁华闹市，越不知道吃什么。可选择的东西越多，越不知道自己想要什么。好在女儿立场坚定，请她做主，肯定吃饱。

居然被带进了咖啡馆，吃晚餐。请原谅我眼神中透露的惊恐，当然，我不说话，任凭女儿点了意大利面与沙拉，还有莫名颜色的冰果蔬汁与一杯热拿铁。好吧！看在有一杯热拿铁的份上，对付一餐吧！

冬天的晚餐吃沙拉，那得是多么热爱生活、向往美好身材的人，才肯一叉一叉送到嘴里啊！这要是一碗浓稠的热鸡粥，裹着米浆的嫩鸡肉，含着肉汁的小香菇，配上细细的姜丝，轻吹口气，微闭着眼，一勺一勺的热粥缓缓送进嘴里，生活多美好啊！而我，竟然吃黏腻腻的黑松露汁意大利面与艳丽冰凉的沙拉！几乎陷进自怜自爱的漩涡中不能自拔。

　　环握咖啡杯，让手心感受到温暖，再伸出右手将手袋里的手机抽出，一页页翻看微信订阅号，百无聊赖。无意间地抬头，边吃面边做化学试卷的女儿凝神深陷在化学反应方程式里，扔在桌面的手机旁立着一个包装精美的小袋子，"咦？这是什么？买来准备送给谁？还是谁送给她的呢？"家有青春期女儿的妈妈最是八卦，又怕女儿早恋影响学业，又怕没有被恋，辜负了青春。

　　假装淡定，好像不经意地拿起粉紫色的小袋子，淡淡地问一句："什么东西呀？准备送我的？"埋头作业的大姑娘缓缓抬起头，眼神平静，"哦！隔壁班的小哥哥送我的。说是圣诞礼物。"她娘心头霎时奔腾起无数匹野马，瞬息万变地思考着下一句如何应答。对面传来一声轻笑，"你说多搞笑。圣诞节前不送，过了圣诞才送。后来我想起来，圣诞节前我没上学，在家休息来着。小哥哥说是圣诞兼新年礼物。呵呵，这下好麻烦，我还得找礼物回送，好烦！"她娘一听，愣住。这有来有往，莫非就有了早恋的倾向？不敢多言，只怕一句错话，就将没有想法的青春期少女推向早恋的狂澜中去。

　　思考再三，终于开声，"你怎么称呼人家小哥哥呀？好暧昧哎！"以为这样的话题特别无趣，对面的姑娘懒得搭话。没想到，这话题居然入了人家的眼，有点可谈性，不但讲解了，还仔细地分析给你听，"你想呀！叫大哥吧，太江湖气了，不适合我们学生；叫大哥哥呢，好像幼儿园小朋友，大哥哥长大哥哥短的，就为了眼巴巴地要点好吃的；叫哥呢，又不是亲哥，叫那么亲密干吗？叫小哥呢，又不是送外卖送快递的；这样一想呢，只有小哥哥，又温暖又亲切。当然了，这仅限于长得还不错的。如果长得一般，那就是某某同学某某人喽！"

原来是这样子啊！立即点开手机微信，狂撒狗粮，"小哥哥，在哪里呢？人家想吃饭饭。你女儿带我吃简餐，好难吃。小哥哥，我想吃饭饭。"以为这样的撒娇妩媚，会得到老公的点赞，幸福感飙升，满眼温柔，说不定砸个大红包过来。十分钟过后，回复来了："别吵！好好说话。"

好吧！狗粮喂了虾了。中年情话，哪怕你鼓起勇气说出口，也未必能得到想象中的回应。天色渐暗，我要回家。

无尽夏

　　车子一转弯，一片盛放着的野雏菊扑入眼底。心里瞬间幸福感满满。好像自己是个青春无敌美少女，正轻靠在一个高大健硕偏又有着安静味道的青年男子肩头，也不说话，只是静静地依偎着，眼前就是一望无际的草原，天高、地远、草绿、风轻。

　　车速渐缓，却不敢停，一路温柔着，就到了公司。接连的高温，我这个极怕冷的人也开了空调。夜晚的风有丝丝的清凉，开窗睡是不成的，一怕蚊子，二怕潮湿，岭南的湿热最伤身体，哪怕常年饮凉茶祛湿，依旧免不了湿毒缠身。近来关节肿痛，大热的天也开了电热毯熨烫着颈关节、膝关节。那种开了空调揣着电热毯的画面很有喜感，就像一个神经错乱的人着了棉衣光脚行在赤烫的柏油路上，又好笑又心疼。

然而最热的季节还只是开了个头，无尽的夏天只是站在面前，还没来得及死死地搂住你、吻你，逼着你抱着它跑步。昨天气温才三十二摄氏度，缓行在路边的阴凉处，不到十分钟，衣服全粘在身上，偏偏我还穿了牛仔裤，那酸爽，几乎想当众脱裤，最好什么也不穿。当然不敢！怕挨打。分外思念在家休息的时候，只穿了薄棉的宽松吊带裙，只待一阵轻风，将裙角半拂起，全身的肌肤放松开来，舒服得想要呻吟。

　　人类进化了这么久，还没有研究出什么衣服来调控体温。如果只是薄薄的一层，随心情、季节、地点、天气，变幻着颜色与款式，又舒服又美丽又适合本人的气质，哇，不能想，简直不能再棒了！这个创意，我给一百分。

　　听了我的疯狂想法，老友冷笑不止，说如果科技发达到这种地步，那干脆就让机器人来统治这个世界吧。全世界按照统一的制度、程序来维护全球运作，不管是选举、公安、医疗、教育等等全部格式化，人类只需按照指令生活，全部过着一模一样的日子，无喜无悲，无病无痛。那就生不如死了吧？

　　如果活一百岁与活一天过的是一模一样的日子，哇，立即打了个哆嗦，感觉气温顿降，吓得不轻。还是现在好，每天睁开眼睛不知道会发生什么，遇到什么人，碰到什么事，有没有惊喜，有没有遭遇，有没有哪个人走过来，向我说一句温柔的话。

　　嗯，夏天到了，秋天就不会远，每一天都是滚烫的日子，愿你我流泪流汗，终有收获。

一夜北风寒

清晨醒来，海面上斑驳的光影，像午夜的梦境般，虚幻而妖娆。

推窗远眺，北风咆哮般外袭来，几乎被吹倒。立即缩着身子冲回房间，披了外套，将南北两个方向的窗子皆打开，不用一分钟，满室清凉。

终于降温了。

昨夜与女友在体育馆外散步，只穿了恤衫配皮马甲，走了不到五分钟，竟闷出汗来。扫视下周边的人，多是单衣单裤，有些身体好的，竟是短衣短裤，一下子就分出强壮与虚弱来。

除了皮马甲在手上搭着，两个人说起近况，互解烦忧。说起好友小珊近来身体出了问题，本来就不甚好的心情又受了波及。自从前年因为肾积水切了一个肾，小珊一直非常注意饮食，前几天又查出肾积水，举家皆惊。再切，就只剩换肾一条路了。上哪换去？才三十九岁。那么明媚温柔的女子，怎么就会遇到这样的波折？相对无言，唯有快步行走，恨不能走得飞起来，将阴郁的情绪驱散。越走越没心气，好像迈不动步子似的。

说好不吃晚餐，一起减肥的！可是经过一家湖南菜馆，嗅到酸辣香，两个人不由自主地对望了一眼，仿佛心有灵犀，立即携手奔过去，满眼的笑、满身心的欢乐，嗯！吃好这一餐，明天再减肥！

点了一份酸菜鱼，配两个小凉菜，熟悉的老板又送来一份土鸡汤，好嘛！说好的减肥餐，又是脂浓肥香。不理！喝出汗来！又点了淡啤酒，这下好！美美的一个晚上。开心！这活着的每一天，都要好好地过啊！不能让自己留下遗憾。

归家的路上，夜色温柔。没开空调，打开了窗，袭面的微风似春天的手，似有若无，让你的心长了草一般，想高歌，想跳舞。每到年底，心事嘈杂，恍若无数的愿望又落了空，又不甘心，又不肯放手一搏，只待在原地哀怨，无助的眼神，失落的心。

虽然常常劝慰自己，坦然面对现实，不管是经过什么人、什么事，反正你又不求上进，只踏实地忠诚于自己的心，安于现状，得过且过，反正不管得到什么，失去什么，你也不可能差到哪里去！有什么可怕？有什么可恼？该吃就吃，该喝就喝，该玩就玩，该躲就躲，可是遇到一些烦心的人，可恼的事，总忍不住想冲上前去，厮杀搏斗，一点修养也没有！怎么办？总不能远离尘世，一个人终老！

常常有一个念头涌上心头：避世而居，孤独终老。常常被这个念头吓得睡不着吃不下，立即喝杯小酒压惊。这也太吓人了！万一死在房间里，几年都没有人发现，那也太悲催了些。那年女友的妈妈睡前冲凉，脑溢血突发倒在浴室，第二天早上才被保姆发现，身体都僵硬了。女友总念着这事，觉得妈妈走得太过凄凉，但是想想自身，又笑道：将来我们要么是住敬老院，要么是一个人终老，说不定也是像张爱玲一样，死了好多天，才被人发现。这样一想，立即安心。

与什么样的人做朋友，你将成为什么样的人。想想我的朋友，多是没有远大志向好吃懒做的，立即安心。与智慧人同行，必得智慧；与愚昧人做伴，必得亏损。难怪我的朋友今年都没赚到什么钱！这样一想，立即惊心。当然，这个秘密我不能告诉她们，只悄悄地提醒自己，少长点肉，多生点智慧，别拉低朋友的智商。

窗外阳光明媚，可是刺肤的狂风提醒着：降温了，多穿点衣服，别让自己受寒生病。保护好自己，才能去爱别人。

我曾用心地爱过你

那时，我还年少。当亦刚亦柔的潘美辰出现在电视屏幕上，从来没有想过我会喜欢她。我一直喜欢的都是美女型男，不管是演员还是歌手，外形是喜欢的第一要素。然而她刚烈的声线传达脑海，有一瞬间的震惊，怎么会有如此强烈的绝望与无尽的渴望同时并存的歌声？顿时迷住。哪怕后来很少有她的歌曲出现，依旧记着她，偶尔想起她，就像怀念青春时光里的第一次爱恋。

转眼就年过四十，正所谓人过四十天过午，再也不会像年轻时候喜欢哪个歌星，哪位影星那样冲动，一切都平平淡淡的，没有惊、没有喜，只会慢慢等待天黑，饮尽杯中的最后一啖茶。某个午后，无意间点开她的视频——《我曾用心爱着你》，经过的一一看了，大惊，这明明是斯文版的周杰伦嘛！

——喜欢周杰伦。听到群星演唱会里有周杰伦，就央求她爹帮她买了贵宾票，迟去、早归，看了周杰伦的演出后，哼着小曲提早归来。气得她娘几乎与她决裂，但凡出了银子，她娘就恨不能最大化消耗，哪怕精疲力竭，也要看到散场才归。只要想着流出了的银子，没有白白地流，多多少少也回了点本，再累也是心安。

但凡演出，一定是早去，晚退场，恨不能抬把演出椅子回来才够本。哪有这样的，上千的银子砸出去，只看了两三个歌星的演出就出来？不敢骂女儿，转头就骂她爹："有你这样带孩子的吗？懂不懂珍惜啊！懂不懂规矩啊！看演出，当然要早早地去，等待歌星出场，让心中那激动的情绪得以最大程度地发挥；迟迟地归，直到歌星再也不肯出来，才哼着小曲，踏着夜色归来，这才是看演唱会的真经嘛！"然而她爹根本不理我，大力关上浴室门，洗澡去了。留下我呆立在原地，愤愤不平、心痛不已。

从明天开始，少买两样青菜、水果，减少这看了演出的损失。你看看，这就是知悭识俭的我！多么温良恭俭让的典型与模范。如果评"中国好主妇"，亲，记得投我一票！可是，那父女俩可不这样认为，只觉得我是一个没品位的守财奴。结婚十几年来，他是越来越嫌弃我了，各种挑剔。

可是，当年的——爹不是这样子的，知道我喜欢潘美辰，特意带我连夜坐着硬座火车去哈尔滨看演唱会，舍不得买前排票，挤在最边远的角落边听边唱边挥动手臂，喜悦的眼神、幸福的心情，一生难忘。不管我想吃什么、做什么，他总是赞赏有加、鼓励不断，现在怎么就变成这个样子呢？

难道他要有第二春？哼！想得美！我还没嫌弃他呢？又能喝又贪吃，什么家务也不做，没事就惹我生气，要不是看在这个人是自己选的，早就撤销他的职务换人了！

打开手机音乐，循环播放《我曾用心爱着你》，当下的孩子，有谁会知道她？她曾是一颗巨星，闪耀在群星里，是最特别的一颗。多年以后，近距离看潘美辰的演唱会，中性化的打扮，风趣幽默，调动起气氛来，顺畅又搞怪，喜疯了全场。禁不住地微笑，入世的人，通透又美丽。

我曾用心地爱过你，这就足够抵挡余下岁月里所有的寒凉。

唯有牡丹真国色，不负如来不负卿

曾经对自己许诺：每年一定要去看牡丹，或洛阳或菏泽。

年少时读聊斋故事，葛巾紫、玉版白、白玉，每一个花妖都纯情又善良、美丽又倔强。为之叹息，亦生了对牡丹花的向往。家里挂着的各种挂历、年画或者各种绣品，常有牡丹的身影，细观之，总觉得艳丽动人，却没有文章中形容的富贵之气，更是想亲眼见识一下，到底是何方仙物，让人间男女为之倾倒。

电影《红牡丹》上映时，万人空巷，女主角姜黎黎的美丽为影片增色，歌唱家蒋大为的一曲《牡丹之歌》更是画龙点睛，全国传唱，这让我对牡丹起了牵挂，恨不得早点考上大学，最好是离牡丹近一点的大学，郑州、济南或者洛阳，只要是牡丹盛开的地方，每年可以看到牡丹由花苞到怒放，从盛到衰，红的、白的、黄的、紫的，还有最神秘金贵的黑牡丹。

人呐！但凡向往什么，总难如愿。越是痴迷，越是失去。不但离牡丹越来越远，从黑龙江直接跨过牡丹生长的中原，落脚到了岭南，不但没有见过牡丹花，连花枝都没机会亲见一眼。一直到了工作以后，春节去拜访老领导，他家的庭院里正盛放着一株牡丹，红艳艳的硕大的几朵各立一枝，彼此相敬，却不相亲。深圳的春节正是各种鲜花扎堆怒放时，或肥或瘦或妖或雅，活生生地逼你的眼。然而牡丹是不同的，她的花苞肥硕，花朵艳丽结实却不媚俗，颜色如名家国画作品中一样，经典又富丽，我围着那盆立在花架上的红牡丹左观右望，舍不得离开。

领导笑问我是不是太喜欢这盆花，舍不得走了？要不你搬走吧！君子当然不能夺人所爱，他太太虽然满脸堆笑，也鼓励我将花搬走，然而眼神里却透着不舍。当时刚进入两千年，牡丹花株并不是随意就可以买到，能从千里之外的洛阳移植到深圳来，又令其改变花期在春节开放的，当然是珍稀物。

本来就是人间富贵花，改在春节盛开，虽然只开半个月，这牡丹就增了身价，脱离了普通牡丹的队伍，成为名贵中的珍品。就像普通人升官发财，突然成了经理、老板，你刚想刮目相看，想着哪天让他请客庆祝，人家又成了集团老总、上市公司董事长，这时候，你才发现彼此间生了距离，再不是当年的阿勇阿花，哪怕人家见了你依旧热情，你却增了拘谨，再不复旧时的随意与亲密。

去年错过了牡丹，失落了好几天。原计划先去太原办事，然后去洛阳看牡丹，再去威海看奶奶。正所谓好事多磨，几经波折，终于搞定，假期已近尾声。不但牡丹没看成，奶奶也没有去陪伴，如今我再想去看牡丹，牡丹还在，奶奶却已不在。人世间最无情的，不是人心，而是别离。此去经年，应是良辰美景虚设，纵有千般风情，万般思念，更与谁人说？能陪伴的时候，你就顾着自己乐，没得陪伴的时候，伤心跟谁说？不过是虚情假意罢了。

那天问老友可有空，咱们一起去看牡丹吧！她乐，说今年所有活动一早就排到八月去了，没有一个周末是有空的。我不死心，游说她周日晚上去，周一晚上回。她又乐，说这把年纪了，还搞这么紧张，日子还是过得放松一点、慢一点吧！好吧，慢一点。

然而她很有心，特意送了一束花来安慰我思念牡丹的心情。硕大的一捧花束正中，一朵花瓣洁白无瑕的白牡丹悠然而立，完全不理周边的莺儿燕儿，她就悄然独立，假装世界只有自己。忍不住地掉泪，一个人在办公室里像个失恋的傻子。牡丹花期将过，这是我今年能看到的唯一的一朵牡丹，不知道她能洁白悠然多久，不知道每天喷水会不会让她存在得久一点、舒服一点？

又是忙碌的一天，虽然不时扫一眼台面静立的牡丹，依旧有淡淡的闲愁，想着明天它是否依旧美如今日，会不会一夜之间，枯萎憔悴。归家已夜深，腹饥如鸣，先将牡丹小心地插进花瓶摆在餐桌上，立即从冰箱里抽出昨天打包的咸鸡，微波炉烤热了狗舌头饼，也不拿筷子，直接戴上手套抓着鸡肉大嚼，就着一杯2016年的波尔多红酒。

我极爱吃鸡，盐焗、白切、红烧、清炖、咖喱，无一不爱，但最爱的还是年少时吃惯的北方烧鸡，入口的不仅有乡愁，还有无数美好的回忆。那时我正当年少，无忧无虑，爷爷奶奶尚年轻，父母亦活泼有力，每到周末，一家人围坐在一起，吃饭聊天嗑瓜子，哪知道世间还有别离。

今夜气温膨胀，前所未有的热浪来袭，门窗紧闭，空调打到二十摄氏度，依旧湿热难解。这岭南的夏天终于来了，一旦来了，就不肯走，非等到你消耗尽积攒已久的精力与热情，它才会退至幕后。而岭南，从来没有春秋天，过了夏天，就是初冬。过了初冬，就是夏天。

春节过后，从甘肃老家归来的朋友送了三条家乡特产——狗舌头饼。这是最后的一条，太有嚼劲了，吃得腮帮子疼，可是依旧喜欢。想着哪一天自己来试做，说不定就能做得八九不离十，送给喜吃故乡传统美食的老友。春节回老家过年，老友竟找不到卖狗舌头饼的小店，满街不是卖面包的，就是汉堡包。

终于在一条老巷子的角落，寻到了依旧在做狗舌头饼的老店，年近七旬的做饼师傅叹息，说现如今没人肯做这传统面点了，年轻人都奔外面去了，不是做西点，就是做广东点心，谁还愿意做这累得半死也卖不上价格的小面饼呢？等我做不动了，你就吃不着喽！老友几乎掉泪，一气儿买了三十张饼，满满的一大袋背回深圳。

我知道，他担心的不是老一辈做饼人的离去，世间再也找不到年少的美味，而是这无情的时光，终将带走我们最美好的回忆。我们这一生最惦记、最怀念的，无非是童年那些美好的时光，不管是美食、亲人，还是故乡的老宅老树，都是我们曾经年轻、曾经无忧无虑、曾经被珍惜在手心里的证明。

吃饱喝足，歪在椅子上发呆，瓶中的白牡丹依旧优雅静立，如果能画下它最美的现在，让它长留在眼前，多好！正所谓书画同源，为了有一天能画出牡丹，去年开始学习书法。然而培训班的老师总笑我不认真，是啊！多年来的恶习始终难改，总想一步登天，不肯定下心来练基本功。

这天写完小楷，等着老师点评，老师指着前排资深美女的字，说你看看人家，同时练字，你这还在狗刨呢，人家都自由泳了。说着就让我举着美女的字拍照，没事就看看照片，提醒自己静下心来，好好练字。

好吧！我拍。转头就发在群里，说我这字漂亮吧！站在旁边的老师一手拿手机看群里的信息，一手指着我大笑，说你要是能写出这样的字，就可以去画牡丹，然后在旁边题字了。否则你那一手烂字，题在漂亮的牡丹花旁边，牡丹都要羞愧得凋零了。这话说得忒狠，马上低头练字，不敢玩闹。

因为喜欢牡丹，所以常去看国画展览。但凡国画展，总少不了牡丹的身影。可是画牡丹的虽多，能让我喜欢的画作却少之又少。不懂得欣赏是一方面，个人情怀是另一方面。

前天的画展上展出了二十多幅牡丹，或繁茂成片或三两相依，或凤凰栖枝，可总觉得怎么艳丽，却少了富贵之气；要么被吉鸟夺了眼球，被叶子抢了地位，无法突出牡丹的霸气；其至有些牡丹画得虽艳，却稀疏无力，有凋零之意。这可真不是好兆头。看了一圈，一幅也没买，一心想着自己好好学画，哪天可以画出一幅气势逼人的富贵牡丹，满屏的艳粉深红，绿叶一律压在花下，画的右侧题字：唯有牡丹真国色！这样想着，就笑弯了眼睛，仿佛心愿得偿，画作就在眼前。

奶奶绣得一手好牡丹。童年时睡觉用的枕巾，春秋时穿的罩衫，还有过年时穿的棉袄，都有奶奶亲手绣的牡丹。那时放学归来，奶奶不是戴着老花镜在窗前绣花，就是在厨房里忙碌做饭炒菜，很少见她无事可做，天天忙碌不休，可是她总是开心，眯眯着眼睛，笑个没完。

我问她可有烦恼，她一边绣着牡丹，一边轻笑，"有啥烦的呀！烦也得过，乐也得过。不如开开心心地，就像这牡丹，红的好看，粉的也好看，不管啥色儿，都得努力往好看了绣，要不就白绣了。这活着也是，就得开开心心的，好好地活着，活出个样儿来，要不就白活了一场。"可惜我年少不懂事，总嫌弃那手绣的花太俗气，宁愿穿黑色羽绒服，也不肯穿暗红条绒布上绣了红牡丹的老款小棉袄，哪怕奶奶戴了老花镜，一针一线地将棉袄收身，尽量显身材，又能御寒。

除了大年初一那一天，必须穿红色，其他时候，我总将花棉袄塞在柜子角落，冻得狠了，也是套在黑色大衣里面，不肯外出示人，怕被同学笑，怕被人知道我还穿着手工做的花袄。那时我太年轻，总以为买来的衣服才时尚好看，却不知亲人一针一线总关情，那是爱的表达，失去了就再也找不回。如今奶奶西去，别说她亲手绣花，就是想听她说说人生的简朴道理，

273

都听不到了。

做人就像做牡丹，非得好好地开，开出富贵繁华来，才不枉费此生。瓶中的牡丹静静地开，才不理我的胡思乱想，它就那样镇定从容，仿佛与世无关，只顾自静静地开。

说走就走的旅行

　　人生最快乐的事之一，就是有一场说走就走的旅行。我一直向往，从未实现。近来忙碌不堪，身心憔悴。夏天将至，三五好友不是去中原看牡丹，回老家看父母，就是组队国外旅行，我也动了心。

　　像我这种没有故乡的人，一到了假期，就惶惶然若丧家之犬，无处可依。每每看到周边的人一逢假期就驾车归家，我是很有些羡慕的。离家近的好处，打小我就知晓。

　　初中时，离家近一小时的路。我那糊涂爹妈放着家中就有几个中学老师的方便，就是不帮我转到离家近的学校。他们觉得，离家远有什么所谓呢？在哪上学不是一样呢？反正，一个女孩子家，读点书，帮你安排个工作，嫁个人，生个娃，就是完满的一生。

他们从不知道，我对家乡的厌倦，打六岁起，我就想要离开家，远离家乡。三年的初中生活，风里来，雨里去，中午很少回家，带饭盒，或者买饭吃。有钱真好啊！可以买油条、麻花，甚至还可以买一袋面包、饼干，或者方便面，细细嚼着吃。每当手中有钱，我对父母，就会有些爱，或者感激。市侩是如何培养出来的？参照物是我。

打电话约女友出行，同样寂寞的人，最容易打动。电话两头的人就开始犯难，去哪里？这是最大的问题。一个下午，两个人举着手机，对着电脑，从大理到大连，西安到青岛，成都到重庆，三亚到兰州，要去的地方覆盖面之广，顾虑的事情之多，非正常人所能及。先是考虑要直飞，然后是空气质量，酒店好坏，小吃特产，最后是交通便利还有景色是否别致，最重要一点是要有一个适合发呆的所在。三个小时过去了，五个小时过去了，回家的路上，一边开车，一边讲电话，探讨此行的目的地。

吃了晚饭，又坐在电脑旁，夹着手机又开始讨论，对着电脑的眼睛开始刺痛，大脑时刻处于短路状态。终于，她说：要不我们去珠海吧！吃点海鲜，看看海景，吹吹海风，最适合发呆了。

我马上关了电脑，洗洗睡了。说走就走的旅行，是为那些意志坚强、立场坚定的人准备的，像我这种随风飘荡的人，还是适合待在家里，缩在屋檐下。

朋友说，要不去我老家河源吧，有烧猪吃。有美味当然好，可是，我不喜欢去别人的老家。她每次回家都要去祖坟处

276

烧香祭祖。我家没有祭祖的习俗。我家有最现实的基因。我们只对活着的人好，对自己好。至于死去的，你再祭奠，也没有用。珍惜活着的人，帮着她分担，而不是等着她死了，烧个金山银山，又有什么用呢？那是表演给活人看，我只想活好自己，养育女儿，有助他人，不拖累，不添堵，于我，就是最好的一生。

　　说走就走的旅行，到底还是没有实现。

铁马冰河入梦来

昨晚睡得不太踏实，早上五点半就醒来。奶奶并没有入梦，一句温柔的呼唤都没有。醒来心情有点沉重，写了一篇冗长的文章，怀念天堂的奶奶，正结尾呢，电脑死机，一个字也没留下。

真是太奇妙了。

午间休息，想将记忆补上，竟不记得早上写了些什么。近来记忆力特别差，常常是转身就不记得要说什么，要做什么。就像一条鱼，只有七秒的记忆。可能是颈椎压迫神经越来越严重的缘故，也许是老了。只盼着自己能争分夺秒多写点，让以后的自己知道此刻的我想的是什么，做了些什么，这都是存在过的意义。

昨天晚上犯傻，问老友，中元节到底是七月十四、还是七月十五啊？怎么说哪一天的都有呢？朋友翻了个白眼，说你想哪一天是中元节都行。看见我越发犯傻的样子，起了善心，说这是因为中国人太多了，所以分南北、分批过节。先南方过，七月十四让他们与天上待着的、地下躲着的列祖列宗相会，热闹过后，再轮到北方。北方人重感情呀，得先酝酿一下，七月十四这天就先准备东西，升华一下感情，与老祖宗见面的时候，情感表达得更充沛、更热烈。知道了吧？这分成两批，有组织有秩序，还能互相比较，评个先进啥的。

把我笑得当场喷泪。老友就是有才，名校中文系毕业的人总有与众不同的妙语。其实中元节在哪一天过都无所谓。只要思念离去的亲人，活好当下，就是最好的纪念。我相信，爱我的亲人哪怕离去了，与我之间也是有着通感的，我思念她，她知道；她在天上庇护着我，我知道。

昨晚的月亮特别的好，高洁幽远，仿佛一点烦恼忧愁也没有。站在阳台上，不停地变换着角度拍摄，拍了无数张，删除了无数张，到底没有一张拍得如意。是时候买个三脚架了，是时候好好学习一下摄影了。我总是这样现上轿现扎耳朵眼，永远是到用时，才发现自己的不足，想去学，想去改进。事儿一过，把当初的誓言忘得一干二净，好像没发生似的。

阳台的兰花开得极盛，也许再过几天，就有枯黄衰败的花瓣随风飘零，可是现在正青春，如同刚刚毕业的大学女生，有着无限的未来。凑近去，丝丝缕缕的香气幽远又清雅，嗯，这是北大毕业的才貌双全的姑娘。

我喜欢兰花。年少时在过年的中国画里看到，已经迷恋至深。可能在中国人的骨子里就沉浸着梅兰竹菊的影子，没有谁会不喜欢不欣赏。哪怕不懂国画的妙，亦觉得梅兰竹菊优雅动人。

前几天与朋友去民俗博物馆参观，居然有做手工月饼的活动。一惊！去年做月饼的记忆还历历在目，今年又到了做月饼的时候！这一年一年，时光飞速，还没做什么，一年就过去了。与师傅聊起自己做月饼中遇到的困扰，师傅三两下就点醒了梦中人，正所谓外行看热闹，内行看门道，真是每一行每一业都有自己的制胜法宝。听了立即动手，做出来的月饼简直是教科书一般，可以当样板了，开心。

现在打下来的内容，与早上完全不同，因为早上那一刻想的，是昨夜的记忆，此刻打出来的，却是现在的思想。每一分每一秒，我们都在往前行，不可能踏进同一条河流，逝去的亲人也不能重生。善待身边人，珍惜自己，才是余生最好的生活方式。

愿天上的亲人，放心！

锁

　　刚刚享用了几日的明媚春光，昨天下午就飘起细雨，夜半又起了狂风。上班路上，刚打开车窗，一股劲风袭来，恨不能立即将脖子缩到胸腔里去。一看温度，竟然只有十二摄氏度，吓了一跳。倒春寒，最冻人。刚刚收起的冬装，立即找出，从头到脚，包裹严实，依旧寒湿入骨，周身疼痛。

　　中午休息，办公室里冷飕飕的，根本睡不着。独自下楼，顶着阴冷的小风，迎着车水马龙恣意行走。经过一家中药铺，想起近来喉咙刺痛，不如捡几味清火的中药吧！坐堂的郎中一听，立即就奔了深处的中药柜，打开一个个的抽屉，这抓一把，那捏几分，放到草纸袋里，分别称量。

　　每一味中药对应一个抽屉。虽然药性不同，味道各异，却排列整齐地堆积在同一个硕大的木柜里，分门别类设在不同的抽屉，经年累月的，会不会影响了药性，串了气味？这样子一格格地叠放，是不是有点像骨灰陈放架？我没有去过摆放骨灰盒的地方，听朋友讲过，一面墙般的架子，层层叠叠的墓位，就像一个个抽屉，上下左右罗列，里面装着的，就是骨灰盒。抽屉外贴着逝者的照片或者刻着名字。照片里，有的主人很年轻，笑容很美；有的就很严肃；有的貌似有点哀愁。

朋友去拜祭他的父亲，每次归来，都忍不住要大醉一场。有一次，他忍不住叹息："望着我爹严肃的照片，想着我年少时，就很少见到他的笑容。倒是我的爷爷，每见到我就笑盈盈的。我就想，我要早点结婚生子，等我有了儿子，我爹见了，一定笑口常开。不是说隔代亲吗？我爹一见到他孙子，肯定是笑得眼睛眯成一条缝，开心得不行。我呢，有空就给他买酒，白酒红酒洋酒，什么没喝过，都要买给他尝。那时候家里穷，每次去小店帮他打酒，我就立志要好好学习，考大学，赚大钱，买最好的酒给他喝。可是，我爹一直喝一块两毛五一斤的散装酒。有一年过年，亲戚送了两瓶好酒，也不过是十几块钱的酒，我爹想喝，可是我娘说，这个还是拿去送人吧！刘叔帮了不少忙，明天去他家，再买两包点心两瓶罐头一点水果，咱可不能失了礼数。"

说到这，朋友的眼泪竟流到了嘴角，他忙尴尬地擦去，继续忆起往昔，"我看到我爹的鼻子抽了又抽，咽了几次口水，终于没有说什么话，扫了眼那酒瓶，一低头，就去院子里扫雪了。我真的很想立即考上大学，马上工作，赚很多的钱，家里堆满了酒，让我爹可劲儿喝。可是，我大学还没毕业，我爹就走了。好在我读大三时，暑假帮人卖衣服，赚了两百多块钱。虽然只回家待了一周，但是我给我爹买了两瓶酒，不贵，西凤酒，三十多块钱一瓶。我爹看到酒，没说话，举着酒瓶上下左右地瞧，虽然面无表情，可是我知道他高兴。回家的当天晚上，我主动打开了一瓶酒，我爹呆呆地望着那酒液山泉一般流淌到酒杯里，我家没有白酒盅，就是一个玻璃杯，还有点裂了口，我特意用牙膏洗得干干净净，通透得像水晶一般，双手将酒杯送到我爹胸前。我爹也没说话，眼睛眯了一下，缓缓地接过酒杯，'吱'地就咽了下去，又眯了一下眼睛，夹了一粒花生米，细细地嚼了。我娘也没说话，只是微笑着，那一天，是我家饭桌上少有的温馨，好像空气中淌了蜜一般，没有谁说话。吃着家常的菜，却好像上品佳肴一般，喜悦、满足。"

"那年冬天，我还没放寒假呢，我爹就走了，特别仓促。就埋在我家不远的山头上。前些年，家里开山修路，我找人起了坟，就把他挪到这来了。这不，我一年去看他一次。每次看到他，我倒没觉得什么，但总忍不住看他周围的照片，想象着那些人，曾经拥有怎样的生活，爱过谁，恨过谁，受过什么伤，经历过什么磨难。嘿嘿，你说，我是不是一个文艺青年？"话音未落，举起一杯酒，"吱"地干了。豪爽！大气！

不说话，只微笑望着他。等他平静，举起杯，轻轻碰一下，干杯。朋友依旧微笑着，低头望着手中的杯。如今他可以买各种各样的好酒，光是酒柜，都满了几个。虽然他并不喜欢喝酒，却时常斟上一杯细啜。

孟子云，人生一痛是"子欲养而亲不待"，我倒不觉得这有什么痛，除非，亲人活着的时候，你当他不存在，爱理不理的。只要彼此都活着，互相珍惜着，哪怕只相处了一天，那也没什么好遗憾。有时会打趣，"你才不是难过你父亲没有喝到你买的好酒，你不过是觉得没人欣赏你的成就罢了。想嘚瑟一下自己多有本事，想买啥酒买啥酒。这嘚瑟，当然要找熟人下手啊！亲戚朋友，最好是至亲，让他们觉得生了你真是赚大了！你看，比你们强吧！你们只能买最低端的酒，你看你们的儿子，买一千元的酒，那就跟玩儿似的。当然，你一天喝半瓶就好，要是一天好几瓶，那压力也是不小啊！"朋友几乎笑抽，恨不能像儿时那般围着桌子满屋追着跑，边跑边笑边打，好像我们还在童年。

　　如果时光能够锁住，我们生了本领，却不长大，亲人也不会变老，那该多好！

旧物新生

冬雨凄迷，气温一降再降。

最怕在雨天开车，不到十千米，接连四单车祸，撞得不严重，却成围城之势，右转的下不去，直行的挤不动，左转的，根本不用想，没个半小时，别想动一动。万能交警呼啸着冲开一条血路，不停闪烁的摩托车尾灯，真是暖心之物，即刻安定下来，知道快要泄洪了。

时快时慢地，终于冲出包围圈，边看手机导航边听收音机，得知前方还有一单追尾，立即右转左拐地换了一条路，叹息着，都是手机惹的祸！没有手机的时候，这城市没有这么繁华，那时开车是开车，除了听 CD 就是收音机，一心一意地开着车。有了智能手机，一切都变了样子，我自己都控制不住，常常一边开车一边看微信，一边打电话一边发短信，都说一心不能二用，可是你看看周围，红灯转绿了，打头的车还不动，十有八九是在玩手机。追尾、剐蹭事故亦是如此，十有八九是在玩手机。当然，不能把责任都推到手机上，手机的功能众多代表着科技的进步，因为玩手机惹出了事，只能证明玩手机的人太空虚。

是谁曾经说过：科技越进步，人类越空虚，朋友越少，亲情越淡？好像是我。

归家时已近七点，室内外温度几乎相同，不到七摄氏度。进屋就开了暖气，客厅、卧室、书房，换了厚厚的家居服，塞进软软的沙发里，不想动。拿起手机看小说，越加沉迷于虚幻世界。

突然想起今天有一百五十二年一遇的红蓝月亮，走到窗前，依旧是微微的雨。看来，这难得一遇的月全食，深圳是无缘了。当然，即使有缘，我也懒得看。一想到当年，为了看月全食，半夜三更守在凛冽的海边，周边长枪短炮，唯有自己捧着一枚手机，却兴高采烈地，以为自己是个盖世英雄，哪怕普通的苹果手机也能拍出美轮美奂的绝世妙图来。叹息一声，打小我就喜欢凑热闹，还不自量力，以为自己多优秀。好在无数个巴掌拍过来，终于清醒，我不过是凡夫俗子、普通妇人，守着平凡的锅碗瓢盆过着平静的日子。真好！陷于平凡、安于平凡，终有一日也将乐于平凡。

拉上窗帘，遮住窗外的风雨，各个房间扫了一圈，门窗紧闭后的小家，暖洋洋的，对镜一看，一个像藏族妇女样的红脸蛋，面目平静，目光呆滞，赶紧扯了下嘴角，镜中那个喜洋洋的妇人，才是我的真面目。

　　煮水泡茶，又将一张保湿面膜泡在热水盆里。打开一饼08年的冰岛，高冲低泡，凛冽的香气拂面，终于有了浅淡的喜悦。多么喜欢茶香、咖啡香、百合香、檀香这些让人温暖的香气啊！有尘世的安稳、虚无的满足、安定的力量，让你在一呼一吸间，忘却烦忧。然而百合要放得远远的，不时袭来的淡淡甜香才好，如果就在身侧，用不上五分钟，就有呕吐的冲动。一切你喜欢的人与物，保持距离，留少许想象与神秘，才是人间正解。

　　茶台前的鸢尾花有些枯了，睡莲半掩着脸，再看电视柜上艳红的玫瑰、猩红的康乃馨都有些蔫，缓缓站起身，一手一瓶花奔了厨房，换水、修剪、加保鲜液，一忙就是半个小时，我的时间都去了哪里？皆是这样细碎又冗长的无用之用上。可是，它们让我的心安静又舒适。

　　旧年失手打烂了至爱的紫砂壶，经铜匠的巧手，如今又焕发了青春，18K金钉将失散的兄弟缝合，一粒两粒三粒，经过无数次的高温冲淋与茶汁的浸润，如今他们喜获新生，灯光下闪烁着温润的光，不耀眼亦不能被埋没。想起谦谦君子，温润如玉，说的就是这些披着金衣，内藏丰富却温柔低调的所在吧！

　　壶水烧开，让它略微平静，轻举高抬，照着壶身淋去，瞬间蒸腾的雾气，熏得微笑着的眼浅浅地溢出了泪。

　　临睡前检阅微信朋友圈，一惊。立即推开了窗，哪里有什么雨，清冷冷的夜色里，晴朗的夜空中一轮圆满丰硕的月亮，缓缓穿梭在云层中，好像从不曾经历风雨，祥和平静。

烂桃花也是桃花

这几天的天空，蓝得像海洋，透明得像天堂。一团团的白云像无所依靠的流浪儿，茫然地东飘西荡，一副无所谓的样子。真美！

没想到黄昏的一场大雨，不少路段被水浸得寸步难行，无数行人车辆堵在路上。更没想到的是，雨来得快走得更快，不到半小时，雨停了，正西下的太阳又露出温柔的笑脸，渐暗的天空又蹦蹦跳跳地鲜亮起来，天边无数金光，伴着艳丽的晚霞，仿佛一幅刚刚绘制完成的巨幅油画，无数堵在路口的行人抬起头来，被这壮美的天空感染，脸上生了少有的光辉。

王大美近来消沉，闷热苦湿的天气，没胃口吃饭，偏偏工作压得喘不过气来。如果同事得力，上司可心，这日子也就安生了去，偏偏总与猪摔跤，累得心力交瘁。

听闻大乐，马上告知自己亦不舒坦，人到中年万事休，本想着安度余生，却不明白这生活是怎么了，像我这种处于半退休状态的人，怎么也会碰到狼藉的中年？工作任务前所未有的重，一件不成，又来三件。吓得我手忙脚乱，总算没惹出是非，平安度过。正所谓做得多、错得多，不做就啥错误也没有。我是宁愿啥也别做，只求啥也别错。可是谁能躲得过被安排的命运？

昨晚下班归家已近八点，饿得头晕。进家就像无头苍蝇般在厨房、冰箱里翻找，想寻点什么东西来吃。自从——同学高考结束，咱家可食用的东西愈发见少，除了水果与冷冻的牛排，啥也没有。正失望，在——同学的床头柜里竟搜出一包快过期的方便面来，犹豫了一下，总不能夜半煮方便面吧？那可真是增肥利器。

正茫然，王大美打来电话，说正一个人荡在欢乐世界，欢乐是别人的，失落是自己的。问我可有时间饮一杯？正合我意。

打了车奔去，远远地看到她身着黑色修身长裙孤寂寂伫立在喷泉角落。只有五六米的距离，她还茫然地向远方搜寻。笑了一声，"嘿，这呐！远远看到一个大头，就知道是你。"听得这句，王大美笑得眼角塞满了笑，娇滴滴地骂了声"讨厌！"，立即转身同行，奔了最热门的小酒吧，她叫了啤酒，我叫了水果酒，就着音乐、喧嚣与周边的欢笑碰杯。

刚聊了几句，两个人就起了烦躁。没办法，人到中年，竟去不得热闹的地方，好像热闹不再属于我们，我们只能在静寂寂的处所轻谈或发呆。相视一笑，奔了台湾奶茶店。这几年，芝士调茶一类的饮料流行开来，一杯冰普洱、冰红茶或冰绿茶上堆了厚厚一层打成奶泡的咸芝士，一口吸落，有表面的咸香、茶的轻甜，好像壮汉搂了纤细的美娇娘，颇有相合之意。然而我一直不太喜欢，奶茶的味道太好，总会怀疑是加了不知名的香料。配上咸芝士绝对是意外之喜，搭配得让你惊艳，可是那茶总透着轻薄之意，入了喉咙口，刮肌刺肤的，不甚舒爽。我对茶的要求较高，总想着这一生喝得有限，要喝得心安肠妥。

聊得开心，她吐槽同事、恶评供应商，笑得两个人眉眼温柔，几乎如同这夜色中的一部分，安静、美好。

听到她又遇到烂桃花，笑得我牙开嘴裂的，像个恶趣味的婆娘，就愿意听到别人受苦。供应商四十多岁，有着蓬勃的爱心，一见面就握住她的手不放，一迭声地赞她能力强、笑容温暖、身材好、谈吐佳。以为不过是三两天的新鲜劲儿，没想到人家越挫越勇。明明离了两次婚，又与一个八〇后同居着，见着美艳的王大美，又生了汹涌的激情。

真没想到，年过四十的男人还这么生猛，激情不断。王大美说自己有男朋友了，人家也不羞，竟然笑生生地答，"我做你备胎呗！只要你需要，我翻过千山万水地投奔你。"嘿！见过不要脸的，没见过这么不要脸的！王大美几乎骂娘，"奶奶的，我又不是破车，我要备胎做什么？"即刻黑脸。工作当然不能断，但是脸色就生了端庄，能不送上笑容就绝不多看一眼。然而那男人很受用，觉得这是追逐路上的小情趣，倍添动力追逐。

听得我是枯枝乱颤，笑如风中弱柳。这真是夏日里的冰啤酒，可人可意的清爽舒心。你这遇到的是烂桃花，全当丰富装点了我们苦寂的生活。这要是真桃花，你哪有空来寻我玩儿？正所谓真心话，大冒险。听了这话的王大美差点站起身来抽我。

人到中年，你要明白：哪有什么真朋友，不过是寂寞人生路上的相伴。只有你存在着利用价值、被需要，朋友才不离不弃，常常联系。

昨夜归家，天边最后一丝晚霞尚迟疑地舞蹈，立在窗边，看渐渐黯淡的夜色，终于将美丽光辉的万物掩了去。突然就想喝啤酒，最好是冰凉凉的，去楼下寻，还是开了从山姆背回来的最贵的那桶啤酒呢？叫了邻居，那厮立即欢天喜地冲了过来，两个人伴着一碟黄飞红炸花生，一杯一杯地消了烦躁，与那徐徐不断的知了声一起渐渐渴睡。

这酷热的夏夜，怎么能没有一杯冰啤酒呢？这是安神助眠的夏夜利器，给我们勇气，鼓励我们不断向前。

酒　鬼

清晨醒来，打扫阳台与茶台，煮水泡茶，闲翻旧书。

黄永玉的画有种天真生动的美，是入世的亲切。他不是那种远离人世生活的画家，他笔下的画与文字，从容自由，令人叹为观止。

年近九十的黄永玉写了一幅字：世界长大了，我他妈也老了。想象着一个顽皮且富有的小老头瞪着渴盼的眼神，望着这日益繁华而宽容的世界，那种生不逢时，恨不能回到中年时的失望，顿时生了亲切。世间种种，只有无法拥有，才最为珍贵。

虽然不懂艺术，但一直喜欢这世间美好的种种。一直不太喜欢中国画，总觉得不像油画那样隆重而写实。我喜欢真实又美好的人与物。可是黄永玉的画，有种朴拙的苦中作乐的情

李卫璋 / 插图

绪，让你不自主地微笑，坦然面对种种不公平的待遇。但凡拥有小小欢乐，已觉人生富足。虽然他后期的作品总让你以为是日本漫画，却也是踏实地欢喜。

黄永玉最让老百姓熟知的作品，不仅是他的画，他的文，更是他设计的酒鬼白酒的包装瓶，我收藏了好几支呢。二十世纪八十年代中期，黄永玉回到老家湘西凤凰，看到当地的湘西酒厂就像个小作坊，主动为家乡酒厂设计了酒鬼的包装瓶。据说，当时就是随手将一条麻袋拿起来，剪掉了四分之三，用条绳子一系就送给厂长，说这就是我设计的包装。厂长找人用陶土生产出来后，惊艳一方，湘西酒厂从此名声大振，成为全国十大名酒之一。当然，湘西的水好、酒好，也是其中一个原因。

黄永玉喜欢戴贝雷帽，感觉很酷，又喜欢叼大烟斗，平白添了几分贵气。我觉得吸烟的男人好丑，可是叼烟斗的男人就很帅，好像坐在麻将台边，手里拿着清一色，顺手一摸底牌，转手将牌一推，不但糊了，还糊了个大的。有一种凯旋之后接受万民景仰的大将军般的威风。

不管是男人女人，活到九十都蛮辛苦，如果生活还能自理，已是老天眷顾；如果还能赚钱，那简直就是天上人间难寻的珍贵；如果这个人还是一心一意一生一世一双人的，那、那就是根本不可能存在的事！偏偏黄永玉就是这样一个人。

他对太太张梅溪极尽宠爱。当年，张梅溪出身富贵之家，爸爸是个将军，却从来没有嫌弃他贫穷的出身。可是这世间负心的人多了去，唯有黄永玉，分外珍贵。

周末闲闲地翻着黄永玉的画，想着他写过《比我老的老头》，想着他追求妻子时的狡猾，想着他那波澜起伏最终舒适的一生，忍不住微微地笑了。

愿天下有情人终成眷属，愿世间多些美好、多些幸福、多些快乐！

愿你我出走半生，归来依旧少年！

离 骚

　　老友送了几个自制月饼，却不肯离去，虽然我不停赞美她做的冰皮月饼天下无双，依旧无法消解她脸上的不快。

　　煮水泡茶，没想到，茶还没喝上，她就开始发牢骚，说她同事着实让人讨厌，明明是中人之姿，偏偏自信心爆棚，不管是生意伙伴、同事、朋友，哪怕是天王老子面前也是一脸的傲骄，自认是天下第二的美女。至于天下第一，那是天上的嫦娥。反正她是最美的姑娘，就对啦！

　　气得老友不能提她的名字，就连想起她，都要烦躁不安，从脚底板升起一股怒火来。望着她因为激动稍显变形的眉眼，轻轻饮尽杯中的茶，淡淡弹出一句："人家认为自己天下最美，关你什么事？她是最美，还是最丑，都不会影响你的生活与工作啊，你生什么气？"

老友"嘭"地放下杯子,"是不关我事啊!可是她这样骄傲的模样,无时无刻不以风骚姿态撩人,以为身边皆是裙下之臣的态度,让周边的人很不爽啊!明明长了一张驴脸,五官也平常,不过是因为瘦点、白点、学历高点,会几门外语,就自信成这样,多招人烦啊!"话音未落,老友就缩在沙发里一抽一搐地傻笑起来……

茶最消食,不一会儿,竟有点饿。打开老友做的冰皮月饼,一口咬下去,软软糯糯,清甜滑润。一直喜欢吃糯软的食物,每次吃的时候,总控制不住食量,就像没有自信心的人,遇到了仰慕的爱人,即刻低微到尘埃中,不由自主地奉献、围绕,哪怕被人抛弃,也总是在寻找自己的原因。除了苛求自己,从不强求别人,于是活得很累,很不快乐。

做人,还是要有自信心,不断发现自己的优点,哪怕一张驴脸一身肥肉,也要信心爆棚,觉得自己是天下无双的美人。

有自信,得快乐;有风骚,得裙臣。

流光，冬至

不经意间，又到冬至。

古人说：冬至者，阴极之至，阳气始生。日南至，日短之至，日影长之至。冬至起，就进入了一年中最寒冷的时候，当然要吃点好的。古人生活水平低，没事就要找个由头吃点喝点，恨不能天天过节。北方的习俗是吃饺子，反正只要是节日，北方人就只记得水饺，就像他们的性格一样，简单粗暴直截了当。不像南方人，选择多，花样繁，哪怕天天过节，吃的也不会重样。公司一早发了通知，说是冬至食堂吃汤圆，外带枣泥糕、三明治与羊肉汤。看一眼就晕了，这古今中外结合的，有点吓人。没办法，公司年轻人多，管饭堂的又是个山东人，所以三明治与羊肉汤就摆上台。据说冬至喝羊肉汤，是山东人的习俗，有驱除寒冷的意头。好吧！虽然我不喜欢喝羊肉汤，哪怕放了多多的胡椒粉与香菜，总觉得有腥膻之气，喝半碗，臊一天。

毕业实习时，亲戚联系了辽宁的一家工厂，咱这个文静秀气的小姑娘就混进了一群五大三粗的工人间。虽然安排在技术科，其实不过是坐了几个戴眼镜的壮汉，但凡进了车间，换了工作服，言语的粗俗、行为的豪放，只比工人多了稍许的约束。一转身进了办公室，脱了工作服，换了西装，再坐在办公椅上，慢悠悠喝着茉莉花茶时，人人脸上都生了儒雅之气，言语间少了粗话，多了文言。虽然没有什么见识，我亦懂得环境造就品质。心里暗暗思量，毕业后是不能进工厂的，我不想成为一个上班时边织毛衣，边讲同事闲话的人；也不想成为一个换了工作服，为了表示与工人打成一片，钻进机器下满身油污的人；更不想与工人一起去吃小饭店，你的口水、我的口水混在一口大锅里，你争我抢地夹着菜，在此起彼伏的嘴巴"叭叭"声中大嚼着热乎乎的大鱼大肉，大口大口地喝着几元钱的白酒。你看，二十岁的我，就有远见。

实习即将结束，准备回学校报到，就可以放寒假回家了。有点小兴奋，就连在各科室间跑腿，脸上都多了笑意。那一天，依旧是寒冷，一直不明白，明明是靠近中原了，辽宁的冬天怎么会那么冷？出门眉发皆白，进门满眼雾气，好像进了仙境。工厂很大，各科室处在不同的楼宇，好在我年轻，腿脚灵活，科长不时丢过几页材料，让我送到不同的科室去。那天科长心情大好，临近中午，一挥胳膊，带着七八个工程师奔了清真饭店，当然也带上了我。

299

挥开厚重的棉布门帘，那股子牛羊肉特有的厚重的腥臊气差点打了我一个跟头，闭了气，跟着人走。暖气很足，那腥臊气越发的重。科长很大气，叫足了大大碟的羊头、炖羊肉、酱牛肉与脸盆大的羊杂汤。进门时还一脸斯文的工程师皆脱了厚重的皮夹克、羽绒服，甩起胳膊边喝酒边吃菜，我望着香菜碧绿，羊肉、羊血、羊肚丰富的一碗汤，胃口大开，却不敢多吃，我对牛羊肉皆不喜，唯爱猪肉。可是，寒冷的冬天，喝上一碗热乎乎的羊杂汤，不是暖胃暖人吗？偏偏我不喜欢。

然而旁人吃得欢，嚼肉咽汤声此起彼伏。小小口地捡些胡萝卜土豆吃了，出了饭店，迎上冰冷刺骨的空气，满腔满腹的纠结委屈般，千愁万绪地涌上来，一低头，吐了满地。自己都觉得丢脸，好像自己命贱，没福分享受稍好的东西似的。科长转头看了一眼，叫人照顾一下我，兀自向前去。明明吃得不多，偏偏吐得丰富，望着冰雪满地的路上喷了绿的黄的褐色的食材，好像油画似的，又真实又虚幻。好在，毕业后没有进工厂，没有从事自己不喜欢的职业。就像那碗明明好看又好吃的羊肉汤，进了不喜欢它的人的肚子里，就只能吐出来。

冬至大过年，必须吃点好的。你今天吃了什么？

在这一年中黑夜最长的一天，你将与谁共度？又将怎样度过呢？

300

漏网之鱼

　　踏进八月的门槛，老天爷好像热情大放送一般，每一天都是三十五摄氏度以上的高温，几乎热晕过去。想起五月的阴寒，顿生怀念。

　　脸晒伤了，又红又肿，就连手臂也伤到，一碰就针刺一般的疼。最怕停在露天停车场，一打开车门，那热浪几乎有七十摄氏度，完全可以蒸熟鸡蛋。

　　天空好美，美得让人沉醉。瓦蓝瓦蓝的天空上间或飘聚着大朵大朵的白云，梦幻一般，让你想驻足，想触摸，想亲吻。

　　去业务单位办事，许是生意大好，大中午的，请我们几个去吃大餐，龙虾鲍鱼东星斑的，非常奢豪，喜得我嘴都合不上。曾几何时，我最爱鲍汁捞饭，如果不是计较体重，鲍汁一滴都不会剩。现如今，最多是半碗米饭，余下的半碗，再美味

301

的菜肴相伴，也不敢送进嘴里。相谈甚欢，说起旧时光，聊起旧相识，还有未来可能会有的交集，大家都努力往一起凑，说些讨喜的话。我是越来越喜欢有钱人了。尤其是富二代！他们没有忧患意识，心态也非常阳光，打小的锦衣玉食，无忧柴米，他们中的人多是良善之人，热心公益，乐于助人，无论是心理还是语言上，不偏激不刻薄，跟我们这些七十年代生人，完全不是一个地球上的生物。

公司副总近来减肥效果极佳。同时戒烟减肥的人，应该很少吧！生而为人，都是喜欢享乐、怕苦畏难的。偏偏他是个勇敢的人，竟然同一时间做两件极其艰苦的事！真让人敬佩。只是我私下里不敢相信他会成功。就连他自己，这几天也在念叨："这男人要是把烟都给戒了，那得多狠的心啊！心狠成这样，这人得多可怕！"笑抽！这是给自己找台阶下吗？不敢问，只假假地笑着。

戒烟，据说很难。但更难的是，同时戒烟戒肉戒主食。听到都觉得怕。偏偏这个人极是勇猛，真的坚持了一周。七天啊！一想到面条呀，包子呀，米饭呀，各种点心呀，全都不能吃，眼泪几乎要流成河，而那勇猛的神闷头吃菜，扫都不扫一眼那些美丽精致的主食，几乎让我送上最崇敬的惊恐。

那一天，看到他捏着一根别人敬来的香烟，缓缓送到鼻下嗅着，先是浅吸，然后深嗅，仿佛终于见到了日思夜想的恋人，那种深情而惆怅的眼神，几乎将我融化。我很想冲上前去，抢把打火机帮他把烟点上。

哈哈哈！我是个坏人。我以为他会不停地嗅，就像终于相见的爱人，那拥抱与亲吻，一定是停不下来的，然而他只闻了两分钟，就将那烟送到别人手上，一转身，望向别处。我想，那一刻，他的心，定是充满了绝望。送到别人手上的，不是烟，而是他至爱的姑娘，曾经山盟海誓，曾经以为白首一生的恋人，他竟拱手让给了别人。当她终于不再属于他，哪怕他终于再追回她，中间断隔的岁月，终于生了裂痕，不复最初的纯真。他，曾抛弃了她。

出差几天，瘦了不止三斤，利用周末时间，狠狠地找补，终于回归了原重，不是不难过的。如果再瘦三斤，我的体重将是多么标准。可是，但凡周末，那食物与嘴唇、喉齿的亲密，总是爱不够啊！吃了这样，又想那样，偏偏吃的，没什么好东西，都是长脂促肉的。尤其是空虚无聊时，总想吃巧克力与甜点，每每入口的瞬间，彷徨无依的心，即刻安定。我一定会是枚大胖子，在不久的将来。一念及此，分外心慌，立即吃块奥利奥饼干压惊。

收拾鞋柜，惊觉走廊鞋柜里的鞋子少了大半，竟然有人偷鞋？自己个儿先被吓倒了。全部清理才发现，丢的基本上是运动鞋。我有七八双运动鞋，女儿的运动鞋也不少，不过她只穿自己最喜欢的一对，其他的，你们谁愿意买来都无所谓，反正就是不穿。非要把一双鞋子穿烂，烂到不能穿，她还舍不得丢。

有时她娘就会多虑：这要是爱上一个人，哪怕对方坏得掉渣，她也不离不弃，那可怎么好？还不如博爱些，哪个好，就要哪一个呢。百般劝导，人家依旧只穿那变了形的一对。气得她娘今天散步穿黑色，明天跑步穿蓝色，晚上散步穿粉色，反正就是要晒。虽然人家根本不在意。这一收拾不打紧，竟然在门厅鞋柜里找到一对运动鞋，哈哈哈，这是漏网之鱼呢。

这下好，除了这一对，我竟没有运动鞋了。可是心里还是充满欣喜，有，好过没有啊！

如果时时有这样的觉悟，生活还会不美好吗？得到你想要的，是幸福。得不到，亦充满希冀，下一次，一定会有更好收获！我必将成为更加美好的自己！时时振臂高呼，假装这一切都是真的。

苦尽甘来的，哪是幸福？

刚刚热了几天，一场淋漓的冬雨，气温陡降。昨天穿了长裙长靴，配了羊毛大衣，还是寒得缩脖收颈的，少了优雅从容。

阿娟约了晚餐，到了餐厅，已近七点，一帮老友还围坐在茶台边讲笑得欢。好久不见！围桌坐定，三杯五盏下来，说些熟悉的人与事，浮躁的心情缓缓沉静下来，微笑着望着一起慢慢变老的朋友，有点唏嘘，亦安慰。

刚来深圳就与阿娟投缘。那时的她青春靓丽，站在一群女孩子里，颇有些鹤立鸡群的味道。她当年的男朋友高大帅气，如今结婚十多年，两人还是恩爱有加，让人羡慕。望着穿着半袖修身大摆裙的她，飘荡在餐桌四周，这个干杯，那个一口饮，真是豪爽！我多想像她一样，只怕不用半小时，酒醉倒地被抬出去。一把年纪还出来丢人，那绝不只是修养问题，内心深处的空虚、身体的衰老、情感的孤独缺一不可。但凡幸福的人，哪会大醉？

前天晚上，公司宴请客户。半小时功夫，左侧的中年女子闷闷地，三五杯葡萄酒就进了肚。大家正聊着，身侧一暖，一张憔悴的脸歪下去，吐得嚣张。好在我身手敏捷，鞋子裤子还保持着干净，然而艳红的地毯上喷绘了一幅复杂的花色，那女人还算有半丝清醒，掩着半边脸闷声说，有点感冒，不舒服。马上叫人送了她归家，然而这房间是坐不得了，大家换到茶房继续说了几句，闷闷地散了。归家的路，一直牵挂着那女人，四十岁的年纪，谈吐与修饰都不差，听说住在香蜜湖，家底不薄。人到中年，肯这样醉酒于陌生人前的，总含着无数的悲屈，埋着藏着，亦压不住那漫无止境的绝望。

阿娟走过来，轻声询问近来的情况，突然说起同事过的阿丽，霎时眼角眉梢皆是激动，"你知道吗？她复婚了！前夫走了一段弯路，终于顾念起儿子与她。真好！她守了两年，终于苦尽甘来。真好！"边说边笑，满眼角的放射线如冬尽春来的菊花，怒放一如翻身做主、扬眉吐气。我笑她："瞧你激动的，好像是你复了婚一样！"

不多表达自己的情绪，微笑着干杯，轻拍一下她的手臂，转头坐下。说什么苦尽甘来？两个人一起挨过苦，最后共同迎接成功结局的，才是甘来。但凡这种尝透一方背叛的煎熬，苦尽才来的，哪是幸福？再美好的现在，再舒适的生活，亦掩藏不了曾经受过的伤害！那些无数静夜里含着的泪，疯狂的悲苦绝望，掩在被窝里的长夜痛哭，哪里会忘记呢？如果真的爱一个人，哪会让她受到另一个女人恶意的践踏伤害？但凡回头，不过是算计后的规划，合计了无数的得失，得出最利己的结果。

李健在《一往情深的恋人》中唱道："如果不能陪你到最后，是否后悔当初我们牵手……如果我能陪你到最后，是否原谅我曾放开的手……"这是站在男人角度上唱出的心声，有着少许疑惑，更多的是施恩后的自以为是。作为女人，如果被爱人伤害，还是接受对方回头，亦是计来算去，无奈之举。如果她有更好选择，如果不是为了孩子考虑，她恨不能让他消失，再也不见。如今重新在一起，不过是过日子罢了。

扶桑花开

沿小区外围散步，最是舒适。

自从多年前的某个黄昏，街头散步时被抢了手机，总不敢独行，更不敢夜行。但凡天色稍暗，身后有点动静，总是惊心。又想回头看看何人跟进，又怕回头见到暴徒的脸，被一棒子敲晕，受伤还好，只怕敲傻或是没命。没命也不是特别可怕，最怕是残了瘫了傻了，那这余生，是活着好呢，还是死了好呢？只怕也由不得自己，可怜了家人。

这样胡思乱想着，就混进了中年。依旧不敢在暗夜里行走，除非成群结队的，又或者在小区附近漫步。成熟的老社区配套设施差了些，可是管理却不错，几百米就可见到保安巡逻，过往的亦多是熟悉的面孔，虽然不知道名字，却清楚是本小区住户。只要见到熟悉的人，总增了安全感。

正是白兰花繁茂时，缓缓行着，不时抬头望着清秀的白兰树，翩翩若舞的白兰花藏在青翠的枝叶间，来到南方后，才知道白兰花与玉兰并不是同一种，它可比玉兰花香多了，亦不似玉兰那般富贵傲骄，是穿了白衣热爱跳舞的邻家小妹，只能远远嗅着，一旦摘下，筋骨俱断，过了一夜就成了死鱼眼珠子、枯萎的老太婆。呆呆地走着，却走不出白兰花的怀抱，鼻尖、发梢皆染了甜蜜蜜的香，整个人晕酡酡，好像沉迷恋爱中的少女，脚步轻快，眼角温柔。

一转弯，突出的一枝红花轻拂着额头，停下脚步，竟是一朵绽放的扶桑花。哦！扶桑花又开了。春节到现在，它们不知疲倦地开着，不管是朝阳下，还是落日时，它们时时以最明媚的红艳在微风中摇摆，灿烂得像十三四岁的少年，奔放又单纯，全无忧愁，没心没肺地开。

爷爷最擅种花，夏天的院子里，五彩缤纷。大盆栽种的，不是夹竹桃，就是扶桑。夹竹桃的枝叶有毒，家里孩子多，爷爷常提醒我们别碰，可是那花开时真是满枝满树，花期又久，总让爷爷一边担心着一边不忍心抛弃，这样纠结中，就种了几十年。而扶桑花，爷爷爱极，春末搬到院子里，秋末又移回有暖气的房间，修剪去多余的枝干，再仔细用塑料薄膜一层层包裹着，整个冬天，扶桑花了无生气，枯干着蜷缩着，让你莫名地担心它的生死。五一过后，北方的春天才真正来到，等到院子里长出第一根野草，爷爷费力地又搬又抬，将冬眠了半年的花树挪到院子里。

扶桑终于迎来了春天。初初长出的叶子羞答答的，半蜷着身子，直到第二片、第三片叶子皆冒出柔黄的小尖尖，第一片叶子才舒展开来，颜色亦慢慢绿起来，终于长出了叶子该有的模样，绿、柔、嫩又大方，当第一朵花苞横空出世，叶子们都长累了，苍翠又老练，坦然面对着一朵又一朵的红花招摇。

北方的夏天极其短暂，扶桑好像要竭尽全力释放热情一样，不知疲倦地开放，只一朵刚歇息，那一朵立即补上。望着红艳艳、粉嘟嘟的扶桑花，我傻笑着摘一朵下来，爷爷也不阻止，只说这花摘下来，也算对得起它。这花虽然漂亮，颜色又艳丽，可惜命短，只能活一天。朝生暮死，说的就是它。你看这一批批前赴后继的，其实开的不是同一朵。你不摘下来，它今天晚上也要蔫的，半夜就掉到地上来了。这花好是好看，就是命短。

听了无来由地伤心，望着指甲捏住的这一朵，又想亲吻又想拥抱又想将它插在头上，满世界招摇，让更多的人看到它的美，别让它白白活了这一生。可是扶桑花不言不语，纤长的花蕊直挺挺地坠满了富贵的金粉，让我想起法国大革命时，被拉上断头台，踩到刽子手的脚，还不忘礼仪道歉的路易十六皇后。这就是贵族品质吧？哪怕朝生暮死，亦要热烈地开，努力地活，将最好的一面展现给别人，把最美丽的一面送给这个无情又冰冷的世界。

秋天都来了，黄瓜、西红柿、茄子秧早就想休息了，最后一批果实瑟缩着，没一个拿得出手，哪怕纯天然的地产菜蔬，亦喜欢不起来。就像你明明知道她很爱你，爱到为你生、为你死全无惧意，可是一看到那张长不开的脸，五短身材，实在是

310

喜欢不来。而扶桑不肯让自己憔悴，明明很累了，依旧满枝满挂的欢喜。第一场秋雨袭来，扶桑终于将满腔的爱倾泻完，歪眉搭眼地缩在房间的角落，等到一片片的灰绿叶子掉尽，爷爷买来塑料薄膜，轻手轻脚地一层层裹住它，眼神温柔，动作轻缓，就像面对苦恋着的姑娘，不敢说话，不敢粗鲁，一门心思只想让它过得好，不肯让它受冻挨寒。

爷爷七十大寿一过，姑姑不肯再让他住在老院子，想方设法让他搬到了楼房。北方的楼房配套齐全，唯一的缺点就是阳台，既小又没有暖气。爷爷坐在院子里，一边喝茶，一边叹息，看着陪伴多年、已长成小树模样的夹竹桃、山茶、扶桑，还有满院子的瓜果菜蔬，岁月静好啊！就是此刻，天是那么蓝，葡萄藤上早就挂了一串串结满无数绿晶晶的小葡萄，茄子成了形、豆角一条条，再过上半个月，就可以摘下来做菜了。墙角处的向日葵黄灿灿地傻笑，格桑花又细又高，绿油油的、没心没肺地往上蹿，全不知主人即将抛弃它们。

爷爷不停叮嘱房客，告诉他们养花的注意事项，一再地提醒，入了秋，可要马上把扶桑、山茶和夹竹桃搬到屋子里去，房间里不能冷，也不能热，就藏在没人住的后屋，但要记得通一片暖气，冻不死，也发不了芽，这是植物最佳过冬方式。房客唯唯诺诺地应了，很是想把老头儿推出门外，这房子马上就是他的了，他的地盘他做主。

但凡有空，爷爷总往老院子去，一下午缠在房客家里，东拉西扯的，不愿意回家。秋天刚到，淋了一场秋雨的爷爷就住了院，出院没两天，姑姑就把他送到了北京。等到第二天夏天，回到老家的爷爷安静了许多，就连老房子也不愿意去。奶奶也不提，心里却默认了房客早就将那些花呀、草啊，冻死了、扔掉了这个事实。

姑姑得了闲，带朋友去老房子闲逛，果真，原来没人住的后屋也住进了人，满屋满地的家具物品，花的影子都不见。没敢问，也没敢说。反正不让爷爷再去老房子了。爷爷心里也明镜似的，绝口不提那些花草，家里只种了两盆月季，不时搬到阳台上，或是搬到卧室。

到了南方工作后，无意间发现扶桑花就种在路边，就连普通的小区也种满了扶桑，那种惊异与欢喜，又落寞又激动。明明我们拿它当宝贝，而南方却把它当篱笆！这种落差，挺伤人的。

打电话告诉爷爷，深圳的扶桑花可多了，全当成绿化树来种，哪像咱们北方，把它当成娇贵的名花，小心呵护，多加疼爱的。爷爷在电话那一边大声笑起来，说这本来就是南方的花嘛！南橘北枳，就像咱们这没人在乎的蛤蟆油，到了南方，就成了雪蛤！啥呀！咱们一吃一盆，他们都是小碗装。哈哈哈！听到这些，我感受到爷爷声音里的释怀。

是啊！你在乎的，以为是今生最爱的，在别人眼里，可能不过就是可有可无的闲杂物品。你爱的是赵飞燕，他爱的却是杨玉环，这个世界从来没有理由可讲。扶桑花不理你是否喜欢，它兀自地开，决绝地落，开的时候灿若火焰，枯萎的时候亦干脆利落，不纠缠，不后悔。如果生命就像扶桑，我们要努力地开，每一分，每一秒，不留遗憾！

匆匆那年

装修已近尾声。想到屈指可数的日子后，即可安枕无忧，睡到大天亮，洗脸刷牙换衣着鞋一甩门，奔了公司就是清爽的一天，再无钉这砸那、联系这厂那店货比三家的各种繁杂、无头工序，整个人眼前一亮、神清气爽，见树是绿，见花是红，门口的保安都帅了两个百分比。

预约好的西门子洗碗机安装师傅一来，还没拆工具箱，眉头一皱，说是连接进水管太短、橱柜门板开孔太小，没有排水三通，这个厂家不管，速去买来。废话一句不多，转头穿鞋就走。

咋办？立即联系橱柜厂家，派人来打孔，装延长水管，接三通。科技进步真是好！生活方便又灵活。微信上一沟通，看了我发的图片，工程师马上安排了人上门，说师傅正好在附近。不用半小时即可到家，美！美得不行！一想到上午就可以搞好，中午再联系洗碗机的安装师，说不定今天就可以搞定，剩下的小工程，也许两三天就可以完结，美！美得不行！有希望有目标的人生是幸福的，好像胸口挂了开了光的玉佛，心安且定。

果真，面条还没煮熟，门铃就响了。关小火，开了门，面无表情、眼神淡漠、披一头丰盛中长发的"青春痘"做了自我介绍，了解今天工作的内容，低头套了鞋套，拎着硕大的工具箱就奔了厨房。我马上冲过去，将燃气开大，转头歉意地要求他等一会，等我两分钟，面条熟了，您再开工。看起来不到二十五岁的"青春痘"应了一声，也不多言，低头整理工具箱。

趁这工夫，我马上将筷子放进开水锅里捞两下，试探面条的成熟度，真好！手工面条就是筋道，调小火也没煮成一团泥，依旧一根是一根，根根透亮。将面条捞起放进大碗，关了火，调麻油、醋，放炸酱与辣白菜，将锅里的热水倒掉洗干净，这才端碗出了厨房，将阵地交给小厨工。

稳稳坐在餐椅上，长叹一声，为这美好的早午餐庆幸。并不急着开吃，打开手机微信群，看看老友们在做什么，黄大美发了一曲王菲演唱的《匆匆那年》，亦是我喜欢的，当即打开，循环播放，边听边吃。正吃得美，只觉得耳边有异声，咦！明明刚才在钻孔的，只钻了几下，就钻好了吗？

碗里只剩下半碗面，条条玉立又通透的面条早已与酱汁、辣白菜混成一团，黏腻腻的，不复当初的美好，可是，依旧是一碗美味的好面。年岁渐长，你不再太过在意那些外在的美好，只要用得顺手，能用，用起来不烦不躁，就是不二之选。当有更加美好的物件摆在你面前，你会犹豫，会思量，到底要不要换呢？如果换了，并不太好用，怎么处理？衣不如新，人不如旧，当然，车还是新的好，其他，好商量。

放下碗，轻轻走近厨房，门并没有关，浅浅地只见"青春痘"坐在地上，左脚支着橱柜面板，右腿耷在柜子底板上，半个脑袋伸进洗手池下，左手固定着下水管，右手扭着三通，虽然手不停，工作正在进行，可是，那抽搐的肩膀说明了，他在哭！

他在哭！

新年刚刚开始，马上就要过年，公司即将要放假，他在哭什么？轻轻退回餐桌前，假装自己什么也没有看见。王菲依旧举重若轻地唱着伤感的情歌，"如果再见不能红着眼，是否还能红着脸，就像那年匆促刻下永远一起那样美丽的谣言。如果过去还值得眷恋，别太快冰释前嫌，谁甘心就这样彼此无挂也无牵。我们要互相亏欠，要不然凭何缅怀？"

匆匆那年！谁不是匆匆走过了青春岁月呢？一直到悔恨错过的爱人，才发现，青春早已走远。那一头茂密长发、下巴好几颗青春痘的小伙子，是失恋了吗？还是想起家乡的恋人？是不是没有买到回家的火车票，还是在公司里被人欺负责怪？是与心爱的姑娘分隔两地，嫌隙渐生，渐行渐远，却舍不得说分手，想起过往的甜蜜，百种滋味涌上心头？还是恋人与他分手，转头就投奔好友怀抱？

每个女人都有化身福尔摩斯的潜质，不过是一首失恋情歌，一个哭泣的青年，中年妇女的心头就千思万转，设想了无数可能。伸手扯了几张纸巾，想送给那一边劳动一边哭泣的青年，转头一想，万一青年看到传递着温暖温情的纸巾，会不会羞愧呢？毕竟也吃了二十多年的盐，在别人家里工作着呐，居然痛哭，这像什么话？青年会不会羞愧而死，转头就往外跑呢？又或者青年太过羞愧，愧而生怒，头上的柜面上就排列着几把大小不一皆锋利的菜刀，万一他冲动呢？又或者接过纸巾，边擦眼泪边愈加感动，更加泣不成声，转头就扑倒在中年妇女身上，搂着你的脖子号啕，你是搂还是不搂呢？又或者他倒在你怀里哭着哭着，突然觉得这个女人还不错，挺温暖挺善良的，转头给你一个吻，激动之上再冲动起来爱上你呢？

呀！打住打住！戏精上身，势不可当。这纸巾还在手里呢，戏路直奔三级片了哈！迅速将纸巾扔到餐桌上，假装什么也没有发生，默默坐下来。继续嚼我那一碗已凉掉了的面，一根、两根，吃着吃着，一碗面就见了底，可是依旧坐在餐椅上。

王菲继续哀怨地唱，我轻轻滑开一页又一页的公众号，从视觉志到小林漫画，一篇篇打开，连留言区也不错过，一个个读下来，发现留言的精彩不亚于文章，真好！

阅读的人是美丽的，哪怕留言里有愤有恨，这表明大家是活生生的人，七情六欲完整，肯表达、肯沟通的，才会越来越阳光健康。青春期的我们，都走了太多弯路，不擅沟通，不愿表达，再多的苦再大的怨也藏在心底，不肯在心爱的人面前低头。当爱渐行渐远渐无声息后，才发现自己错过了最真最纯的美好。

叹息，想起自己错失过的人，想起自己走过的弯路。真好！"厚颜无耻"的人最容易得到幸福，因为他们愿意表现自己的软弱，呈现最真的心。

终于，厨房里没有了嘈杂的声息，他打开水笼头试水，可能顺手洗了脸。又过了一会儿，听得一声低低的呼唤："小姐，您过来看看！"我暗自吸了口气，堆满了笑走进厨房，扫了眼柜板上的孔，水槽下安装好的三通与接长了的水管，也不看他的脸，只连声说好。"青春痘"低下身收拾好工具箱，低头从身边经过，闷闷地出了门，电梯一开，头也不回地踏进去，我那憋了两分钟的气才顺利地大口呼出来。

空旷的房间里，餐桌上的手机依旧在唱，"不怪那天太冷，泪滴水成冰，春风也一样没吹进凝固的照片。不怪每一个人没能完整爱一遍，是岁月善意落下残缺的悬念。如果再见不能红着眼，是否还能红着脸？"不！我才不要红着眼红着脸，既然匆匆走过的爱恋，就当它没有发生，你不曾爱过我，我也不曾爱过你。

如果再见，全当不曾相恋。我们都是结实又稳妥的陌生人，擦肩而过，不带一丝温暖或遗憾。

八月看又过

　　晴了一天，临到傍晚，突降暴雨。望着窗外雨势滂沱，天地间一团乌黑，好像负心汉刚刚发了重誓，瞬间被天打雷劈的画面。这样一想，顿生安定，煮水泡茶，反正也不急着下班，干脆等雨过路畅、车稀月明再归。

　　看到朋友晒小笼包，眼神刹那燃亮。我一直喜欢吃面点，尤其是发酵过的面包、包子一类，感觉发酵后的面食松软之余，面香浓郁，口感绵中带韧，柔软又饱满，每一口的感觉都没有变化，始终如一，暖你的胃，慰你的肠，安你的心，好像坚贞的爱情，无论疾病、困苦、磨难亦不改初衷。

　　马上电话联系高大全先生，问他何时有空，陪我去吃包子可好。高大全一直是个暖心的，哪怕明明解决不了问题，或者根本没有陪伴之意，但人家口头表达上从不曾让你失望。说你

318

想啥时吃，咱就啥时去。吃哪一家，你定。你看看，什么是合格的爱人？这就是。明知道这不过是暂时的欺骗，人家根本就是不爱吃面食的，更没什么精气神陪你吃饭，但是人家胸脯一挺，包票一打，让你心安定，觉得自己真没瞎眼、没选错爱人。这老公，那是一顶一的好。至于什么时候去吃，真的陪你去吃，那是以后要面对的问题。哪怕你坐在饭店点好了十笼包子，人家突然间有事来不了，那百分百不是他的错，概不承担任何责任。

雨渐渐息了，无数灯盏渐次亮起，照亮这城市的夜空。老友打来电话，问我吃饭了吗？要不要一起凑个热闹？老友每天都埋在饭局里，乐此不疲。一听又是平日里常凑局的其中几个，笑她，不用管儿子老公，就顾着外面的野草，这样子不怕老公有意见？就是老公没意见，你一个半残中老年妇女，那些野草也烦了吧？老友大笑不止，极其自信，觉得这些野草有她滋润着，不知道多美，美得半夜都会乐出声来。

老友的生意越做越大，事业越发壮大，说不定哪天就能上个市，分我点原始股。这样一想，立即甜言蜜语了去，让她吃好喝好，越来越美。挂了电话，想象着老友每天做着笔记，按照姓氏笔画、岗位的重要程度、未来发展趋势、各色人等搭局的可行性、分门别类做好排列组合，按照一三五、二四六做好布局，每次六至八人不等，充分发挥饭局的重要性与必要性，势必发挥每个参与者的最大利用能势，将自己的事业做大做强。没忍住，笑眯了眼。

好吧！你们继续组局，我还是闷在办公室里看看闲书杂文。我是越来越喜欢一个人生活了，只怕是越老越孤单。好在，我也喜欢孤单。

八月过得飞快，以为才到月中，没想到，竟然要翻篇了。回顾这个月，一时竟茫然，不记得发生了些什么，好像全无意义。几乎没怎么做饭，没怎么出门，没怎么做事，没怎么快乐，也没怎么难过。就这样平平淡淡吧，希望有一个好结局。

我想要的结局，就是平静度过这一生。无悲无喜。

把悲伤留给自己

不想吃饭。

拉着王小妮在冷风嗖嗖的广场散步。也不说话，各走各的，慢慢地走，静静地走，有渐凉渐强的风声在耳边呼啸，有渐近渐远的跑车轰鸣，暗暗猜测着，这飞机俯冲地面似的噪音，是法拉利，还是保时捷跑车发出来的？

第一次亲眼看到法拉利，是在小梅沙盘山公路的休息区，对着曲折的海岸线，满眼蓝宝石般的海水，喜不自禁，蹲在路边寻找最美拍摄角度，只听得轰炸机掠过般的地动山摇，迅速站起，呆呆望向转弯处，一辆艳红的法拉利跑车迅速冲进眼底，哗！真是让人大脑充血、瞬间激情澎湃的超级跑车啊！难怪被人叫作红鬃烈马，真是野性十足，无法征服。

与朋友讲起，满眼崇拜，说我第一次看到真的法拉利，真漂亮！跟保时捷一样漂亮！朋友几乎喷出口水，想当场与我绝交，满眼鄙夷，说你什么眼光？法拉利与保时捷那是一个档次吗？两台保时捷也换不来一辆法拉利啊！跟你们这些穷人真是没法聊天。好吧！朋友是富人，有两辆车，一辆丰田，一辆沃尔沃。丰田他开，沃尔沃旅行车由太太驾驶，因为太太怕死。

随着深圳房价的高涨，能买得起房的越来越少。但是拥有几套房的，随便套现一套房子，就是大把的钱银，换车是轻松事。不说别的地方，公司新招的九五后，开保时捷上班的三五个，开宝马奔驰的一堆。可是工作起来，并不比那些坐地铁、挤公交来上班的懈怠、随意、任性。年终评比时，开保时捷上班的刘小娜得票第一。这才是让人欣慰、对这城市愈加有信心的原因所在。年轻一代哪怕家境优渥，依旧认真、努力、真诚、积极。

天气预报说，今天下午降温，周末降到六度左右，要穿最厚的棉衣了。不自觉地叹息，不知道是怕天冷，还是怕心冷。太阳躲在层层的乌云后面，感受不到一点暖意。又一次叹息，低头拿起手机，点来点去，不知道要看到什么消息。忍不住轻声哼起歌来，自动自觉，全无意识。

刚哼了几句，王小妮凑过来，直直盯住我的眼睛，"你为什么总唱这首歌？"当场愣住！我唱了什么歌？我经常唱这首歌吗？仔细地想，想不起自己唱了什么歌，于是随着意识哼出来，"能不能让我陪着你走，既然你说留不住你。回去的路有些黑暗，担心让你一个人走。"哦！原来是陈升的《把悲伤留给自己》，我竟不知道自己这么爱他。二十多年过去了，我依旧喜欢这首歌。

《把悲伤留给自己》红遍大江南北时，我还年少。因为刘若英的缘故，我特别喜欢陈升，觉得这样隐忍、有所顾忌、为了让她幸福、不肯多加伤害的有责任、有担当的男人，特别值得尊重。可是，内心深处，那不管社会责任、良心道义的小我，更希望陈升自私一点，哪怕与刘若英私奔了，什么也不要，只要快乐上一年半载，这一生，总没有遗憾吧！可是他没有！他依旧是她的师傅，让她终生仰慕、近而不得的人。那么近，那么远！

陈升长得不好看，但是才华横溢，让人无端地生了仰视，仿佛他的头顶自戴光环，第一眼就起了仰慕之心。据说他是一个很会煽情的人，提前一年预售演唱会的门票，仅限情侣购买，两个人的门票、一个人的价格。前提是，男女双方各执一联门票，一年以后，两联门票合在一起才能进场。买票的时候，情侣们都觉得，别说是一年、十年，我们一定会一生一世一双人，生生世世在一起，恩爱不断。一年后，这些专设的情侣座位空了不少，望着这空荡荡的座位，陈升演唱了这首《把悲伤留给自己》，听者心中是何滋味？陈升的心里又是什么滋味？这场演唱会的名字叫作：明年你还爱我吗？

不想回答王小妮的问题，因为我自己也不知道如何回答。王小妮并没有期待我的回答，顾自讲起陈升唱的虽然好，但另一个版本更撕心裂肺，你听过赵鹏的版本吗？赵鹏？我没听过哎！风渐起，两个人凑近来，拿着王小妮的手机听她下载的赵鹏版本，果真不愧是低音王，第一句唱出，心都在抖。

陈升唱的潇洒，一转头就是别有洞天。而赵鹏版本，那是历尽沧桑后的无奈。你走吧！既然不能在一起，我只希望你过得好。至于我好不好，你不用担心。因为，没有了你，从此以后我不会好，但是你放心，我绝不会去打扰你。只要你好！

　　第一次听他的歌，别说心在抖，脚趾头都在抖，想一个人锁在办公室里痛哭失声，好像回到失恋的二十三岁。爱而不得，夜不能寐，辗转反侧，那些得不到的人与物，是我们一生最为珍视的财宝。

　　身边的王小妮眼光晶莹，耳边的风声渐紧，而我们要回去了。两点上班。

不必在乎我是谁

是哪位哲人说过：四十岁以后，这日子，就过得流水一般，抓都抓不住。我以为二〇一八年才开了个头，定睛一看，九月即将收尾。

最近的工作压力逼人，除了上班、加班，不记得还有什么内容。每天累得落水狗一般，只盼着早点收工、早点收尾、早点结束手头的项目。终于完工，可以待在家里，大门不出，二门不迈，偏偏生了寂寞，好像除了工作，什么也不爱，蔫搭搭的提不起精神。

煮水泡茶，翻阅朋友圈。老友又跑了一个马拉松，手执奖牌炫耀成绩。热爱生活的她，一直是我学习的榜样。热爱美食，身材却一级棒；热爱锦衣，品味一流；热爱旅行，摄影视角独特；热爱交际，生意风生水起，就像一枚永动机，生机勃勃，勇往直前，妥妥的人生赢家。什么时候，我能像她一样，有目的、有追求，有格调又有钱呢？这样一想，心情就黯然。

另一个老友正在尼泊尔旅行，微信中分享了一首林忆莲的歌——《不必在乎我是谁》，只听了几句，就惹出眼泪。

林忆莲的歌声依旧是慵懒娇媚间裹着自信刚强，像这都市中行走奔波的女子，自立、顽强而又寂寞。同样是李宗盛爱过的女子，林忆莲与他的前妻朱卫茵是多么的不同，一个是传统的以夫为纲的女子，一个是我爱你，但我更爱自己的现代都市人，就像张爱玲笔下的红、白玫瑰，爱上哪一个，你都会在午夜时分，轻轻地叹息，唯有失去的那一个，才是心头的好。

林忆莲当红时，我并不喜欢她。但凡女明星，无论是影星、还是歌星，总要生得漂亮、惹人眼球，才让人喜欢得死心塌地。哪怕你是实力派，长得过于平凡，总让粉丝有点不甘心，就像嫁了一个颜值偏低的男人，但凡见到英俊的帅哥，总恨不能让身边人移头换面，人前人后满足得意。年轻的时候，谁会在意心灵呢？但凡被赞心灵美的颜值都不咋地。

直到林忆莲转投李宗盛门下，不再唱粤语快歌，一曲《不必在乎我是谁》，摇身一变成为都市强悍女子的代言人，咬字清晰强劲，吐字婉转千回，一步三回头般递过暧昧眼神，却不肯主动迈出一步，只怕会让你瞧不起。那样的独立坚强，宁肯玉碎，也不瓦全的决绝，多像我们内心希望成为的自己。

作为香港人，却以唱国语歌走红，这不能不说是个奇迹。偏偏她又与音乐鬼才李宗盛相爱，而当时的他已有妻有女。一起挨过了艰难岁月，两个人终于顶住层层阻力，相爱相守。当然不可能白头！这个世界，从来都是有送有还，有应有报。越是有阻力，越是相爱，一旦名正言顺，爱情也就走到尽头。

真正觉得林忆莲很美的时候，我的青春已近尾声。那时，她与李宗盛的婚姻已到尽头，两个人都在做着最后的努力，一曲《当爱已成往事》惹出多少伤心人的眼泪？然而最让人感动的，却是两人的分手宣言。

我喜欢这样的大气、宽容、有教养。对于相爱过的人，最基本的底线就是不相互诋毁，不相互伤害。只要分手后诋毁另一半的，我总是瞧不起。但凡真的爱过，你怎么舍得说她的不好？最起码的底线也是不提对方一句，或是只说对方的好吧！林忆莲与李宗盛给演艺圈做了个楷模，可惜肯向他们学习的，不多。

人过四十以后，你要对自己的容颜负责。哪怕你生得再美，如果没有一颗良善向上的心，也会越来越丑，让人厌憎。那些越老越美的人，一定是有一颗温柔坚定、积极乐观的心。看看现在的林忆莲，并没有被岁月憔悴，反而越来越美。不管李宗盛如何消费他们过去的感情，她从不说一句，只是温柔体面地做人。是啊！做女人，作为一个成熟的女人，就是要这样，该爱就爱，不爱就分开，像一朵风沙中也要盛放的铿锵玫瑰，自信坚定，不必在乎我是谁。

再不疯狂就老了

　　朋友的爸爸才刚过六十岁，就因病离世。巧的是，我刚刚去探望过，转眼就是阴阳两隔。

　　忍不住地唏嘘。如果我六十岁就离世了，那、那活在这人世的时间也不多了。

　　广东本地人有个习俗，客人送了吊唁白金后，主人家会返一个利是红包，最好是马上花掉，回家马上洗澡。据说这样才会顺利吉祥。

　　收了六十元的利是金，本想着顺路买点东西花掉，可是，接了个令人无限懊恼的业务电话后，就忙了起来。归家已是夜深，洗澡脱衣服，突然摸到利是封，这才想起来。总不能夜半三更去花钱吧？除了楼下的二十四小时麦当劳，真不知道去哪消费。可是这六十元去麦当劳，也忒多了些。

虽然我在广东生活多年，却并没有入乡随俗，所以全无心理负担，倒头即睡。没想到，第二天诸事不顺。堵在停车场里出不来；闯了红灯；脸晒出了斑；皮肤过敏，从头到胳膊，皮肤外露处均痒痛不止；被人暗中作梗，正所谓兴冲冲登场，讪搭搭下台，羞愧得恨不能即刻死掉。

第三天，强撑着起床，微笑着与——道别，目送着她进了电梯，还送上温柔的微笑与甜蜜的香吻。收拾好自己，下了楼，刚上了车，眼泪就止不住地淌，怎么擦，也擦不净，擦了又有，擦了又有。进了公司，总算清醒过来。解决好手头上的事，不能停止工作，一旦思维得了闲，就有千蝼万蚁噬咬心肝脾肺肾，完全不能喘气。人到中年啊，还是这样的看不穿，可怎么挨得过余生呢？

女友约午餐，不肯。人家就冲了来，拉了就走。竟是去某酒店吃下午茶。我是多么喜欢这高大上的空间。虽然点的都是茶点，还是忍不住批评她，总是这样嚣张浪费，怎么安度晚年？人家夹了个脆皮奶"哧哧"地笑，满脸的鄙夷，"谁像你？一点投资眼光也没有，劝了也不听。咱们这帮人里，有哪个像你这般穷？哪一个不是投资了不少的物业？哪像你，就知道跟着某人屁股后头擦屎！"这话，真难听！我穷，关别人什么事？我穷，可是我有骨气啊！我又没偷又没抢。我穷，可是我健康啊！

一边辩解一边就笑得透不过气来。无论你过着什么样的生活，自有它的因由。毋需报怨，那是你应得的。

吃饱了，心情都好起来。下午的工作汇报，就得以顺利进行。老大很是给力地给了个赞赏的眼神，喜得我恨不能以身相许。只是、只是肉身太老了，怕人家肠胃弱，消化不了。这样一讲，姐几个又乐得见牙不见眼。

又是夜深，才想起，那六十元还没花。马上下楼，细细地寻，终于找到经常在楼下卖水果的小贩，她还在路边微明的路灯角落摆档。过了十点，很少有营业的店铺了，好在，她还在。买了盒浙江杨梅，又来了几个山东水蜜桃，竟不到五十元，马上再来串葡萄，七十一元，真好！马上送瘟神般供出那六十元，有着瞬间喜悦的心情。

那天上午出门办事，办好后却发现，乖巧静立在停车位上的车被一无良车主堵住车头，围得严严实实。在朋友圈里发那车的牌照，说自己被堵在大太阳地里，谁认识那堵车的主儿？一小时后，当我驶出停车场，忽然听到右侧的鸣笛，一转头，看到最早回复的小施灿烂的笑脸，正想打招呼，人家油门一轰，就不见了踪影。

电话响起，一接，人家就质问："你不是堵在里面吗？怎么出来了？"有一丝惊喜忽然闪现，问他不会是来英雄救美的吧？只听到耳机里不迭的吐口水声，骂我自作多情。哈哈哈！被骂的感觉，咋这么好呢？

第二天，几个老妇女在群里探讨车子被堵的应急方案，小施也闪进来，我马上献殷勤，送咖啡与最亲切的笑脸。还没等送花呢，小施开口就骂，说昨天看到图片，正是熟悉的地方，正好又在旁边办画，马上就冲过去，反正自己的车买了全保，准备把那车撞残呢，结果，刚冲到现场，我就开出来了，恨得他啊，一身好武艺，竟无处施展。

瞬间感动，马上一连声地递笑，送花，献爱心，最后还不忘记深情告白："从来不知道你对我这么好，要不，要不我嫁给你吧！求求你了，你就收了吧！"吓得小施狂骂："你就想得美！你那么老，我要是带你出街，那不是笑得满街的牙？"

中年妇女最是无畏，又最是珍惜真挚的情感，当然不肯放弃这小树苗，继续施展嗲功，"人家说女大三，抱金砖；我就大你十岁，不就是抱金山吗？"字刚打出去，瞬间倒地者无数，群里的九个老朋友均呕吐不止，笑得水漫金山。同时热心群众立即响应、赞同、怂恿，都力劝小施就从了吧，你跟了金山，从此鸡犬升天。

结果、结果哭死了去。小施说，那他还是选个大八十岁的吧，死得快，金山来得更容易。你看，自从有了小鲜肉的加入，咱们的八婆群多了多少欢乐。虽然小施比我小了十岁，可是，那是一个善良、智慧的孩子。他指点中年妇女良多，让她们开了窍，譬如说，婚姻、爱情，还有生活方式。

小施是晚婚主义者，他说不到四十岁、没有玩够，是不会结婚的。女友无数，但是没有一个挨得过半年。分手时，没一个打破头的，最多流上几晚的泪。再见面，你好我好大家好，跟兄弟姐妹似的。你看，年轻人的生活方式，可圈可点。

人到中年后，我倒是觉得这样的生活方式是值得点赞的。年轻的时候，你经历过，玩累了，才会收起心来，专职于家庭生活。哪像当下的七〇后，年轻时没玩过，没体验过，但凡遇到个小刺激、小欣喜，就乐此不疲，全情投入，完全不顾及家庭、子女，还有爱人。

九〇后的孩子们，你们一定要好好玩、好好闹、好好享受这人世的风光，当你领略了世间各种美好，才会明白哪一样是最适合自己的。

再不疯狂，就老了。享受当下，不留遗憾。

别人家的花，都养得特别好看

一直向往着拥有一个花园。

春天开满了迎春花、一朵一朵接一朵，接连不断的，渲染着整个春天；夏天满院的格桑花，一定要深粉色。浅粉的总觉得意犹未尽，哪怕开得满庭满院，总觉得不甘心。既然只能开一回，一定要任性、热烈、恣意；秋天玫瑰盛放，深粉、深红，还要有耀眼的翠黄，全是我喜欢的浓烈色彩。这一丛、那一簇，不肯停歇地将这枯涩的秋天装点；冬天，那必须是清透、艳红的蟹爪兰，这歪一朵，那垂一群，不用找，你知道它们全在，哪怕夜深了，那些人间富贵依旧，妥妥地让你安心。

可是，幻想了这么久，我的小花园早就建成，却不肯有哪一种花陪伴我，不管是春天、夏天、秋天，还是冬天。每当兴头上来，冲到花卉市场，装满整个车厢、副驾驶座、后座，就连尾箱也堆满了花，必须是花苞满溢的。累到夜半，望着整齐簇新的阳台，心里全是满足与期待。第二天，第三天，每一天都点亮我的眼，这一盆开得好，那一盆开得艳，满身满眼的喜悦。

可是喜悦从来不肯长驻，幸福从来不会久长。

用不上半个月，花半残，叶半枯，待到一个月后，已经可以扔掉几盆了，不是不心痛的。我怎么就养不好一盆花呢？不管是玫瑰、杜鹃，还是硕大的含笑，纤细的文竹，他们从来不愿意与我一起迎接朝阳、笑送黄昏，从来不愿意长久待在我身边。

正所谓人畜无害者最无用。我就是这样的人啊！不管是亲人、朋友，肯接受我各种各样小缺点的，总是极少，相处短暂，我总是可亲；超过三五天，彼此皆厌倦，一心盼着逃离。哪怕是我亲爱的老公大人，相处超过三天，他的眉头都可以拧出水来，听到点风吹草动，立即兴奋地订上票逃之夭夭。

每个人都要孤独地度过一生，哪怕妻妾成群，子孙满堂，还是要一个人走完这路啊！谁能陪你多久呢？可是我多希望有花、有树、有酒、有书陪伴。朋友新扦插了几盆月季，艳粉的花苞亭亭玉立，听到我的赞美，立即搬到我的车上。

真好！这简直是意外之喜，不知道的人还以为是我种的呢。美滋滋地养在阳台上，隔两天浇水，天天早晚观望，期待着它盛放的时候。清晨醒来，它的花苞已半展，好像晨睡醒来慵懒娇羞，喜得我举着喷壶上下左右地喷水，蹲在地上微笑。第三天，它已全部展颜，色彩浓丽，却艳而不俗、媚而不娇，有种都市丽人的感觉，出可商务谈判，归可入厨煮食，欢喜地我拿着手机上下左右地拍照，它都烦了，我还乐着。

可是，花刚落，整株月季就蔫下来，本来饱满肥硕的叶片皆生了黄斑，喷了药，反而死得更快。闷闷地搬到垃圾箱，不舍地又回头望，满腹忧伤。为什么别人养的花，都可以开得这么好？我养的花就蔫蔫涩涩不肯长命？不能想，一想心脏隐痛。同理，别人家的投资总是成功，别人家的老公特别优秀，别人家的孩子也特别优秀。这样攀比着，总让自己不快。

从此，我的阳台没有了花，改种罗汉松，嘿，还别说，养了两年了，还活着，翠绿翠绿的，还很少掉叶。做人就是这样，总将自己的短处与人比，生活就总是烦恼苦闷；将自己的长处与别人的短处比，每天就剩下傻乐，特别满足，特别安乐。

半生缘

懂得那么多做人做事的道理，却依旧过不好这一生。

前夜没睡好，总听得窗外有动静，一会儿是推窗声、一会儿是门框晃，好像有人夜半入室偷盗，吓得不轻。几次起床开灯，大力开门，咳嗽，开亮客厅的灯，又去阳台巡视，又是泡了一壶茶，直等到天色微亮已近五点，这才倒头酣睡，直睡到七点半，匆匆叫了女儿起床自己寻早餐去，草草梳洗上班。偏偏这一天工作量惊人，中午打盹的时间都没有。

我喜欢这样忙碌的生活，就连偶尔的抱怨也带着满足的喜悦。一生不过是三万天，如果天天悠闲，还不如过上三五天就消失。我喜欢每一天都不同，至少有些不同的存在，这样才证明我还活着、还年轻、还有用。

自从家中夜半被盗，我的睡眠就差了好多。总怕夜半进了人，如果只拿些钱财，全当是给了路边的乞丐，只怕贼人不满足，伤人毁命。过于爱惜自己爱得夸张的人，都是爱生活爱得浓烈的人吧。深圳这城市外表光鲜明媚，每到下半年，城市的各个角落却滋生出隐隐的不安。外来的人多，这城市就有活力，可是来的人太多，过得不如意的就少不了，谁不想衣锦还乡？于是偷抢事件时有发生。

深圳的警力严重不足，虽然监控系统算是天罗地网，偏偏针对小偷小盗全不放在心上。有一年，朋友的办公室被盗，查到监控系统模糊影像，那小偷又是笨贼，竟用了朋友的手机往家里打电话，查到这一切，就连小偷家具体位置都查了出来，报警却无人理。大案要案还人手不足呢，谁有闲空理你这万八千价值的小案子。

昨日立秋，妈妈打来电话叫我记得吃饺子，或带着娃好好吃一餐，啃点秋膘。应了她，转头就黑脸。谁还敢啃秋膘啊？自从胖了五斤肉，这坐下站起腰腹间的一圈，不知悔了多少泪，还敢放胆吃？高大全去欧洲出差，因为是分餐制，一时放纵，把自己分到的那一份基本吃光，不过是半个月的功夫，竟长了八斤肉，妥妥地安置在腰腹间，哪怕跑了几次十千米，那颤巍巍的游泳圈亦牢固地抖动在腰腹间，人到中年啊！增肉容易减重难啊！

有不信邪的接连吃了几天夜宵，不过是鹅肠、猪血、牛百叶一类的火锅料，可好了，一周增的五六斤肉全横在腰间，吓得夜半转着呼啦圈、平板支撑也甩不脱。朋友说自己每天跑步，力求一个月内减五斤，让我一起参与，共同减重，到了月底大家检查是否减重成功。表面应着，内心却不安，只怕自己一重难轻。道理谁都懂，可是一旦懒意生，就什么道理也不管用。

吴京的电影《战狼2》大热，昨夜——同学邀请我观影，从片头到片尾，爆棚的战火燎原，可是情节实在值得推敲，好人怎么也打不死，坏人一定有报应，这是什么逻辑嘛！可是看到吴京右臂裹着国旗经过战乱区，还有片尾随同中国护照出现的一版字——中华人民共和国公民：当你在海外遭遇危险，不要放弃！请记住，在你身后，有一个强大的祖国！我忍不住热泪盈眶。电影一结束，影院里竟然不由自主地响起掌声。

我爱这国家，我爱这生活。

百无一用是书生

　　端午过后，气温飙升。

　　吃了午餐，想起多日未曾洗车，望着烈日当空，再看到温度表显示着三十五摄氏度的高温，立即转进停车场，不肯去洗车。洗车场就在公司楼后，将车放下，要顶着烈日快行五分钟回公司，一小时后再去取车。想着肤黑已如墨，再晒两下，真的羞于见人了。宁肯忍受车内的脏乱也不肯晒黑了老脸。

　　近来头发掉得厉害，随处可见乱絮般的长丝短发。房间内还好，驾驶座周围不忍目睹，像灾难现场般堵得胸口痛。虽然每次开了车门，总搜寻一下掉落的头发，这抓一把，那捏一团地扔到垃圾筒去，可是收效甚微，依旧零乱。王大美看见我将掉发随手扔进垃圾筒，做大惊状："头发不能乱扔，万一有人捡了去，复制了你的 DNA，就可以伪造杀人现场了。"瞪目

339

结舌地望着她，没办法，近来无聊兼寂寞，王大美正投入在谋杀、虐心、吸血鬼类小说中不能自拔。与一个不在同一个世界的人聊天或者争执，那就是自寻烦恼。

见我不理她，王大美马上凑过来，说前一段听我读沈复的《浮生六记》，很是仔细读了两页，这个沈复还真是浪漫多情，对陈芸的深情让人感动！如果有人这样怀念我，哇！那得多幸福。话音未落，我就怒了，"沈复那个书生呀，吃着碗里的，惦着锅里的，连养妻活女的本事都没有，还一心想着浪漫逍遥，左拥右抱。老婆死了，生活潦倒，才想起老婆在时美好的生活，写本书算什么？活着的时候，给她好的生活，那才是真爱！百无一用是书生，这个陈芸够倒霉的，哪怕嫁个商人、店小二呢，也能保证柴米无忧，偏偏嫁个没用的书生，又穷又弱还一心追逐浪漫自在，活生生被累死。要么自己个儿有本事活得好，要么找个不拖累你的老公，否则还不如一个人终老呐！"

听到一腔怒火，王大美立即明白，我最近有些不开心。笑一下，不出声。这就是老友的好处！知道你不开心，听到、看到你的不良言行，她不会指出亦不会与你争执，只静静倾听，然后假装什么也没有发生。

昨天老友相聚，大家纷纷晒自己的娃，并立即成立了一个娃娃亲微信群，定期晒娃，寻找潜在的亲家。人到中年，最大的乐趣就是晒自己的儿女，寻找可能的亲家吧。哪怕没寻到，晒到娃，是关键。

结婚两年的表妹问："如果你现在刚刚结婚，你会要孩子吗？"听到这个问题，有片刻的空白。生命不可能重来，但是如果我正当青春，我会不会结婚生子呢？见我不出声，表妹自言自语："我不想生孩子，我怕生了他，却不能保证他会快乐。就像我妈生了我，我从来不觉得感恩，不觉得生而为人有多好多快乐。虽然也有快乐，但是烦恼更多。如果可以，我宁愿没有活过。"望着那即将二十九岁的姑娘，一时之间无语。终于想到话题，"你不是很爱他的吗？他怎么说？他希望有孩子吗？"表妹"扑哧"一声乐了，一脸骄傲又有些羞涩地轻声回答："他说无所谓。我就是他的宝宝，他就是我的宝宝。"

微笑着望着一脸幸福的大妞，不出声。虽然我想说："结婚最初，大家都是相爱的。可是时间最是无情，当爱情消融，唯有孩子是维系夫妻感情的纽带，唯有孩子，才能让家庭得以保存。"可是，这话多伤人，多伤感情！唯有不语，微笑着祝福她，希望有一份爱，能纯真永驻。

虽然我不信。

女人如茶，茶如花

女人如茶。

普通的茶就像路边的野花，随手冲杯开水，不用理会味道、颜色、香气，只需解渴解闷，就像普通人家的孩子，到了一定年纪，父母一催，媒人一推，就成就了一段普通姻缘，没啥爱不爱的，只是为了有个人陪伴、传宗接代，过日子罢了。

好茶格外珍贵，需要好的器皿、水，还要有好环境、好心情、彼此倾心的品茶人。就像饱读诗书，经历过苦难却不改初心的大龄女子，哪怕一生孤单，也不肯委屈将就，一定要有合适的机缘造化，她才肯放开胸怀，将最美的一面展示。如果遇到的人不合适，她宁肯被白白耽误，也不肯将盛世美颜展现。

有的女人很娇贵，像龙井，就那么一两泡，再无滋味，却是多少文人骚客笔下的灵感来源。更有些诗人，只看到青嫩的

李卫玮／插图

龙井一芽一叶，可了不得了，他从头发丝到脚趾尖都泛起了情思，这哪是茶呀？这明明就是十五岁初长成的少女，泛着处子的幽香，老男人哪里受得了这个诱惑？但凡上了点年纪，男人都喜欢小萝莉。

有一年去日本旅行，夜晚在闹市闲逛，正看到某酒吧台上九个少女又唱又跳，还有着娃娃音呢，台下一群五六十岁的老男人眼中冒光，又呼又叫，兴奋得像中了巨奖一样。其实老男人爱的不是小姑娘，他们只是盼望着回到青春时光，以为自己还是个少年，有着青春的模样。

有的女人很普通，却喜欢浓妆艳抹，整天带着假面具一样在江湖行走，就像茉莉花茶，闻起来香，喝起来却是苦的，又没有什么韵味。不管春夏秋冬，得了点闲，就着午后的阳光，滋喽滋喽地喝、吧嗒吧嗒嘴，只觉得满身心的活力，满嘴的甜香，就连笨重的身子骨儿都轻盈了二两，看谁都温柔好看。哪怕没有美壶细盏，只有一个硕大的搪瓷缸子，肥壮的暖水壶灌下来，满屋子的浓香，肥腻腻的脂粉味。北方壮汉大手一握，豪迈地送到嘴边，比陈年普洱还要喝得有滋有味。

有的女人出身普通，却在成长的路上经历了无数波折，到最后，终于凤凰涅槃，浴火重生。就像普洱茶，明明只是个山野女子，经历了岁月的积淀后，喷发出了与众不同的力量。不管是生茶，还是熟茶，只要是纯粹的原料，保存得当，不发霉、不变质，那风味总让你流连，老班章的清冽、冰岛的甜柔、昔归的香烈、易武的绵润，哪一样都是你的心头好、手中宝。而且随着时光的流逝，越加珍贵。每次喝陈年班章，我总会想到董明珠，她就是这种随着时间推移、岁月积淀，愈加美丽与智慧的女人。

有的女人生活在和美的家庭，从小到大没有经历过什么波折，顺利地考上大学，找到稳定的工作，嫁一个拿得出手的老公，生一个不比别人家孩子差的娃，一生平顺，只谈一次恋爱、只结一次婚、只生一个娃、只有一个性伴侣，毫无惊险刺激地过完了一生。就像红茶，外表柔和，色泽红亮，入口香滑，喝完了就是喝完了，一点回味也没有。与她相伴，风清、月明、柳绿、花红，一年三百六十五天全是一个样板。早餐喝粥、午餐吃饭、晚餐连个甜点都没有，中午的剩饭热一热，最多加两个鸡蛋，成了蛋炒饭。偶尔喝一次，嘿，还真是惊艳。可是喝久了，腻味啊！活一百岁跟活一天全无区别，一点兴味也没有。不如早点投生，换一种活法。

有的女人出身豪门，性格刚烈，眼里不揉沙子。反正老子有钱，怕啥？此生就要恣意任性地活，管你天翻地覆，还是身败名裂？只要自己开心就好，这一生并不长呢。干吗要委屈自己？就像大红袍与凤凰单枞，韵味悠长，香气强烈，初次相遇就被她征服吸引，可是时间久了，总是伤身。除非一样有个好出身、好本事、好体格，否则不要轻易碰触，那是你控制不了的欲望，就像打开了潘多拉的盒子，想要、想要、想要的更多，直到精疲力竭，空耗了此生。香港名女人章小惠就是凤凰单枞，如果男人有本事，这一生就是世上最幸福的家庭。男人没本事，不能怪单枞，单枞一直是这样，从来不曾改变。多少女人想做大红袍与凤凰单枞，可惜没有

345

那么好的家世。

女人如茶。是啊，女人就像不同的茶，各有各的滋味。那么，我是什么茶呢？普洱？龙井？还是红茶？不！都不是，如果说，我像哪一种，我想，我应该像黑茶。

从小皮肤黑、身体壮，总被北方的女孩子讥笑。好在我来到了广东，再没有人笑话我肤色暗沉，再加上减肥成功，我是妥妥的大美女，当然这是修炼得来。就像湖南的黑茶。生在寻常巷陌，长在平民百姓群，没有一丝富贵，也没有一毫娇气，外表纯朴，内地简单纯粹，不懂的人以为我粗鄙，只要你细心、耐心，一定会发现我的好、我的美。

初次饮，湖南黑茶，第一口几乎吐出来。这是什么茶？苦沁沁的，掺杂了无数的古怪味道。然而，因为这茶可以通便，降脂降压，我强忍着喝了下去。后来，认识了一个懂黑茶的姑娘，跟她一起学习冲泡的方法，慢慢喜欢上了喝黑茶。当然，最喜欢的还是它的功效。一直以来，我都是一个实用主义者。再美的物件，如果无用，喜欢它也只是一时。那么，我是一个有用的人吗？

除了所有女人都会的家务，我还能、还会做些什么呢？细细想来，我竟是一个无用的人。这真是太可怕啦！为了增强自身本领，从今天起，我会努力做一个爱读书、有爱心的妇人。

如果你有心，如果你肯沉下心来，黑茶的妙处，你才能知道。即使它经过岁月的摧残，在恶劣的环境里生出无数霉菌，也就是金花点点，当滚热的开水冲下去，它会为你奉上独特的韵味，让你在以后的岁月里，知道它的好，它的妙，舍不得松手，想长相依。

女人如茶，茶如花。爱茶，爱花，爱人。

把日子过成诗

袭着晚风，沿着深圳湾慢跑，是一件很惬意的事。

每逢周末，这里就是年轻人约会的好去处，三三两两的，一张张青年嬉笑阳光的面孔。更多的，是一个个打湿了衣衫却依旧坚持跑步的俊男美女。深圳人的身材，放在全国比较，都应该是最标准的，这里有着最多积极向上的心，不老且长青。

老友七〇生人，最胖时达一百七十斤，身高不过是一米七呀！前几年热爱上跑步，现在那身材好得，背后看，还以为是十八的青年。这样一赞，那家伙分外生了得意。去年的几场马拉松，他的成绩都进了四小时，作为一年中有四分之一时间在路上度过的他，这份成绩分外珍贵，那是坚持、坚守、坚强与坚定换来的，让人仰视。

但凡成功人士，必有他成功的道理。这一点，平凡的我们，需谨记。没有哪一样成功不是来自于努力。像我这样一事无成的人，从不羡慕成功的人，因为我懒。我只想过好当下的小日子，把生活过得诗意一点，舒服一些。

清晨醒来，洒扫阳台，就奔了厨房。先煮小米粥，大火烧开，小火慢熬，觉得量有点多，立即捞出两勺，加了面粉与鸡蛋，调盐与胡椒粉，打均，用不粘锅煎成软饼，又烫了小青菜，蒸好番薯，那一边就将昨晚买回的北豆腐切成块，先炒了肉末，加姜葱，再加泡好的小银鱼与花菇碎，放豆腐块，淋酱油与蚝油，最后撒些胡萝卜丝，出锅分成两份，小份的盛出给不吃辣的女儿，大份的留锅里，加海底捞饭店买回来的麻辣调料，就算是麻婆豆腐。

喜滋滋地摆好餐台，这才叫醒那依旧甜睡的父女。然而，——同学吃了早餐就回房间了，万岁爷还不肯起床，这真让人无由烦躁。一个人的早餐，分外无趣。煮水泡茶。

周末的时光，怎么可以用来无情无趣呢？当然要打起十二分精神，只需欢喜。——出来讨茶，即刻投诉：你看看你爸，这都几点了，还不起床，饭菜都凉了，也没人吃。那戴了牙套的少女即刻咧嘴微笑，先传来一个温柔而鼓励的眼神，这才回话：他不是飞机晚点嘛！回来得晚，当然要睡个懒觉。有一个老糊涂却不肯听劝，"他回来得晚，我也一直等到他那么晚呀！我还不是早早地起床了。"那一边立即叹息起来，"姐，你年轻！你不能跟他一般计较！他上了年纪了，没有你那么青春有活力，就让他睡吧！"话音未落，又龇牙一乐，露出两排不锈钢，几乎闪出精光，刺得眼前一花，看不清那面目。好吧！

明知道你是违心的安慰，我也照单全收。

待到万岁爷起床，已是午后。在厨房做油焖虾的我正忙碌着。万岁爷拉开门就抽开了冰箱，启了一罐啤酒，倚在冰箱旁，边饮边瞅着我，"你说你女儿怎么那么可爱呢？我一回来就和我赞你，说你真是一个极致的女子。"听到这样的赞叹，我有点半信半疑，果真还有下句。"你知道是哪个'jizhi'吗？是极其神经质的极质啊！"几乎笑抽。当然不是我，我正忙着开锅放罗勒叶呢，极其淡定的，头都没有转一下。"我就和你女儿说，你妈何止是极质呀！她还宽厚呢。那站着，比别人宽；躺着比别人厚。哈哈哈！我们俩开心得不行。"我本想质问他，比谁宽，比谁厚呢？想想，这样回问不是表示对他们父女议论的重视，干脆当没听见，理都不理。果真这一招最有效，那黑老头顿觉无趣，乖乖坐下来吃饭。

哼！跟我斗，你还嫩着呐！姐吃过的盐，比你走过的路还厚，姐怕你不成？嚼着清早剩下来的已微凉的小菜心，姐心里这个美！姐就喜欢这诗意的生活，哪怕没有诗意，也要把这日子过成诗。

春江花月夜

初读《春江花月夜》，震惊得想长啸！世间竟有如此美妙的长诗，真乃诗中之绝色佳人兼雄伟丈夫！

诗人张若虚只留给世人两首诗，这一首就已冠盖全唐。然而过了青春期，对世间万物就多了挑剔，总觉得此诗好则好，只是结尾有些无力，好像还有无尽的想象空间，会不会可以另写结尾呢？

就像李白的诗，哪怕开篇平淡，结尾总是有力，"呼儿将出换美酒，与尔同销万古愁"、"永结无情游，相期邈云汉"、"流血涂野草，豺狼尽冠缨"、"安能摧眉折腰事权贵，使我不得开心颜"，又或者像老杜的千古名句，"安得广厦千万间，大庇天下寒士俱欢颜"这般豪情壮志，悲悯众生，对未来充满了期待。《春江花月夜》的结尾是乏力地哀伤、平静地回望，像个老年妇人般，回忆过去，无悲无喜，反正都过去了，只轻轻地在夜半叹息一声，"不知乘月几人归，落叶摇情满江树"。

《春江花月夜》的精彩部分都在前面，仿佛提示我们，人生就像这诗一样，起伏跌宕，到最后只需在落日下浅浅饮一杯酒，越活越要保持淡定，不以物喜、不以己悲。

闻一多先生盛赞这首诗，赞它是"诗中的诗，顶峰上的顶峰"。少年总是无畏，因为无知。那时我们成立一个文学社，没读过什么书，但是胆大敢说的我，竟然被热爱文学的同学推选为编辑，先后出版了七期报纸。

当然是油印，每当别的孩子放学归家，咱们这五个乐于奉献、以当一名作家为人生理想的中学生就忙开了，排版、油印，一手一脸的油墨印，印好了不能叠放，必须一张张散开来，等到油墨干了，才摞成一堆，待明天上课前散发到各个班级。多年以后，每次喝到散发着石墨气息的陈年红葡萄酒，总会想起那散发着油墨香的青春时光，可惜过去再不能重来。

初三语文组长特别喜欢我们，没事就提点意见，甚至还帮我们定了几期报纸的主题方向，比如春天的礼赞、四月的芳菲、六月的童真、七月的献礼，可惜，刚刚升到初三，我们的文学社就偃旗息鼓、销声匿迹。并没有谁主动说退社，只是大家都忙起来，毕竟要面对高中的升学，如果考不到重点高中，或者中专、中师，那前途就只有当工人的份。谁不怕呢？但凡热爱文学的人，都想有一个稳定的、高雅的生活环境，考上中专，或者考上大学，毕业后做国家干部，这是小城孩子最好的出路与选择。

昨夜湿气袭面，走廊的地面湿滑，要小心翼翼地行走方能不跌倒。一到春天，不是下雨，就是返潮，是深圳一年中最不舒爽的季节。一楼大堂的天花板不断地滴水，好像被抛弃的妇人，长夜不干的枕巾与微湿的眼角，让人一见就起了沮丧。腰痛又犯，去了中医院治疗也不起作用，一路扶着老腰前行，不知道的还以为我大了肚子，怀了二胎。不停地叹息，总觉得心情抑郁，不想展颜微笑对人，亦不愿苦面愁眉地见人，闷在家里不肯出门。可是，班还是得上呀，不上谁养我呢？

电话响时，正行驶在上班路上，北环大道车流如织，险象环生，接还是不接呢？还是外地电话，会不会是骗子呢？电话很执着，一直响个不休，第二次打过来时，我屈服了。刚按了耳机的收听键，耳边就传来兴奋的声音，说是我的同学刘大瓜。哪个刘大瓜？还刘大傻呢！电话那头立即感觉到了我的回忆思路不甚清晰，马上解释，他是我的初中同学、一起办文学社的热血少年刘大瓜啊！

哈哈哈！几乎当场笑出声来。刘大瓜热爱写诗，每一期不登他的诗，就当场甩脸。看在他是学校老师的儿子，我们总是给他一个小豆腐块。然而他写的越来越长，别说豆腐块，就是豆腐皮都满足不了他的创作冲动了！几经劝解，他决定不写诗了，改写散文，这样至少要有脸大的地方发表，你看，年少的他，就极狡猾聪慧。

然而，不等他的散文写就，我们就停了刊，再无机会发表。真让人懊恼！每次想象着他发怒时，小眼睛立起，鼻子皱成一团的样子，我总是充满了喜悦。高中我们考到了两个区的学校，再联系就是高中毕业。他没有考上大学，去了部队，后来转业回到家乡，先后经历了各种行业，最后成了一个倒买倒卖的投机商，发达了！现在定居香港，当然，除了偶尔去去香港小住，基本上还是在黑吉辽转悠。

一听到他发达了，我的热情即刻飙涨，恨不能扑进他怀里撒个娇、卖个萌，他会不会赏我两个银子花呢？这样一想，又笑得眉眼抽搐。

正笑得龇牙咧嘴，无法控制，那一边就追问我在不在深圳，这两天聚聚，吓得我几乎当场尿了裤子。这不好吧？你来深圳，不是要让我接待？不是又浪费我时间、又消耗我银子？不不不！我不在深圳，我在美国呐。

电话那一边几乎抛个砖头过来，说不管你在哪，就这个周末见面。好吧，见就见吧！老都老了，还不多见见面、聊聊天，万一哪天在黄泉路上相见都不相识，那不划算啊！话一出口，自己都不相信自己竟是如此顽皮的中年。

路两边的春花正开得烂漫，虽然一直阴雨，然而那些花呀、草呀、树呀等，都欣欣然地展着笑颜。昨日春分，虽然没吃到什么、看到什么美的可爱的，可是春天是实实在在地来到了身边。穿了单衣的我，迎着一路的木棉、黄花风铃与勒杜鹃，轻踩油门向前冲去，远处高大的木棉树招摇着硕大的红花，灿若云霞般，仿佛年少天真喜悦的笑脸。

春江花月夜，即使没有月亮，有那些一起长大的朋友相伴，这世界就很美好。

回不去的故乡

故乡的老宅终于拆了。在这历史的滚滚河流中，寂静枯立了五十多年的老房子，终于没有躲过拆迁的命运，就像一双看不见的翻云覆雨手，左右着我们逃不开的老迈、病痛与死亡。

六十岁的父亲读小学时就住进了老宅，一排七户人家的平房，爷爷工厂分给员工的福利房，他在这成长、工作、结婚、生子。我一岁的时候，父亲的工厂分房，离爷爷家五十米远，步行只要三分钟。

我在这里长大，与周围的同龄人一起游戏，哪怕隔了三五排房子，也是朋友。不论我们的爷爷、父亲，还是我们，都熟悉得如同亲人。所谓的远亲不如近邻，谁不是吃百家饭、穿百家衣长大的呢？但凡父亲加班，左边的王叔、右边的张姨，都会提供一碗饭、一张床，从来不用担心放学进不了家，只怕妈

李卫璋 / 插图

妈逼着写作业不让出门。童年的天，是那么蓝；树，是那么绿；邻居，是那么亲切有爱，哪怕一个人在家，心也是定的。

小学三年级，父亲的单位分了新楼房，离爷爷家远了，跑步也要十五分钟，突然间像天涯海角般，生了别离意，哀哀痛哭着上了装满家具电器的大货车。迎面的秋风，萧瑟又凄凉，从此不能早晚游戏，东家钻、西家躲地与小伙伴捉迷藏，更不能吃这家饭、那家菜后东评西比。还有奶奶，她煮的玉米粥又糯又香，万一她煮好了，我却没回去，不是漏了一餐美味？这样一想，伤心不已，靠在妈妈身上号啕痛哭，很是吃了些冷空气。

住进了四楼，没有电梯，亦没有了花园。住平房时，家里有一个小小的院落，每到春末，我就要修整花园，将铲雪时弄歪、碰碎的砖头移正、换新，挖松了黑土，播撒下花种，外圈种的是季季草，一种可以染指甲的红花；里面一层是太阳花，深粉、浅红不一；最里面一层种最高最艳的扫帚梅，我最爱深粉红色，西宫娘娘一般妖冶艳丽。与隔壁相邻的栅栏边，皆种上向日葵，既高且壮又美还能结籽，简直是人世间最实在美丽的花树。

后院也不能空着，刚读小学一年级的我，就向邻居家讨要了一株樱桃树、一株海棠果树，虽然没有我的个子高，可是未来不可限量不是？总有一天，我将拥有一个果园，哪怕只是一株樱桃，一树海棠，亦将是独木成林般的丰收。

梦想总是美好，樱桃还没结果，海棠亦只结了四粒果，我家就搬到楼房去。楼房很好，有了自己家的卫生间，不用跑五六十米外的公共厕所；更不用担心冬天里谁家的水管冻爆，大雪后必须及时扫雪，否则连门也推不开，外人进不来，家人出不去；还不用自己烧煤就有定时的暖气，真好！

可是，再也没有自己的土地和自己的院子。每天放学都想回到奶奶家，或是蹭饭，或是无聊，或是思念，或是看着奶奶家五颜六色的花园，遮盖大半个窗子的葡萄藤，前院角落的小菜地，后院的几垅茄子、豆角，还有高大的黄瓜藤，招摇的向日葵，望着望着，就生出无限的渴盼，希望有朝一日，拥有一个硕大的院子，种满花、果树，还有几畦庄稼。

理想丰满，现实骨感，几十年过去了，我梦想中的土地，还在遥远的梦中，而我的家乡，早已面目全非。老妈回去避暑，每日里吃着新鲜的瓜果梨桃，美得不像话。吃得满意丰硕，闲来无事，就奔了她结婚生子、生活了十多年的老街。旧日门前那几株比我爸爸还年长的冲天老榆树早被砍断，唯有刻画着年轮的树桩还枯立在原处，一排排的老房子被拆得东倒西歪，说是城市规划，这里将是街心广场，作为群众休闲娱乐的好去处。

妈妈挤进生活了十多年的老屋，边走边拍照。后来的住户没有大的改动，依旧是我记忆中的模样：院子里的花池还泛着旧日的气息，半枯的植物匍匐在地上，只有顽强的扫帚梅还残存着几朵艳丽的小花，一朵一朵毅然向阳，断壁残垣中，更显得绝望而刚强。妈妈轻轻扫了一下结了籽的花苞，仔细收了花种，说是最后的纪念。

前屋的客厅丢了些旧家什，后屋的小炕还有一半，倒塌的另一边土炕龇牙咧嘴的，露出硕大的黑洞，好像要把你吞噬，迎接你的将是万劫不复的悲惨。厨房里的铁炉子被拆走了，唯有砖砌的火炉还保持完整。

年少时，我常在此烧火做饭，热爱厨艺的好习惯在此养成。后院那株高达两米多的樱桃树早被倒塌的老墙压断，三四米高的海棠树亦倒地不起，大半截树根惊心地指向天空，枯干的根须随风轻摆，无助又凄凉。妈妈突然惊叫，"这树倒在地上，居然还结了果，还有三粒海棠果呢！"边说边攀着高矮不一的断墙裂砖爬过去，一颗一颗摘下来，镜头里，红艳艳的金黄，这是海棠树的最后一个秋天。

妈妈对着手机镜头说，奶奶家旧日的老邻居，年过九十的刘奶奶不肯搬，依旧住在垃圾场般的破房子里。这一带，只剩下三家没搬了，其他搬走的办好换房手续的，房子大多被推翻了，触目惊心的荒凉，满眼的断壁残垣，看着又心慌又心痛，想拉个人的手放声大哭，心里堵得胀胀的。边说镜头边摇，我想，她在偷偷地擦眼泪。对着荒凉的老宅子，妈妈一拍再拍，恨不能将旧日的气息雕刻在记忆里，从此不能忘记。

城市不断发展，环境一变再变。高楼大厦鳞次栉比挨挨挤挤，天天像童年过年时的繁华与喧嚣；各种街心广场硕大、空旷，好像人世的漫长与荒凉。经过改造后的家乡越来越美越现代越繁华，可是，再美再好的故乡，于我，也不过是陌生的城市。从此午夜梦回，我到何处找寻我的家乡？

吴冠中在《故乡》这幅画里题诗：最是童年总入梦，纸上留我旧故乡。是不是每个人心目中，都有一个回不去的故乡？

地久天长

　　朋友看了电影《地久天长》，哭得不成语调，昏暗漫长的影厅出口更加重了她的悲伤，一边擦着眼泪一边打电话给我，说你一定要去看，和我们生活的厂区太像了。微笑着应承了，笑闹了几句，挂了电话。

　　电影《地久天长》以国有企业工人夫妻为主角，影片里的筒子楼、双职工、独生子女、如亲人般的左邻右里，真是太熟悉的记忆。作为一个从小就生活在国营厂区的孩子，对过去有着无尽的怀念，心底留存的美好太多，那些无忧无虑的童年时光，那些从穿开裆裤就相伴着一起长大的朋友，幼儿园、小学、初中、高中，直到父亲辞职下海，买了商品房，全家搬离老厂区，但是爷爷奶奶家还在。但凡节假日，总在老厂区里度过。直到我离开家乡外出工作，亲人、朋友多数还生活在那里。

国有工厂最美好的时光就是二十世纪九十年代以前，厂办的学校、厂办的医院、厂办的商场、厂办的食堂、厂办的农场，什么都是厂子的。你住的房、吃的三餐、穿的衣服、外出的大巴，正所谓衣食住行、生老病死，厂子一切搞定。从出生到死亡，你不用担心，有啥事，厂工会搞定。甚至结婚摆酒，也要厂长、工会主席来个发言，否则那就是一个不靠谱的婚礼，这婚结得就不够踏实，说不定就得散呐！必须有厂领导来发言，哪怕是车间主任呢，这才够正式，确保质量可靠，婚姻生活顺利。人死了，不管是死在医院还是家里，追悼会上一定要有厂子里的领导来个最后总结，他这一生才走得圆满。没有这最后的陈词盖棺，天堂路上不畅顺啊！

哪怕离开家乡多年，我依旧记得那些画面，那些熟悉的面孔，那些安定的眼神，那些亲切的笑容。什么是悲剧？悲剧就是将美好的事物打烂，然后让心中裂开一道缝，但凡有风，就痛得你喘不过气来。突然一声令下，东北巨变，一夕之间，有的人华丽转身成了亿万富翁，更多的人突然睡不安稳，不知明天的早餐在哪里。

好在我们全家离开的够早。父亲在二十世纪八十年代末辞去公职，转做粮食生意。虽然没有像煤老板那样一夕暴富，好歹还有几十万的存款，不愁吃喝，没有被这变革淹没。但也受到了波及，钱不好赚了，账面赢利与你实际上收到的真金白银多少完全没有关系，拖垮你的，基本上都是那些表面的赢利。收不回来钱啊！咋办？只有全面退出，啥也不做，比越做亏得越多比，你选哪一个？好在收手及时，一家人还有存款，不会影响到生活质量。而父亲那些旧同事、老同学，很有几年委屈日子过。

年近五十的一群曾经上山下乡、遭遇最恶劣青春时光的一批人，刚刚过上十几年的安生日子，突然就遭遇了发不出工资、下岗、一大家人全部没有收入的困窘，有的阿姨成了保姆、钟点工，有的叔叔成了保安甚至搓澡师傅，父亲每回一次老家，就要叹息半个月，那些亲密的同学老友，有的因高血压、脑溢血突然没了命或者半呆半傻、半身不遂，有的赚了大钱即刻搬到海南生活，有的年过六十还要不停地劳作，做着最辛苦的工作，赚着最少的只够吃饭的钱，甚至还要养儿女的儿女。

离开家乡二十年，我是越来越不敢回去，怕面对那些明明在笑，眼底却是忧伤的眼睛。曾经那么富饶美丽的家乡，日暮西山，再不复当年的盛景。可是哪怕离家万里、离乡多年，谁能不爱自己的家乡呢？除了叹息，我们几个在深圳工作、生活无忧的人纷纷行动起来，帮助贫困却努力学习的孩子，哪怕只是让他吃好一点，多几本辅导书，只要能力范围内可以的，我们想让他们知道，考上好大学，学到真本领，才有能力去改变家乡，让他重新焕发青春，美丽富强。

爱他，就努力让他好起来！所有的地久天长，不过是因为我们彼此一直在努力。

用文字记录爱与美好（代后记）

日子是怎么过去的？不知不觉间，我们就长成少年、青年、中年，不等你想明白怎么让生活变得更美好呢，老年已至。

怎样生活才是美好的一生？有人说，就是吃好喝好，有几个老友，热烈地爱过三两个人，在人间大闹一场，笑着离去。可真能做到的，能有几人？

我喜欢群居，亦欢喜独处。人多时，我常会走神，想不明白这些欢笑与亲切，哪些是真？哪些是假？为何大家不愿意陪家人，而是喜欢与一群陌生或熟悉的人吃喝玩乐。独处时又总是发呆，向往着与三两个朋友相伴。在这样的矛盾与纠结中，陪伴我的，多是文字。自己写的随笔、名家的散文杂篇。

人到中年，特别喜欢回忆。尤其是年少就远离家乡，工作、生活在千里之外的深圳，随着至爱的亲人逝去，再回到家乡，一切都不是记忆中的模样，突然发现自己竟没了故乡。那种无根无依的感觉，滋生了无数的寂寥。

好在有文字。字里行间，爱护我的奶奶、擅于经营生活的爷爷、教我做无数美食的妈妈、人老心不老的老公、顽皮可爱的女儿、多年相爱相杀的闺蜜与老友，还有突然逝去的朋友，都在文字里鲜活、闪亮。

我写不出有深度、广度的文字，因为经历不多，工作亦稳定多年不变，除了亲情、友情、爱情，还有生活多年，早已将此当成家的深圳城，我还能写点什么呢？

我爱这座城市，因为它的包容、蓬勃，让每一个外来者都迅速地喜欢，舍不得离开。每当我外出归来，飞机缓缓降落时，望着窗外无数楼宇、公路穿梭的车辆汇成的星河，内心激动得想大叫"我回来了"！

生活中这么多美好与爱，怎么可以不记录下来，因为时光留不住，一转身你就忘记了曾经的美好与爱。

没有"两句三年得"，亦没有"一吟双泪流"，随手记录下来，哪怕文不对题，语句不通，至少知道自己爱过、恨过，日子是怎么过的。

感谢编辑老师们的辛苦付出，感谢默默支持我写作的家人与纵容我在文字里使劲抹黑、却从不生气和找我麻烦的朋友，还有我那多年小友、超帅的插画师李卫璋，他的帅是真帅，画是真好。希望读这些文字的你，将日子过好，抓住身边的爱，感受生活中的美好。

阿　米

二〇一九年十一月二十三日于深圳宝安